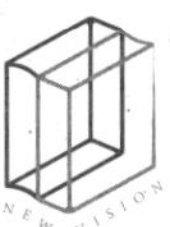

新视界

始于未知　去往浩瀚

苏　轼

诗词选注

徐培均——注

中国古典诗词文选注新编丛书

上海遠東出版社

图书在版编目（CIP）数据

苏轼诗词选注 / 徐培均注. -- 上海：上海远东出版社，2023
（中国古典诗词文选注新编丛书）
ISBN 978-7-5476-1961-2

Ⅰ. ①苏… Ⅱ. ①徐… Ⅲ. ①宋诗—诗集 ②宋词—选集 ③宋诗—注释 ④宋词—注释 Ⅳ. ①I222.744.2②I222.844.2

中国国家版本馆 CIP 数据核字(2023)第 214546 号

责任编辑 陈 娟
封面设计 徐羽心

中国古典诗词文选注新编丛书
苏轼诗词选注
徐培均 注

出 版 上海遠東出版社
（201101 上海市闵行区号景路 159 弄 C 座）
发 行 上海人民出版社发行中心
印 刷 浙江临安曙光印务有限公司
开 本 850×1168 1/32
印 张 15.5
字 数 303,000
版 次 2024 年 9 月第 1 版
印 次 2024 年 9 月第 1 次印刷
ISBN 978-7-5476-1961-2/I·381
定 价 68.00 元

导言

在中国文学的天宇上，苏轼是一颗光芒四射的行星。他多才多艺，诗词文赋以至书画，样样皆精，成就杰出。它们是中华民族的瑰宝，也是中华民族的骄傲！

一

苏轼，字子瞻，又字和仲，号东坡，宋仁宗景祐三年(1036)农历十二月十九日出生于眉州(今四川眉山)。父苏洵，字明允，号老泉；弟苏辙，字子由，号颍滨，都是著名作家，因此人称"一门父子三词客"。在唐宋古文八大家中，他们就占了三个席位。三苏中，以苏轼的成就与影响为最大。

苏轼少年时代便发愤读书，"奋厉有当世志"，二十岁左右，"学通经史，属文日数千言"(苏辙《亡兄子瞻端明墓志铭》)。仁宗嘉祐二年(1057),他考中进士,有谢座师欧阳修书,欧阳修读后,不禁惊叹:“读轼书,不觉汗出。快哉快哉!老夫当避路,放他出一头地。”(《与梅圣俞书》)欧阳修领导北宋古文革新运动,诗词文俱称大家,对苏轼的初露才华已如此赞赏。以后的事实证明,苏轼果然超过了欧阳修。

嘉祐六年(1061),苏轼在仁宗御试制科中名列三等,授凤翔府签书判官,从此他正式踏上仕途。英宗治平二年(1065),凤翔任满,除判登闻鼓院。不久因父丧还蜀。神宗熙宁二年(1069)服除,授判官告院及判尚书祠部,这都是职位不高的京官。时神宗拟重用,但王安石方用事,议行新法,苏轼因持不同政见,遂权开封府判官。次年春,差充殿试编排官,也只是做些整理举子试卷的工作。又明年,苏轼知在京难以施展才华,乞补外郡,遂出为杭州通判。在杭州三年,换了三届知府——沈遘、陈襄和杨绘,待他都很好。熙宁七年(1074),苏轼权知密州。其时到任不久的杨绘召还翰苑,他们同舟至吴兴,在垂虹亭作“六客之会”,成为文学史上的佳话。至密州后,修葺北台,苏辙作《超然台记》,他自己也写了不少诗词。熙宁九年(1076)九月,有诏移知河中府,十一月离密州,次年正月过齐州,老友李常(公择)款留逾月。二月,改知徐州,时苏辙由齐州掌书记改任南京签判,兄弟同行至徐州,会于逍遥堂。这年七月,黄河澶州曹村决堤,大水淹及徐州城下。苏轼履屦策杖，亲率士卒筑堤防洪，害不及城。次年筑黄楼于东门，不久，秦观、王巩、参寥子相继来访。

元丰二年(1079)二月，移知湖州，经过江淮一带，作诗多追怀昔游。至高邮，秦观、参寥子同船，四月底到湖州，尝分韵作诗。七月，御史中丞李定、御史舒亶摭摘苏之诗句，以为讥切时政，攻击新法，遂被捕下御史台狱，史称“乌台诗案”。次年二月，责授黄州团练副使。苏辙、王巩、王诜以及一应收有苏轼文字的大小官员俱遭牵连。在黄州期间，他躬耕州之东坡，筑雪堂以居，始号东坡居士。政治上的沉重打击，使苏轼的思想和诗风发生了明显的变化。这一时期的作品甚多，呈现了不同往常的特色。

元丰七年(1084)七月，苏轼在量移汝州的途中经过金陵，拜访了退休在家的王安石，大释前嫌，深感“从公已觉十年迟”。因为他们的文章道德大致相埒，所不同的仅是往日在推行新法上看法不同而已。辞别了王安石，北上至南京(今河南商丘)，上书乞居常州，获准后南归。

元丰八年(1085)三月，神宗崩，哲宗继位，高太后垂帘听政，起用旧党人士，司马光、吕公著为相，苏轼亦被起知登州。七月自常赴登，到官五日，除尚书礼部郎中。十二月，除起居舍人。次年改元元祐，三月除中书舍人，九月除翰林学士，“被三品之服章”。这一阶段，可谓青云直上。一次高太后召见,问他"何以遽至此",苏轼不免诚惶诚恐,连忙解释道:"臣虽无状,不敢自他途以进。"表明未走过后门。于是高太后安慰道:"此先帝(神宗)意也。先帝每诵卿文章,必叹曰:'奇才奇才!'但未及用卿耳。"说罢皆哭泣,然后赐金莲烛送归翰林院(见《宋史·苏轼传》)。可是好事多磨,不久洛蜀党争开始,苏轼力求外郡。元祐四年(1089)春,除龙图阁学士知杭州,六月经湖州,作后六客之会。时秦观之弟秦觏从学于杭州,甚得关注。在杭时,疏浚西湖,筑长堤,修六井,颇多善政,并与刘景文、参寥子等相唱和,不乏佳作。元祐六年(1091)正月,除吏部尚书;二月,改翰林学士承旨;五月,兼侍读学士。秋七月,贾易、赵君锡弹奏不已,苏轼又乞补外,遂知颍州,闰八月到任,时陈师道为州学教授,赵令畤为签判,相与唱酬,尽一时之乐。元祐七年(1092)三月,改知扬州,七月除兵部尚书充南郊卤簿使,八月兼侍读学士,冬十一月,除端明殿学士、翰林侍读学士充礼部尚书,一直到次年夏天。此时苏辙也由尚书右丞兼门下侍郎,位列执政大臣,兄弟二人,真是无比荣耀,但也因此遭到他人忌恨,御史黄庆基、董敦易连连上章论川党太盛,指责他们兄弟二人相为肘腋。为避亲嫌,苏轼又一次乞知外郡。

元祐八年(1093)九月,高太后崩,不久哲宗亲政,政局发生变化。冬十月,苏轼出知定州,从此便走下坡路,再无回京的希望。次年改元绍圣,意在继承熙丰新政。三月以后,旧党纷纷遭迁谪,苏辙贬筠州,苏轼初贬英州,改惠州,独与幼子苏过、侍妾朝云同过岭南,其余家属皆安置宜兴。在惠州初居合江楼,继迁嘉祐寺,绍圣三年(1096),营白鹤新居。因《纵笔》诗中有“报道先生春睡美,道人轻打五更钟”之句,宰相章惇觉得他太安逸了,遂贬海南。此时苏辙亦谪广东的雷州,兄弟相遇于藤州,同行至雷州。六月渡海,七月至儋州,筑室以居,食芋饮水,以写作《和陶诗》为乐。直到元符三年(1100)徽宗继位,才遇赦北归。次年(建中靖国元年)七月二十八日,卒于常州家中。

苏轼一生活了六十六岁,政治上几起几落,道路极不平坦,思想也较复杂。他的世界观中既有儒家积极入世的一面,也有道家、佛家消极避世的一面,二者交织,形成旷远的襟怀、豁达的态度,除了在狱中作诗流露过绝望情绪以外,在大多数情况下,能够处变不惊,超然物外。他的诗词便是他心灵历程的忠实记录。读其诗词,可以想见他的为人;而知人论世,也可以帮助我们理解他的诗词。

二

近人陈寅恪说:“华夏民族之文化,历数千年之演变,造极于两宋之世。”(《邓广铭宋史职官志考证序》)作为文化重要组成部分的文学，此时也登上了一个可与盛唐文学媲美的高峰，而苏轼则是站在这个高峰上的人物之一。

在宋初诗坛上，西昆体风行一时。刘克庄《江西诗派序》云："国初诗人如潘阆、魏野，规规晚唐格调，寸步不敢走作。杨（亿）、刘（筠）则又专为昆体，故优人有挦扯义山（李商隐）之诮。苏（舜钦）、梅（尧臣）二子，稍变以平淡豪俊，而和之者尚寡。至六一（欧阳修）、坡公（苏轼），巍然为大家数，学者宗焉。"这是对北宋前期文学现状最精当的概括。也就是说，经过欧阳修和苏轼的创作实践，宋诗才区别于唐诗尤其是晚唐诗，而形成独特的风格。但是苏轼较之欧阳修，无论是作品的数量还是质量，都远远胜出，这是欧阳修早已预见到的，已如前述。

苏轼诗内容丰富，形式多样。他虽自觉或不自觉地受到唐人李白、杜甫、刘禹锡乃至白居易等潜移默化的影响，但他学识赡博，思维活跃，音律娴熟，技巧谙练。旧体诗词无论是长篇短制还是古体律绝，在他手中都如宜僚之丸，随心高下，运转自如。他曾说："出新意于法度之中，寄妙理于豪放之外。"（《书吴道子画后》）他的诗词创作，正体现了这种理论主张。"用苏轼所能了解的话来说，就是：'从心所欲，不逾矩'；用近代术语来说，就是：自由是以规律性的认识为基础，在艺术规律的容许之下，创造力有充分的自由活动。"（钱锺书

《宋诗选注·苏轼》)闻一多形容格律诗的创作是戴着脚镣跳舞,苏轼便是一位戴着这种脚镣跳出最新、最美舞蹈的艺术大师。

随物赋形,文理自然,姿态横生,是苏轼常说的几句话。天下景物,似乎专为苏轼这样的诗人而设。山川草木,一经他着笔,便活灵活现地展示在读者面前。像"岭上晴云披絮帽,树头初日挂铜钲;野桃含笑竹篱短,溪柳自摇沙水清"(《新城道中》),汪师韩认为后两句是"铸语神来,常人得之便足以名世"(见《苏诗选评笺释》卷二)。苏轼的很多写景名句是直接从生活中提炼出来的,如《端午遍游诸寺得禅字》诗:"微雨止还作,小窗幽更妍。盆山不见日,草木自苍然。"这是他的得意之作,尝云:"非至吴越,不见此景也。"(《东坡题跋》卷三)又如《和秦太虚梅花》:"江头千树春欲暗,竹外一枝斜更好",《遁斋闲览》评此句曰:"语虽平易,然颇得梅之幽独闲静之趣。"苏轼集中还有不少题画诗,这是在另一种艺术作品基础上的再创作,很符合他"诗画本一律,天工与清新"的主张。像《王维吴道子画》《书韩幹牧马图》《续丽人行》《李思训画长江绝岛图》《书王定国所藏烟江叠嶂图》《惠崇春江晚景》等等,或阐发艺术理论,或再现画中情景,或发挥读画时的想象,在画之景象中,补充一般人不易觉察的意境,从而使诗画融为一体,相得益彰。

苏轼的写景诗，不仅写了物，而且写了人，情景交融，主体融入客体，浑成自然，了无痕迹。如《寓居定惠院之东……》写谪居黄州时看到荒山上一株海棠："朱唇得酒晕生脸，翠袖卷纱红映肉。林深雾暗晓光迟，日暖风轻春睡足。雨中有泪亦凄怆，月下无人更清淑。"这里写海棠花像娇艳的美人，美人与花构成一体，然而更妙的是下半篇将作者与花对照描写，相映成趣，似乎山中幽然独处的海棠与远谪黄州的诗人遭际相似、命运相同："忽逢绝艳照衰朽，叹息无言揩病目。陋邦何处得此花，无乃好事移西蜀？""天涯流落俱可念，为饮一樽歌此曲。"清人纪昀评曰："纯以海棠自寓，风姿高秀，兴象微深；后半尤烟波跌宕。此种非东坡不能，东坡真非一时兴到亦不能。"(《纪批苏文忠公诗集》卷二十)确是点出了它的好处。这比一般的写景诗不知要高出多少倍！

善用比喻，是诗人形象思维中不可缺少的本领。我国自《诗经》以来就有一个善于比喻的传统，比喻愈出愈奇，愈用愈博，至苏轼可谓达到一个新的高峰。他的《饮湖上初晴后雨》是脍炙人口的佳作，诗中以西施的浓妆比西湖的雨景，以西施的淡妆比西湖的晴色，从此西湖就获得了西子湖的美名。宋袁文《瓮牖闲评》卷五认为，西湖"虽与妇人不相涉，而比拟恰好，且其言妙丽新奇，使人赏玩不已"。最突出的是《百步洪》一诗，其中"有如兔走鹰隼落，骏马下注千丈坡，断弦离柱箭脱手，飞电过隙珠翻荷”，四句用了七个比喻，新鲜、贴切而形象鲜明，可谓前无古人。清人查慎行《初白庵诗评》卷中评此诗说：“联用比拟，局阵开拓，古未有此法，自先生创之。”

然而苏轼并不是一位流连光景的诗人，在他的作品中还有反映现实、关怀民瘼的篇章。像《吴中田妇叹》写江南农妇：“眼枯泪尽雨不尽，忍见黄穗卧青泥”；好容易收下稻谷，“汗流肩赪载入市，价贱乞与如糠秕。卖牛纳税拆屋炊，虑浅不及明年饥”；最后绝望地叹道：“龚黄满朝人更苦，不如却作河伯妇！”因为官吏推行新法，横征暴敛，逼得这位农妇想投河自尽！《秧马歌》既写了插秧农民“腰如箜篌首啄鸡，筋烦骨殆声酸嘶”的辛苦劳累，也写了古代插秧机械——秧马的轻快与省力，歌颂了劳动人民的智慧。《鱼蛮子》表现了渔民的艰辛，控诉了赋税的苛重：“人间行路难，踏地出赋租。”故纪昀说，此诗“属香山一派，读之宛然《秦中吟》也！”（见《纪批苏文忠公诗集》卷二十一）《雨中游天竺灵感观音院》如古谣谚，但最后两句“农夫辍耒女废筐，白衣仙人在高堂”，汪师韩《苏诗选评笺释》卷一就指出：“刺当时不恤民也。”最尖锐而辛辣的莫如《画鱼歌》，王文诰说“岂知白梃闹如雨，搅水觅鱼嗟已疏”二句，是“讽当时刑罚之烦也”。诸如此类反映现实之作，举不胜举。

三

在中国词史上，苏轼是一位开宗立派的大家。《四库全书总目》云："词自晚唐五代以来，以清切婉丽为宗，至柳永而一变，如诗家之有白居易；至苏轼而又一变，如诗家之有韩愈，遂开南宋辛弃疾等一派。"明人张綖在《诗馀图谱·凡例》中说得更为明确："词体大略有二：一体婉约，一体豪放。婉约者欲其词情酝藉，豪放者欲其气象恢弘，盖亦存乎其人，如秦少游之作，多是婉约，苏子瞻之作，多是豪放。"从此一般论词者便将词分为豪放与婉约两派，少游被推为婉约之宗，东坡被尊为豪放之首。

在东坡词中，豪放的作品不过一二十首，因此有人认为不足以构成豪放派。这是不恰当的。因为看一个流派，不仅要看它的本质和主流，还要看它在词坛的影响。有宋以来，李冠的《六州歌头·秦亡草昧》"道刘项事，慷慨悲壮"（明杨慎《草堂诗馀》评）；范仲淹的《渔家傲·塞下秋来风景异》，苍凉郁勃，欧阳修呼为"穷塞主之词"，不可谓不豪放。但与苏词相较，一是数量极少，尚未造成流派的格局；二是气格境界较为单弱，不像坡词境阔气伟，"倾荡磊落，如诗如文，如天地奇观"（宋刘辰翁《辛稼轩词序》），"如长江大河，汹涌奔放，瞬息千里，可骇可愕"（宋费衮《梁谿漫志》卷四）。宋人胡寅在

《题酒边词》中说:“及眉山苏氏,一洗绮罗香泽之态,摆脱绸缪宛转之度,使人登高望远,举首高歌,而逸怀浩气,超然乎尘垢之外,于是花间为皂隶,而柳氏(柳永)为舆台(奴婢)矣。”由此可见,在唐宋词的领域中,苏轼打破了婉约派一统天下的局面,别树一帜,正式创建了豪放派。试读他这方面的代表作《念奴娇·赤壁怀古》《水调歌头·明月几时有》《满江红·寄鄂州朱使君寿昌》《水龙吟·小舟横截春江》《八声甘州·寄参寥子》以及《江城子·密州出猎》诸阕,那种慷慨激越的豪情,奔放磊落的气势,敲金戛玉的声韵,诚为词史上一大奇观,称之为开宗立派的大家,当是符合事实的。

苏轼是一位天才词人,所写之词题材丰富,风格多样,“世第以豪放目之,非知苏、辛者也”(清冯煦《东坡乐府序》)。词自花间以来,多为应歌而作。因为演唱者是女性,故词之内容,多为女子的生活、女性的感情,“类不出乎绮怨”(清刘熙载《艺概》四),形成了以婉约为主的艺术风格,人们称为“艳科”。东坡非不能婉约,他也有类似花间的婉约之作,但主要的功绩在于对婉约词的传统风格作了改造与创新,赋予它以清新韶秀的韵味。这是他区别于传统婉约词的主要特色。因此清人周济在《介存斋论词杂著》中说:“人赏东坡粗豪,吾赏其韶秀。韶秀是东坡佳处……”如《行香子·过七里濑》:“水天清,影湛波平。鱼翻藻鉴,鹭点烟汀。过沙溪急,霜溪冷，月溪明。”写天容水色，鱼翔鹭点，确是韶秀清丽，意味隽永。

东坡每遇月下花前，送行饯别，也不乏婉约之作，大都情辞旖旎，风致嫣然，于花间为近。如《江城子·玉人家在凤凰山》，咏陈直方之妾嵇氏，也有艳辞俚句；在黄州赠州守徐君猷侍女的一组《减字木兰花》，更是风姿婉美，情意缠绵。他的《浣溪沙·道字娇讹语未成》一首，清人贺裳《皱水轩词筌》就曾说过：“苏子瞻有铜琶铁板之讥，然其《浣溪沙·春情》曰：‘彩索身轻常趁燕，红窗睡重不闻莺。’如此风调，令十七八女郎歌之，岂在‘晓风残月’之下？”像这样的作品，自属婉约一路，风格于花间为近。花间派中有温庭筠的镂金错彩，也有韦庄的清丽白描。东坡所接近的是韦庄，有的词比韦庄更为凄婉，更为真切感人，如《江城子·乙卯正月二十日夜记梦》，词为悼念前妻王弗而作，如泣如诉，痛彻肝肠，自婉约词诞生以来，未有如此沉痛之作。这就提高了传统婉约词的艺术感染力，在抒情的深婉上远远超过了花间。

苏词介于豪放婉约之间的名作亦复不少。像《水龙吟·次韵章质夫杨花词》《永遇乐·彭城夜宿燕子楼》《贺新郎·乳燕飞华屋》等等，都是脍炙人口的佳制，大都意境空灵，感情凄恻，气韵不凡，用笔时有高浑之处。此类词正如清人冯煦所云：“刚亦不吐，柔亦不茹，缠绵芳悱，树秦柳之前旃；空

灵动荡，导姜张之大辂。”(《东坡乐府序》)

早在元祐年间，苏轼的弟子陈师道就说他“以诗为词”(《后山诗话》)。另两位弟子晁补之和张耒也齐声说：“少游诗似小词，先生小词似诗。”(《王直方诗话》)这种情况确实是存在的。诗与词体性不同，在东坡以前多严分畛域。词与音乐关系极为密切，因此填词谓之“倚声”。诗最初也受音乐的洗礼，但后来大都脱离音乐而成为相对独立的文学样式。唐五代以至北宋，诗词似乎形成了约定俗成的分工：诗多反映重大题材的社会生活，且多涉及政治；词则抒写个人心灵中隐微曲折的感情，很少正面表现政治。然而自东坡始，逐步打破诗词之间的界限，常常以诗为词。东坡并不是不懂词律，而是有意打破词律的约束，肆无忌惮地驰骋感情。试看《哨遍》一词，他将陶渊明“有其辞而无其声”的《归去来辞》“稍加檃括，使就声律”，就足以说明他对词的声律十分娴熟。他还能歌唱，在贬谪黄州时，他作有《临江仙·夜归临皋》“与客大歌数过而散”(叶梦得《避暑录话》卷上)。据陆游《老学庵笔记》卷五记载，晁以道云，绍圣初“与东坡别于汴上，东坡酒酣，自歌古《阳关曲》。则公非不能歌，但豪放不喜裁剪以就声律耳”。他既能檃括《归去来辞》使就词之声律，但他的词情“横放杰出”，又是“曲中缚不住者”(胡仔《苕溪渔隐丛话》后集卷三十三引晁无咎语)。我们研究东坡词，应看到这两个方面,不能偏于一面。东坡打破词律,使词诗化,把词从歌唱文学变为可供案头欣赏的文学,这是他的一大创造,在词的发展史上具有里程碑的意义。

由于东坡将词诗化,提高了词的表现力,使词"无意不可入,无事不可言"(清刘熙载《艺概》四)。故他能用词来描写祖国的大好河山,歌颂普通劳动人民;词又被用来抒写政治上的得意和失意,表达个人的理想与抱负。至于伤今、吊古、狩猎、悼亡、赠友、怀乡,则无所而不可表现。他为"香而软""微而婉"的词境注入了新鲜血液,开拓了广阔的领域,因此宋人王灼说:"东坡先生非心醉于音律者,偶尔作歌,指出向上一路,新天下耳目,弄笔者始知自振。今少年妄谓东坡移诗律作长短句,十有八九,不学柳耆卿,则学曹元宠,虽可笑,亦毋庸笑也。"(《碧鸡漫志》卷二)

苏轼学际天人,奄通经史,因此他不仅移诗作词,甚至以文为词,而且善于用典。如《浣溪沙》首句"长记鸣琴子贱堂",结句"仲卿终不忘桐乡",即用《说苑》宓不齐、《汉书》朱邑二典。《沁园春·孤馆灯青》乃怀念其弟子由之作,其中连用了云间二陆、杜诗、《论语》、《诗经》、牛僧孺诗诸典。前者为小令,一般作者不用典;后者为长调,虽有人用典却未见如此之多。在用典中,苏轼往往不拘一格:有的古典新用,有的死典活用,有些雅典俗用,有些僻典浅用。像《南乡子》"破帽多情却恋头”，表面似不用典，实则用东晋孟嘉落帽龙山故事；《浣溪沙》“休将白发唱黄鸡”，反用白居易诗句；《临江仙》“见鹤忽惊心”，不但化用庾信《小园赋》“鹤讶今年之雪”，而且用自作《鹤叹》诗“戛然长鸣乃下趋，难进易退我不如”，二者融合，灭尽畦径。

宋人有“以议论为诗”的作风，这有时也渗透到词中，如果用得好，也会出现佳篇名句。如秦观《鹊桥仙》写牛郎织女相会，歇拍云“两情若是久长时，又岂在朝朝暮暮”，明人沈际飞赞之为“化臭腐为神奇”，李攀龙则称此二句“最能醒人心目”。东坡词中也有发议论者，如《满庭芳》云：“蜗角虚名，蝇头微利，算来著甚干忙。事皆前定，谁弱又谁强?”《满江红》：“浮世事，俱难必。人纵健，头应白。”《西江月》：“世事一场大梦，人生几度新凉。”又：“休言万事转头空，未转头时皆梦。”此类例句，还有不少，语语出以议论，然亦不失为好词，因为它带有感情，挟有气势，能够激动人心。

四

苏轼诗集自问世以来，不断有人注释。较早的有宋代赵次公、程缜等四家注和题名王十朋编纂的百家分类注。影响较大的为南宋嘉泰年间印行的施元之父子的编年注本(今存台北)。及至清代，有汪师韩的《苏诗选评笺释》、查慎行的

《苏诗补注》、纪昀的批点《苏文忠公诗集》，而冯应榴、王文诰则综合前人研究成果并参以己意，分别著有《苏文忠公诗合注》《苏文忠公诗编注集成》，后者还有总案四十卷，实为苏轼年谱长编。今人孔凡礼有据王文诰本标校的《苏轼诗集》，王水照有《苏轼选集》。苏轼词多厘出单行，往者南陵徐积余有旧钞本傅幹《注坡词》残卷，今则有巴蜀书社 1993 年出版的刘尚荣整理的《傅幹注坡词》，另外存世者有元延祐七年刻本、毛氏汲古阁六十名家词本、王鹏运四印斋所刻词本、朱祖谋彊邨丛书本。龙榆生师据朱本及傅幹注本作《东坡乐府笺》，“考证笺注，精核详博”（夏敬观序）。今人石声淮、唐玲玲作《东坡乐府编年笺注》，又加翔实。余编此书，共选取了苏轼的二百八十首诗词作品，基本上按年代先后编次（其中唯词有少量不编年）；在对这些作品的注释过程中，于上述各家多有借鉴，在此谨致以衷心的谢意。限于时间和能力，书中可能还有这样那样的不足，诚望读者不吝赐教。

徐培均

于上海社会科学院文学研究所

目 录

不编年部分

诗

入　　峡[1]

自昔怀幽赏，今兹得纵探。[2]
长江连楚蜀[3]，万派[4]泻东南。
合水[5]来如电，黔波[6]绿似蓝。
余流细不数，远势竞相参。
入峡初无路，连山忽似龛。
萦纡[7]收浩渺，蹙缩[8]作渊潭。
风过如呼吸，云生似吐含。
坠崖鸣窣窣[9]，垂蔓绿毵毵[10]。
冷翠多崖竹，孤生有石楠[11]。
飞泉飘乱雪，怪石走惊骖[12]。
绝涧知深浅，樵童忽两三。
人烟偶逢郭[13]，沙岸可乘篮[14]。

野戍[15]荒州县，邦君古子男[16]。
放衙[17]鸣晚鼓，留客荐霜柑。
闻道黄精[18]草，丛生绿玉篸。
尽应充食饮，不见有彭聃[19]。
气候冬犹暖，星河夜半涵[20]。
遗民悲昶衍[21]，旧俗接鱼蚕[22]。
板屋漫无瓦，岩居窄似庵。
伐薪常冒险，得米不盈甔[23]。
叹息生何陋，劬劳不自惭。
叶舟轻远溯，大浪固常谙[24]。
矍铄[25]空相似，呕哑莫与谈[26]。
蛮荒安可住，幽邃信难妉[27]。
独爱孤栖鹘[28]，高超百尺岚。
横飞应自得，远飏似无贪。
振翮游霄汉，无心顾雀䳺[29]。
尘劳世方病[30]，局促我何堪！
尽解林泉好，多为富贵酣。[31]
试看飞鸟乐，高遁此心甘。[32]

① 宋仁宗嘉祐四年(1059),苏轼守母丧毕,九月,与弟苏辙侍父苏洵自蜀回京,冬日舟经三峡,耳目所及,皆发之于咏叹。此诗写入夔门后所见情景,清王文诰案:“通幅整暇,自能入妙。”(见《苏文忠公诗编注集成》,以下简称“《集成》”)纪昀批曰:“刻意锻炼,语皆警峭,气局亦宽然有余。”(见纪昀批点《苏文忠公诗集》,以下简称“《纪批》”)他为巫峡留下一幅铺叙展衍的画卷,令人玩味不尽。

②“自昔”二句意谓:昔日探赏三峡的愿望今已实现。李白《春夜宴从弟桃李园记》:“幽赏未已。”

③“长江”句:清冯应榴注:“《舆图》:大江源出蜀之岷山,历荆州、夷陵、宜都、枝江、公安、石首,而东与汉江合。”(见《苏文忠诗合注》,以下简称“《合注》”)

④ 万派:众多的支流。

⑤ 合水:《水经》:“江水,又东北至巴郡江州县东,强水、涪水、汉水、白水、宕渠水,合南流注之。”

⑥ 黔波:贵州乌江流入四川境内称黔江。《吴船录》:“黔水自黔江来,合大江,江涛黄浊。黔江乃清泠如玻璃,其下悉是石底。自成都至此,始见清江。”

⑦ 萦纡:萦回曲折,指江流。

⑧ 蹙缩:紧缩、聚拢。唐刘禹锡《沓潮歌》:“惊湍蹙缩悍而骄。”

⑨ 窣窣(sù):象声词,形容风声。唐杜荀鹤《寄崔博士》诗:“窣窣阴风有鬼听。”

⑩ 毵毵(sān)：藤蔓或枝叶细长貌。唐孟浩然《高阳池送朱二》诗："绿岸毵毵杨柳垂。"

⑪ 石楠：植物名。花有紫、碧、白三色，大如牡丹。

⑫ 惊骖：受惊的奔马。骖，同驾一车的三马。

⑬ 郭：城郭。

⑭ 乘篮：乘坐轿子。篮，篮舆，今四川称滑竿。

⑮ 野戍：荒野的哨所。北周庾信《至老子庙应诏》诗："野戍孤烟起，春山百鸟啼。"

⑯ "邦君"句：冯应榴注："荆楚及夔子，古子男国也。"子男，子爵与男爵，周代所封。

⑰ 放衙：衙门下班。

⑱ 黄精：药草名，又名青精、黄芝、鹿竹，叶似竹而短，根如嫩姜，古人以为久服可以长寿。(见《文选·嵇叔夜〈与山巨源绝交书〉》)

⑲ 彭聃：彭祖与老聃，古之长寿老人。

⑳ "星河"句意谓：夜半江中有银河倒影。

㉑ "遗民"句意谓：五代蜀国的遗民，为前蜀主王衍、后蜀主孟昶感到悲伤。苏轼自注："孟昶从此入觐。"指广政二十八年(965)降宋。

㉒ 鱼蚕：鱼凫和蚕丛，古蜀国的君主。李白《蜀道难》："蚕丛及鱼凫，开国何茫然！"

㉓ 甔(dān)：口小腹大的陶器。《史记·货殖列传》："酱千甔。"

㉔ 谙(ān)：熟悉。

㉕ 矍铄(jué shuò)：老而勇健。《后汉书·马援传》："时年六十二……援据鞍顾眄，以示可用。帝笑曰：'矍铄哉是翁也！'"此写当地老人。

㉖ "呕哑"句：呕哑，象声词。白居易《琵琶行》："呕哑嘲哳难为听。"此谓当地人操方言，不能与之交谈。

㉗ 幽邃：幽深。孙绰《游天台赋》："幽邃窈窕。"信难妉(dān)：实在难以欢乐。妉：《尔雅·释诂》："妉，乐也。"

㉘ 鹘(gǔ)：鸷鸟，鹰隼之类。

㉙ 雀鷂(ān)：同"雀鹌"，即鹌鹑。

㉚ 尘劳：佛家语，谓世俗之劳苦。

㉛ "富贵酣"二句意谓：因贪恋富贵而不能享林泉之乐。

㉜ "试看"二句：清纪昀曰："入结，忽借一鸟生波，便觉淫佚咏叹，意味深长，故诗家当争用笔。"(《纪批》)高遁，犹高蹈，指隐居。

荆州十首[①]（选一首）

北雁来南国，依依似旅人。
纵横遭折翼，感恻为沾巾。[②]
平日谁能挹，高飞不可驯。
故人持赠我，三嗅若为珍[③]？

① 嘉祐五年（1060）作。荆州：今湖北江陵，时苏轼由蜀还京。纪昀曰：此十首“篇章字句，多含古法，此东坡刻意摹杜之作，意思纯是《秦州杂诗》”；并云：“此首格意特高。”（《纪批》）

② 沾巾：汉张衡《四愁诗》：“侧身北望涕沾巾。”纪昀评此句云：“有意无意，映带生情。”

③ “三嗅”句：写不忍食雁之情。查慎行注：“荆俗食雁，合第六首‘食雁君应厌’句观之，可见。”（见《补注东坡编年诗》，以下简称“《查注》”）

辛丑十一月十九日既与子由别于郑州西门之外马上赋诗一篇寄之[①]

不饮胡为醉兀兀[②],此心已逐归鞍发。
归人犹自念庭闱[③],今我何以慰寂寞?
登高回首坡垅隔,但见乌帽出复没。[④]
苦寒念尔衣裘薄,独骑瘦马踏残月。
路人行歌居人乐,童仆怪我苦悽恻。
亦知人生要有别,但恐岁月去飘忽。
寒灯相对记畴昔,[⑤]夜雨何时听萧瑟?
君知此意不可忘,慎勿苦爱高官职!

① 辛丑:嘉祐六年(1061)。时苏轼被命凤翔签判,其父留京修礼书,弟苏辙(子由)送至郑州后回京侍父。汪师韩谓此诗“起句突兀有意味。前叙既别之深情,后忆昔年之旧约……轼是时年甫二十六,而诗格老成如是”。(《苏诗选评笺释》,以下简称“《汪评》”)

② 兀兀:昏沉貌。白居易《对酒》诗:“所以刘阮辈,终年醉兀兀。”

③ “归人”句意谓:苏辙自郑州回京,侍奉父亲。庭闱,《文选·束皙

〈补亡诗·南陔〉》:“眷恋庭闱,心不遑安。”注:“庭闱,亲之所居。”

④ “登高”二句:《许彦周诗话》:“(《诗·邶风·燕燕》)‘燕燕于飞,差池其羽,之子于归,远送于野。瞻望弗及,泣涕如雨。’此真可泣鬼神矣!……东坡送子由诗云:‘登高回首坡垅隔,惟见乌帽出复没。’皆远绍其意。”《吴礼部诗话》称其“模写甚工”,纪昀则谓之“妙写难状之景”。

⑤ “寒灯”句:回忆嘉祐五年(1060)寓居汴京城南闭户温课准备应制科时对床夜语情景。当年兄弟同读唐韦应物《示全真元常》诗:“宁知风雨夜,复此对床眠。”“恻然感之,乃相约早退为闲居之乐。”(见苏辙《逍遥堂会宿诗序》)后在诗词中多次咏及此事。纪昀评曰:“收笔处又绕一波,高手总不使一直笔。”(《纪批》)

和子由渑池怀旧①

人生到处知何似？应似飞鸿踏雪泥。
泥上偶然留指爪，鸿飞那复计东西。②
老僧已死成新塔，坏壁无由见旧题。③
往日崎岖还记否？路长人困蹇驴嘶。④

① 此诗作于前一首之后，时作者经渑池（今属河南），忆及苏辙曾有《怀渑池寄子瞻兄》一诗，从而和之。

② “人生”四句：查慎行、冯应榴以为用禅语，王文诰已驳其非，实为精警的譬喻，故钱锺书《宋诗选注》指出：“雪泥鸿爪”，“后来变为成语”。

③ “老僧”二句：苏辙原唱“旧宿僧房壁共题”自注：“昔与子瞻应举，过宿县中寺舍，题其老僧奉闲之壁。”古代僧人死后，以塔葬其骨灰。

④ “往日”二句：苏轼自注：“往岁马死于二陵（在今河南崤山），骑驴至渑池。”蹇（jiǎn）驴，腿脚不灵便的驴子。

是日自磻溪将往阳平憩于麻田青峰寺之下院翠麓亭[①]

不到峰前寺，空来渭[②]上村。
此亭聊可喜，修径岂辞扪。
谷映朱栏秀，山含古木尊[③]。
路穷惊石断，林缺见河奔。
马困嘶青草，僧留荐晚飧[④]。
我来秋日午，旱久石床温。
安得云如盖[⑤]，能令雨泻盆？
共看山下稻，凉叶晚翻翻。

① 嘉祐八年(1063)作。时作者任凤翔签判，七月二十六日至磻溪(在今陕西宝鸡市东南)，将往阳平(古关名，在今陕西勉县古褒城西北)。翠麓亭：《岐山县志》："在县东南一百八十里青峰禅寺之下。"纪昀评此诗曰："一气相生，化尽堆排之迹。"(《纪批》)

② 渭：水名，源出甘肃渭源县鸟鼠山，东南流至清水县入陕西，至潼关入黄河。磻溪在宝鸡东南与之汇合。

③ “山含”句：形容古树的森严气象。王文诰案：“此‘尊’字押得玲珑剔透，惟久于山行者知之；若仅以厚重论，则失之浅矣。”

④ 荐：献。晚飧(sūn)：晚餐。

⑤ 云如盖：唐皇甫牧《山水小牍》：“若雨，则云起池中，若车盖(车篷)然。故里谚云：‘岘山张盖雨霶霈。’”

题宝鸡县斯飞阁[①]

西南归路远萧条，倚槛魂飞不可招。
野阔牛羊同雁鹜，天长草树接云霄。
昏昏水气浮山麓，泛泛春风弄麦苗。[②]
谁使爱官轻去国[③]？此身无计老渔樵。

① 嘉祐八年(1063)春日作。斯飞阁：在今陕西宝鸡市西南。方东树《昭昧詹言》卷二十："此思归作也。"

② "野阔"四句：纪昀评曰："三四(句)写景自真。"(《纪批》)方东树评曰："中四(句)写阁下所望之景，奇警如见。"雁鹜，鸿雁和野鸭。

③ 去国：离开眉山故乡。方东树评曰："收曲折，又应起处不得归意。"

石苍舒醉墨堂[①]

人生识字忧患始，姓名粗记可以休。[②]

何用草书夸神速，开卷惝怳令人愁。

我尝好之每自笑，君有此病何能瘳[③]？

自言其中有至乐，适意无异逍遥游。

近者作堂名醉墨，如饮美酒消百忧。

乃知柳子语不妄，病嗜土炭如珍羞。[④]

君于此艺亦云至，堆墙败笔如山丘。

兴来一挥百纸尽，骏马倏忽踏九州。

我书意造[⑤]本无法，点画信手烦推求。

胡为议论独见假，只字片纸皆藏收。[⑥]

不减钟张[⑦]君自足，下比罗赵[⑧]我亦优。

不须临池更苦学，完取绢素充衾裯。[⑨]

① 熙宁三年（1070）春，苏轼守父丧后还至长安，于韩琦家中会石苍舒，回汴京时作此诗以寄。

② “人生”二句:《史记・项羽本纪》谓项羽“学书不成,去学剑,又不成,项梁怒之。籍(羽)曰:‘书足以记名姓而已。’”王文诰评曰:“一起突兀,公自谓钱塘诗皆纵笔,诰谓实发端于此诗也。”(《集成》)

③ “君有”句意谓:石苍舒学书的癖好不会停止。瘳(chōu),病愈。

④ “乃知”二句:唐柳宗元《报崔黯秀才论为文书》:“凡人好辞工书,皆病癖也。”并认为如同“啖土炭、嗜盐酸碱者”一样。

⑤ 意造:随意创造。《南史・曹景宗传》:景宗“每作书,字有不解,不以问人,皆以意造”。

⑥ “胡为”二句意谓:自己书法受到石苍舒偏爱。假,宽容。《战国策・燕策》:“愿大王少假借之。”

⑦ 钟张:《法书要录》卷一《晋王右军自论书》:“吾书比之钟(繇)张(芝),当抗行,或谓过之。”

⑧ 罗赵:《晋书・卫恒传》谓张芝“自称上比崔(崔瑗、崔寔)杜(度)不足,下方罗(晖,字叔景)赵(袭,字元嗣)有余”。

⑨ “不须”二句:《三国志・韦诞传》注:“张伯英(芝)家之衣帛,必书而后练,临池学书,池水尽黑。”此处反用其意。衾裯(chóu),被子。

游金山寺[①]

我家江水初发源[②],宦游直送江入海。
闻道潮头一丈高,天寒尚有沙痕在。
中泠南畔石盘陀[③],古来出没随涛波。
试登绝顶望乡国,江南江北青山多。
羁愁畏晚寻归楫[④],山僧苦留看落日。
微风万顷靴文细,断霞半空鱼尾赤。
是时江月初生魄[⑤],二更月落天深黑。
江心似有炬火明,飞焰照山栖鸟惊。
怅然归卧心莫识,非鬼非人竟何物?[⑥]
江山如此不归山,江神见怪惊我顽。
我谢江神岂得已,有田不归如江水[⑦]。

① 熙宁四年(1071)十一月,苏轼赴杭为通判途中,经镇江时作此诗。金山寺:宋时在江心金山上,今已淤积成陆地。纪昀评曰:"首尾谨严,笔笔矫健,节短而波澜甚阔。"(《纪批》)汪师韩云:"一往作缥

缈之音，觉自来赋金山者，极意着题，正无从得此远韵。”(《汪评》)

② “我家”句：施补华《岘佣说诗》：“盖东坡家眉州近岷江，故曰‘江初发源’。”

③ 中泠：江南第一泉，宋时邻金山在江中，今已成陆，近一泉饭店。石盘陀：指金山。

④ 归楫：指从金山返回镇江城内的船。

⑤ 初生魄：指新月。《礼记·乡饮酒义》：“月之三日而成魄。”由此可见，苏轼是在十一月上旬游金山寺。

⑥ “江心”四句：苏轼自注：“是夜所见如此。”

⑦ “有田”句：乃作者决意归隐的誓词。古人常指水发誓，如《左传·僖公二十四年》记晋公子重耳语：“所不与舅氏同心者，有如白水。”《晋书·祖逖传》记祖逖北伐渡江时，“中流击楫而誓曰：‘祖逖不能清中原而复济者，有如大江’”。后苏轼欲买田于镇江，引此诗云：“今有田矣不归，无乃食言于神也耶？”(《东坡志林·买田求归》)盖自谓背盟。

腊日游孤山访惠勤惠思二僧[①]

天欲雪，云满湖，楼台明灭山有无。
水清出石鱼可数，林深无人鸟相呼。
腊日不归对妻孥，名寻道人实自娱。
道人之居在何许？宝云山[②]前路盘纡。
孤山孤绝[③]谁肯庐？道人有道山不孤。
纸窗竹屋深自暖，拥褐坐卧依团蒲[④]。
天寒路远愁仆夫，整驾催归及未晡[⑤]。
出山回望云木合，但见野鹘盘浮图。[⑥]
兹游淡薄欢有余，到家恍如梦蘧蘧[⑦]。
作诗火急追亡逋，清景一失后难摹。[⑧]

① 诗作于熙宁四年(1071)十二月，时到杭州通判任才三日。腊日：农历十二月初八，乃岁终祭祀百神之日。孤山：在杭州城西四里。惠勤：西湖僧。惠思：诰案："参寥似属惠思之高弟……而其后归入孤山。"纪昀评此诗云："忽叠韵，忽隔句韵，音节之妙，动合天然，

不容凑拍。其源出于古乐府。”(《纪批》)

② 宝云山：明田汝成《西湖游览志》八《北山胜迹》谓初阳台西为葛翁井，又西为锦坞，又西为宝云山，又西为葛岭，皆在孤山之北。

③ 孤山孤绝：孤山在里西湖中，一屿孤立，旁无联附，为湖山胜绝处，故云。(参见《西湖游览志》二)

④ 团蒲：蒲团，供坐禅或跪拜用。

⑤ 晡(bū)：申时，黄昏时。

⑥ “出山”二句：汪师韩评云：“回望云山，寒日将晡，宛焉入画。‘野鹘’句于分明处写出迷离。”(《汪评》)野鹘，犹野鹰。浮图，宝塔。

⑦ 梦蘧蘧(qú)：《庄子·齐物论》：“昔者庄周梦为蝴蝶，栩栩然蝴蝶也……俄然觉，则蘧蘧然周也。”蘧蘧，惊动貌。

⑧ “作诗”二句意谓：迅速捕捉稍纵即逝的创作灵感。南齐诸暨县令袁嘏曾说：“诗有生气，须捉著，不尔便飞去”，何文焕以为东坡“似从此脱化”(见《历代诗话考索》)。

吉祥寺赏牡丹[①]

人老簪花不自羞，花应羞上老人头。

醉归扶路人应笑，十里珠帘半上钩[②]。

① 苏轼《牡丹记叙》:“熙宁五年(1072)三月二十三日，余从太守沈公(名遘)观花于吉祥寺僧守璘之圃。”《咸淳临安志》卷七十六：吉祥院，乾德三年睦州刺史薛温舍地为寺，“寺地广袤，最多牡丹，名人巨公皆所游赏”。

② “十里”句：语本杜牧《赠别》:“春风十里扬州路，卷上珠帘总不如。”此句谓沿街人家多开窗观望。

雨中游天竺灵感观音院①

蚕欲老，麦半黄，前山后山雨浪浪。
农夫辍耒女废筐，白衣仙人②在高堂。

① 熙宁五年(1072)暮春作。天竺灵感观音院：五代吴越王天福中建，宋咸平中赐今名。据《武林旧事》卷五，其地在西溪路三天竺，距飞来峰不远。汪师韩评此诗云："如古谣谚，精悍遒古，刺当时不恤民也。"(《汪评》)

② 白衣仙人：指观音像。据《西湖游览志》十一《北山胜迹》，吴越钱忠懿王"尝梦白衣人求葺其居，寤而有感，遂建天竺观音感心院"，"淫雨濡足，自是有祷辄应"。并举苏轼此诗，云："盖有望于祈晴也。"

六月二十七日望湖楼醉书五绝[①]（选二首）

黑云翻墨未遮山，白雨跳珠乱入船。
卷地风来忽吹散，望湖楼下水如天。

放生鱼鳖[②]逐人来，无主荷花到处开。
水枕能令山俯仰[③]，风船[④]解与月徘徊。

① 熙宁五年(1072)作。望湖楼：在今杭州西湖断桥西白堤北，离城一里，五代乾德七年吴越王所建，一名看经楼。王文诰评曰："以上八诗(此处选第一、第二首)，随手拈出，皆得西湖之神，可谓天才。"

② 放生鱼鳖：《集成》引张栻曰：天禧四年，杭州知府王钦若"奏以西湖为放生池，禁捕鱼鸟，为人主祈福"。后沈遘知杭时，也"禁捕西湖鱼鳖"(见《宋史》本传)。

③ "水枕"句：写在随波起伏的船上看山的感觉。其《出颍口初见淮山是日至寿州》诗云："青山久与船低昂。"《李思训画长江绝岛图》亦云："孤山久与船低昂。"可见为诗人得意之句。

④ 风船：随风荡漾的船。

沈谏议召游湖不赴明日得双莲于北山下作一绝[①]持献沈既见和又别作一首因用其韵

湖上棠阴手自栽[②],问公更得几回来[③]?
水仙[④]亦恐公归去,故遣双莲一夜开。

① 熙宁五年(1072)作。沈遘:字文通,钱塘(今杭州)人,熙宁四年(1071)正月以右谏议大夫知杭州。北山:指宝云山葛岭、栖霞岭一带。

② "湖上"句:称美沈遘知杭时的德政。相传周武王时,召伯巡行南国,曾在甘棠树下休息,后人思其德,作《甘棠》诗以美之。(见《诗·召南·甘棠》传)

③ "问公"句:因为沈遘即将离任,接替者为陈襄,字述古,故云。

④ 水仙:钱塘门外二里西湖边有水仙王庙。

和欧阳少师寄赵少师次韵[1]

朱门有遗啄[2],千里来燕雀。
公家冷如冰,百呼无一诺。
平生亲友半迁逝[3],公虽不怪旁人愕。
世事如今腊酒酿,交情自古春云薄。[4]
二公凛凛和非同,畴昔心亲岂貌从。[5]
白须相映松间鹤,清句更酬雪里鸿。
何日扬雄一廛足,却追范蠡五湖中。[6]

① 熙宁五年(1072)作。欧阳少师:欧阳修,熙宁四年(1071)以太子少师致仕。赵少师:赵概,亦以太子少师致仕。二人于《宋史》中皆有传。欧阳修为苏轼座师,其原韵题作《拟剥啄行寄赵少师》。纪昀评苏轼和作云:"谨严而不局促,清利而不浅薄,自是用意之作。"(《纪批》)

② 遗啄:吃剩的食品。此句化用杜甫《自京赴奉先县咏怀五百字》:"朱门酒肉臭。"

③ 半迁逝:大半逝世。

④“世事”二句：王文诰案：“通幅出色，全恃此二句撑得结实。”（《集成》）

⑤“二公”二句：和非同，和而不同。言其政见不同，而相处和睦。据《宋史·赵概传》：欧阳修本与赵概不睦，“修有狱，概独抗章明其罪，言为仇者所中伤……修得解，始服其长者”。故此处盛称之。

⑥“何日”二句：苏轼自谓将来买到田地便可退隐。《汉书·扬雄传》谓扬雄居岷山之阳，“有田一壥，有宅一区”。廛（chán），通“壥”，古称一家所居的房地。范蠡，春秋时助越王勾践破吴，功成后携西施泛五湖而去（见《越绝书》）。此处借指退休后的欧阳修。

望海楼晚景五绝[①](选二首)

横风吹雨入楼斜,壮观应须好句夸。
雨过潮平江海碧[②],电光时掣紫金蛇。

青山断处塔层层,隔岸人家唤欲譍[③]。
江上秋风晚来急,为传钟鼓到西兴[④]。

① 熙宁五年(1072)八月中,苏轼在杭州试院监考,得闲二十余日,遂在州衙内望海楼闲坐,因赋此诗。望海楼在城南凤凰山,楼高十八丈。(参见《西湖游览志》七《南山胜迹》)

② "雨过"句:王文诰案:"七字极有斟酌,确是逐日闲坐楼上看潮人语。"(《集成》)

③ 譍(yīng):通"应",答话。

④ 西兴:在杭州钱塘江对岸,萧山区西十三里,又名固陵、西陵,吴越王时改今名。

和陈述古拒霜花[①]

千林扫作一番黄，只有芙蓉独自芳。
唤作拒霜知未称，细思却是最宜霜。

① 熙宁五年(1072)作。陈述古：名襄，阆中人，宰相陈尧佐之子，庆历二年(1042)进士，熙宁五年五月以刑部郎中接替沈遘知杭州，熙宁七年六月移知南京应天府。《本草》："芙蓉，一名拒霜，艳如荷花，八九月始开，故名拒霜。"纪昀评此诗曰："用意颇为深曲，查初白(查慎行)以浅讥之，似乎未喻其旨。"(《纪批》)

梵天寺见僧守诠小诗清婉可爱次韵①

但闻烟外钟，不见烟中寺。

幽人②行未已，草露湿芒屦③。

惟应山头月，夜夜照来去。

① 熙宁五年(1072)作。梵天寺：在杭州城南凤凰山，五代乾德年间吴越王钱氏建。旧名南塔，宋治平中，改今额。(见《西湖游览志》七《南山胜迹》)守诠：一作志诠、惠诠。周紫芝《竹坡诗话》云："余读东坡《和梵天僧守诠》小诗，未尝不喜其清绝过人远甚。"汪师韩则谓此诗"峭蒨高洁，韦柳遗音"(《汪评》)。

② 幽人：幽隐之高人，即隐士。

③ 芒屦(jù)：草鞋。

画　鱼　歌[①]

天寒水落鱼在泥，短钩画水如耕犁。
渚蒲披折藻荇乱，此意岂复遗鳅鲵？
偶然信手皆虚击，本不辞劳几万一。
一鱼中刃百鱼惊，虾蟹奔忙误跳掷。
渔人养鱼如养雏，插竿冠笠惊鹈鹕[②]。
岂知白梃闹如雨，搅水觅鱼嗟已疏。[③]

① 熙宁五年(1072)作于湖州道中，时湖州知府孙觉(莘老)议筑松江堤堰，苏轼前往察看。诗写竭泽而渔之惨状。纪昀评曰："喻诛求之殚民力也。"(《纪批》)

② "插竿"句：写以稻草人吓鸟。鹈鹕(tí hú)，水鸟名，喜沉水食鱼，一名洿泽、秃鹙、淘河。

③ "岂知"二句：白梃，白色棍棒。贾谊《过秦论》下："钼耰白梃，望屋而食，横行天下。"此谓用木棍搅水捉鱼。王文诰案："末讽当时刑罚之烦也。"(《集成》)

吴中田妇叹 和贾收韵[①]

今年粳稻熟苦迟，庶见霜风来几时[②]。
霜风来时雨如泻，杷头出菌镰生衣[③]。
眼枯泪尽雨不尽，忍见黄穗卧青泥！[④]
茅苫[⑤]一月垅上宿，天晴获稻随车归。
汗流肩赪[⑥]载入市，价贱乞与如糠粞。
卖牛纳税拆屋炊，虑浅不及明年饥。[⑦]
官今要钱不要米，西北万里招羌儿[⑧]。
龚黄[⑨]满朝人更苦，不如却作河伯妇[⑩]！

① 熙宁五年(1072)秋赴湖州察看松江筑堤时作。贾耘老：名收，湖州乌程人，有妾名双荷叶，苏轼曾为之作词。耘老极重苏轼，家有“怀苏亭”，文曰《怀苏集》。

② “庶见”句：钱锺书《宋诗选注》：“幸亏不多几天就是秋季了。”庶，将近，差不多。

③ 杷(pá)头：农具。《急就篇》三：“捃获秉把插捌杷。”注：“无齿为捌，有齿为杷，所以推引聚禾谷也。”此句写农具因天阴潮湿而发

霉生锈。

④“眼枯”二句：钱锺书《宋诗选注》云：“这句可以参看杜甫《新安吏》：‘莫自使眼枯，收汝泪纵横；眼枯即见骨，天地终无情。’”下句写雨中禾稻倒伏。

⑤茅苫：用茅草盖的棚子。

⑥赪(chēng)：红色。

⑦“卖牛”二句：王安石推行新法后，“国家赋税收钱不收米，造成钱荒米贱的现象”(钱锺书《宋诗选注》)。司马光亦于熙宁七年(1074)四月上《应诏言朝政得失状》云：“吏责钱不已，欲卖田则家家卖田，欲卖屋则家家卖屋，欲卖牛则家家卖牛……一年如此，明年将何以为生乎？”

⑧“西北”句：熙宁五年，北宋用王韶“平戎三策”，在西北沿边，招纳蕃官932人，每月费钱480余缗，得正兵三万，族长数千。(见《宋史·兵志五》)羌儿，指西北边境少数民族子弟。

⑨龚黄：龚遂，汉渤海太守，尝令百姓卖刀买牛。黄霸，汉颍川太守，时吏尚严酷，而霸则主宽和。(俱见《汉书·循吏传》)此处借喻推行新法的官吏。

⑩河伯妇：战国魏文侯时，邺县为治水患，常以民女投入河中，耗资数百万，名为“河伯娶妇”。西门豹治邺，始革除旧俗。(见《史记·滑稽列传》)此谓田妇不如投河自尽。

法惠寺横翠阁[1]

朝见吴山横，暮见吴山纵。
吴山故多态，转折为君容[2]。
幽人起朱阁，空洞更无物。[3]
惟有千步冈，东西作帘额。[4]
春来故国归无期，人言秋悲春更悲。
已泛平湖思濯锦，更看横翠忆峨眉。[5]
雕栏能得几时好？不独凭栏人易老。
百年兴废更堪哀，悬知草莽化池台[6]。
游人寻我旧游处，但觅吴山横处来。

① 熙宁六年(1073)春作。法惠寺：在杭州清波门南、方家峪之畔，五代吴越王钱氏建，旧名兴庆寺，治平二年(1065)改今名。汪师韩评此诗曰："作初唐体，清丽芊眠，神韵欲绝。"(《汪评》)纪昀曰："短峭而杂以曼声，使人怆然易感。"(《纪批》)

② 吴山：在杭州城内东南，春秋时为吴南界，以别于越，故名。或曰因有伍子胥庙，讹"伍"为"吴"。一称胥山，又名城隍山。以上四

句,纪昀曰:“起得峭拔。”

③ “幽人”二句:指庙中只有僧人。钱锺书《宋诗选注》谓“古代寺院里的楼阁常常是红颜色”,故称朱阁。

④ “惟有”二句意谓:阁中空洞无物,唯有横亘东西的吴山,像挡住寺阁的帘额。千步冈,指吴山山脉。帘额,窗帘的上端。李贺《宫娃歌》:“寒入罘罳殿影昏,彩鸾帘额著霜痕。”

⑤ “已泛”二句意谓:泛舟西湖,便想起成都的濯锦江;观赏吴山,便回忆起四川的峨眉山。皆不忘故乡之意。横翠,指横翠阁。

⑥ 悬知:预知、料想。草莽化池台:为倒装句,谓将来池台将化为草莽。

饮湖上初晴后雨二首[①]（选一首）

水光潋滟晴方好，山色空濛雨亦奇。[②]
欲把西湖比西子[③]，淡妆浓抹总相宜[④]。

① 熙宁六年(1073)作。王文诰案:“此是名篇,可谓前无古人,后无来者。公凡西湖诗,皆加意出色,变尽方法。然皆在《钱塘集》中,其后帅杭,劳心灾赈,已无复此种杰构。”(《集成》)

② “水光”二句:查慎行《初白庵诗评》卷中云:“多少西湖诗被二语扫尽,何处著一毫脂粉颜色!”潋滟,水波荡漾貌。空濛,迷茫貌。南齐谢朓《观朝雨》:“空濛如薄雾,散漫似轻埃。”

③ 西子:春秋时越国美人西施。袁文《瓮牖闲评》卷五谓此句“虽与妇人不相涉,而比拟恰好,且其言妙丽新奇,使人赏玩不已”。苏轼亦颇自我欣赏,如《次韵刘景文登介亭》云:“西湖真西子,烟树点眉目。”《次韵答马忠玉》亦云:“只有西湖似西子,故应宛转为君容。”

④ 淡妆:指晴时。浓抹:指雨时。

春　　夜[①]

春宵一刻值千金，花有清香月有阴。
歌管楼台声细细，秋千院落夜沉沉。

① 此诗疑作于熙宁中通判杭州时，暂编于此。查慎行注："《诗人玉屑》云：东坡'春宵一刻值千金'云云，与王介甫'金炉香烬漏声残'一首，流丽相似，然亦有甲乙。"后者指王安石《夜直》诗。

新城道中二首[①]（选一首）

东风知我欲山行，吹断檐间积雨声。
岭上晴云披絮帽[②]，树头初日挂铜钲[③]。
野桃含笑竹篱短，溪柳自摇沙水轻。[④]
西崦[⑤]人家应最乐，煮芹烧笋饷春耕[⑥]。

① 熙宁六年(1073)二月，苏轼视察新城(今浙江富阳新登镇)时作。王文诰案："此诗上节，叙早发新城也；此诗下节，行及半道，时已饷耕也。"(《集成》)

② 絮帽：棉絮做的帽子，形容山顶白云。

③ 铜钲(zhēng)：指铜锣。

④ "野桃"二句：汪师韩云："有'野桃''溪柳'一联，铸语神来，常人得之，便足以名世。"(《汪评》)

⑤ 西崦(yān)：西山。

⑥ 饷春耕：指到田头为耕作的家人送饭。

山村五绝[①](选三首)

竹篱茅屋趁溪斜，春入山村处处花。
无象太平还有象，孤烟起处是人家。[②]

老翁七十自腰镰，惭愧春山笋蕨甜[③]。
岂是闻韶解忘味？迩来三月食无盐。[④]

杖藜裹饭[⑤]去匆匆，过眼青钱转手空[⑥]。
赢得儿童语音好，一年强半在城中。[⑦]

① 熙宁六年(1073)春作于杭州通判任上。后竟因此为反对新法的罪证，而罹“乌台诗案”。纪昀评曰：“五首语多露骨，不为佳作。”(《纪批》)王文诰则曰：“五绝并佳，而此篇(指其一)第一。”并批评纪昀：“晓岚评此一路诗，皆非是。”(《集成》)

② “无象”二句：王文诰注引《旧唐书》：“文宗曰：‘天下何由太平，卿等有意于此乎?’牛僧孺奏曰：‘太平无象，今虽未及至理(即至治)，亦谓小康。若别求太平，非臣等所及。’”又案云：“‘还有象’，

亦带讽意，却以下句瞒过上句。如著意写炊烟，上句必不如是设想。”(《集成》)无象，没有迹象。

③ “惭愧”句：《诗词曲语辞汇释》卷六：“惭愧，感幸之辞，犹云多谢也；侥幸也；难得也。”笋蕨(jué)，竹笋和蕨菜。蕨初生时似小儿拳，茎紫色，又名拳菜、紫蕨。

④ “岂是”二句：《论语·述而》：“子在齐闻《韶》，三月不知肉味。”韶，舜乐。《乌台诗案》：“意言山中之人，饥贫无食，虽老犹自采笋蕨充饥。时盐法太峻，僻远之人无盐食，动经数月。若古之圣人，则能闻《韶》忘味，山中小民，岂能食淡而乐乎？亦以讥盐法太峻也。”

⑤ 杖藜裹饭：《庄子·让王》：“原宪藜杖应门裹饭。”

⑥ “过眼”句：王文诰案：“公奏状：‘每见散青苗钱，则县中酒库暴增，乡民有徒手而归者，可为流涕。’是此七字注脚。”

⑦ “赢得”二句：《乌台诗案》：“乡村之人，一年两度夏秋税，又数度请纳和预买钱……因此庄家幼小子弟，多在城市不著次第，但学得城中语音而已。以讥讽朝廷新法青苗、助役不便也。”

於潜僧绿筠轩[①]

可使食无肉，不可居无竹。
无肉令人瘦，无竹令人俗。
人瘦尚可肥，士俗不可医。
旁人笑此言，似高还似痴。
若对此君仍大嚼，世间那有扬州鹤？[②]

① 熙宁六年(1073)作。於潜：旧县名，在杭州之西，今已并入临安。绿筠轩：在临安南二里寂照寺内，后易名此君轩。僧名孜，字惠觉。

② “若对”二句：此君，竹之雅称。相传东晋王徽之(子猷)尝寄居空宅中，便令种竹，曰：“何可一日无此君？”(见《晋书》本传)扬州鹤：据《殷芸小说》，有数人各言其志，或愿为扬州刺史，或愿多货财，或愿骑鹤上升。其一人曰：“腰缠十万贯，骑鹤上扬州。”盖欲三者兼得。此为苏轼戏语，意谓又赏竹子又吃肉，哪有这种美事？

薄命佳人[①]

双颊凝酥发抹漆，眼光入帘珠的烁[②]。
故将白练作仙衣[③]，不许红膏污天质。
吴音娇软[④]带儿痴，无限闲愁总未知。
自古佳人多命薄，闭门春尽杨花落。

① 熙宁六年(1073)作于杭州。周辉《清波杂志》记他“在建康一老尼处得东坡元祐间绫帕子，上所书《薄命佳人》诗，尼时年八十馀矣”。王文诰称此诗“咏尼童确极”(《集成》)。

② 的烁：光亮、鲜明。

③ 白练作仙衣：《冷斋夜话》：“东坡作《尼童》诗‘应将白练作仙衣’事，见(武)则天长寿三年诏书曰：‘一应天下尼，当用细白练为衣。’”

④ 吴音娇软：江南吴语发音娇软。李白《示金陵子》：“楚歌吴语娇不成。”秦观《陪李公择观金地佛牙》亦称钱塘老尼法照：“殷勤称赞出软语，坐入顾眄惊俗污。”今称吴侬软语。

次韵代留别[①]

绛蜡烧残玉斝飞[②],离歌唱彻万行啼。

他年一舸鸱夷去,应记侬家旧住西。[③]

① 熙宁六年(1073)作于杭州,系代女子留别男子之作。

② 绛蜡:红蜡烛。玉斝(jiǎ):酒杯的美称。此句写饯别情景。

③ “他年”二句:用杜牧《杜秋娘》诗:“西子下姑苏,一舸逐鸱夷。”相传春秋时范蠡破吴后,携西施泛五湖而去,变姓名,自谓“鸱夷子皮”。(见《史记·越世家》)古代诸暨(今属浙江)苎罗山施姓家族分为东家施、西家施。西施属后者,故名。(参见王楙《野客丛书》卷二十三)

席上代人赠别三首[①] (选二首)

凄音怨乱不成歌,纵使重来奈老何!
泪眼无穷似梅雨[②],一番匀了一番多。

莲子劈开须见忆,楸枰著尽更无期。
破衫却有重逢处,一饭何曾忘却时?[③]

① 熙宁六年(1073)五月作于杭州。

② 梅雨:江南梅子黄时,阴雨连绵,称梅雨。

③ 此首皆用谐音双关语。王文诰注引次公曰:“此吴歌格,借字寓意也。”葛立方《韵语阳秋》卷四谓古乐府“是皆以下句释上句……至东坡‘莲子劈开须见忆’,是文与释并见于一句之中矣”。按:“莲”谐“怜”,“忆”谐“薏”。楸枰,棋盘。“期”谐“棋”,“逢”谐“缝”,“时”谐“匙”。

佛日山荣长老方丈五绝[①] (选一首)

食罢茶瓯未要深,清风一榻抵千金。
腹摇鼻息[②]庭花落,还尽平生未足心。

① 熙宁六年(1073)六月作。佛日山:在杭州母山之东北,高六十余丈。(见《咸淳临安志》)

② 腹摇鼻息:孙樵《经纬集·乞巧对》:"予方高枕,偃然就寝,腹摇鼻息,梦到乡国。槐阴扑庭,鸣蜩噪晴。"

病中游祖塔院[1]

紫李黄瓜村路香，乌纱白葛道衣凉。
闭门野寺松阴转，欹枕风轩[2]客梦长。
因病得闲殊不恶，安心是药更无方[3]。
道人不惜阶前水，借与匏尊自在尝。[4]

① 熙宁六年(1073)夏作于杭州。祖塔院：定慧禅寺，俗称虎跑寺，唐元和十四年僧寰中建，宪宗赐额曰广福院。僖宗乾符间，改为定慧禅寺。宋时用今名。(见《西湖游览志》五)方东树《昭昧詹言》卷二十评此诗云："先写游时景与情事，风味别胜，不比凡境。三四写院中景。五六还题'病中'，兼切二祖。收将院僧、自己绾合，亦自然本地风光，不是从外插入。"

② 风轩：通风的窗户。秦观《春日杂兴》之一："雨砌堕危芳，风轩纳飞絮。"

③ "安心"句：佛家语，相传神光慧可禅师向达摩禅师求法，曰："我心未宁，乞师与安。"师曰："将心来与汝安。"曰："觅心了，不可得。"师曰："我与汝安心竟(毕)。"(见《景德传灯录》卷三)苏轼《次

韵韶守狄大夫见赠》亦云："有病安心是药方。"

④"道人"二句：写饮虎跑泉。匏(páo)尊，此指茶具。阶前虎跑泉，水极甘冽。旧传唐元和十四年(819)，性空禅师来此，无水，欲他去，有神使二虎刨山而出泉，禅师遂留下。(见《西湖游览志》五)跑，通"刨"。

有美堂暴雨[①]

游人脚底一声雷[②],满座顽云拨不开。
天外黑风吹海立[③],浙东[④]飞雨过江来。
十分潋滟金尊凸[⑤],千杖敲铿羯鼓催[⑥]。
唤起谪仙[⑦]泉洒面,倒倾鲛室泻琼瑰[⑧]。

① 熙宁六年(1073)作。有美堂:嘉祐二年(1057)梅挚知杭州时,仁宗御赐诗云:“地有湖山美,东南第一州。”因在城南吴山建有美堂以为纪念。查慎行《初白庵诗评》卷下:“通首多是摹写暴雨,章法亦奇。”

② “游人”句:王文诰注引师民瞻曰:“俗说高雷无雨,故雷自地震,即暴雨也。”(《集成》)

③ 海立:形容海浪之高。杜甫《朝献太清宫赋》:“九天之云下垂,四海之水皆立。”仇兆鳌注:“水立,谓潮水拱向。”黄庭坚评杜赋云:“二者皆句语雄峻,前无古人。”(见洪迈《容斋随笔·四笔》卷二)《懒真子》谓苏诗源于杜赋,“立字最为有功,乃水踊起之貌”。

④ 浙东:浙江之东。《唐宋诗醇》卷三十四认为有了上句,“亦必有

'浙东'句作对,情景乃合……唐贤名句中惟骆宾王《灵隐寺诗》'楼观沧海日,门对浙江潮'一联,足相配敌"。

⑤ 金尊凸:杯中酒满,此喻钱塘江水高涨。语本杜牧《羊栏夜宴》:"酒凸觥心潋滟光。"

⑥ "千杖"句:以急骤的鼓声喻暴雨。杖,指鼓槌。《唐语林》载明皇问李龟年羯鼓打多少杖,对曰:"臣打五千杖讫。"

⑦ 谪仙:唐代李白。《旧唐书·李白传》:"初,贺知章见白,赏之曰:'此天上谪仙人也!'"此处实以李白自况。宋王辟之《渑水燕谈录》卷四《才识》:"子瞻文章议论,独出当世,风格高迈,真谪仙人也!"

⑧ 鲛室:相传海中有鲛人,尝卖绡,泣泪成珠,所居之室为鲛室。(参见《文选·木元虚〈海赋〉》及张华《博物志》卷九)琼瑰:美玉,此喻诗文之美。苏轼《又送郑户曹》:"新诗出琼瑰。"又《酒子赋》:"出妙语为琼瑰。"以上二句实本杜甫《陪诸贵公子丈八沟携妓纳凉晚际遇雨》:"片云头上黑,应是雨催诗。"只是用脱胎换骨的手法而已。

八月十五日看潮五绝[①]（选一首）

吴儿生长狎涛渊，冒利轻生不自怜。

东海若知明主意，定教斥卤[②]变桑田。

① 此为五绝之四。《乌台诗案》："熙宁六年(1073)任杭州通判，因八月十五日观潮作诗五首，写在安济亭上。前三首并无讥讽，至第四首，言弄潮之人贪官中利物，致其间有溺而死者，故朝旨禁断。轼谓主上好兴水利，不知利少而害多，言'东海若知明主意，应教斥卤变桑田'，此言事之必不可成者，讥讽朝廷水利之难成也。"此盖罗织反对新法罪名。

② 斥卤：盐碱地。

陌上花三首 并引

游九仙山，闻里中儿歌《陌上花》，父老云：吴越王妃，每岁春必归临安。王以书遗妃曰："陌上花开，可缓缓归矣。"吴人用其语为歌，含思宛转，听之凄然；而其词鄙野，为易之云。[①]

陌上花开蝴蝶飞，江山犹是昔人非[②]。
遗民几度垂垂老，游女长歌缓缓归。

陌上山花无数开，路人争看翠軿[③]来。
若为留得堂堂去[④]，且更从教缓缓回。

生前富贵草头露，身后风流陌上花。
已作迟迟君去鲁[⑤]，犹教缓缓妾还家。

① 熙宁六年(1073)作于杭州。九仙山：在杭州城西十二里，东晋葛洪、许迈炼丹之地。吴越王妃：吴越王钱俶之妻。宋太祖时，钱俶常至汴京朝贡，皆厚礼赐还国，至太宗太平兴国三年始举家入京，国除。易之：改写。清王士禛《渔洋诗话》称“陌上花开”二语，“艳称千古”，“东坡又演为《陌上花》”，“晁无咎亦和八首”，“二公诗皆绝唱，入乐府，即《小秦王》调也”。

② “江山”句：旧题陶潜《搜神后记》卷一谓丁令威化鹤归故乡辽东，云：“有鸟有鸟丁令威，去家千年今始归。城郭如故人民非，何不学仙冢垒垒？”此首纪昀评曰：“真有含思宛转之意。”(《纪批》)

③ 翠軿(píng)：妇女所乘有帷幕的牛车。

④ 堂堂：公开大方貌。唐薛能《春日使府寓怀》诗：“青春背我堂堂去，白发欺人故故生。”

⑤ “已作”句：语本《孟子·尽心》下：“孔子之去鲁，曰：‘迟迟吾行也，去父母国之道也。’”此指钱俶离开旧国入汴京朝宋。

张子野年八十五尚闻买妾述古令作诗[①]

锦里先生[②]自笑狂，莫欺九尺鬓眉苍。
诗人老去莺莺在，公子归来燕燕忙。[③]
柱下相君[④]犹有齿，江南刺史[⑤]已无肠。
平生谬作安昌客，略遣彭宣到后堂。[⑥]

① 熙宁六年(1073)作于杭州。张子野：名先，湖州(今浙江湖州市)人，天圣八年进士，初为宿州掾，后以秘书丞知吴江，改嘉禾判官，晏殊知永兴军，辟为通判，复以屯田员外郎知渝州、安州、虢州，以都官员外郎致仕，著有《安陆集》及《张子野词》。述古：杭州知府陈襄，见《和陈述古拒霜花》注①。

② 锦里先生：杜甫《南邻》："锦里先生乌角巾。"此处戏称张先。

③ "诗人"二句：莺莺、燕燕，喻妾(实指歌女)。元稹《莺莺传》谓崔氏之女莺莺，唐贞元中，与张生恋于蒲州普救寺之西厢。又《诗·邶风·燕燕》毛传："卫庄姜送归妾也。"或说唐人张祜妾名燕燕。叶梦得《石林诗话》："张先郎中能为诗及乐府，至老不衰。子瞻作倅时，先生已八十余，家犹蓄声妓。子瞻赠诗云'诗人老去莺莺

在，公子归来燕燕忙’，盖全用张氏故事实之。”

④ 柱下相君：指汉代张苍，秦时为御史，主管柱下方书。入汉，为丞相十余年，后病免，口中无齿，专食人乳，妻妾以百数，年百余岁乃卒。（见《汉书》本传）

⑤ 江南刺史：王文诰注：“白乐天《山游示小妓》诗：‘莫唱杨柳枝，无肠与君断。’”又引何焯云：“江南刺史，似用张又新事。”张又新：唐武宗会昌二年为江州刺史，《唐才子传》卷六称其“善为诗”，尝曰：“我少年擅美名，意不欲仕宦，惟得美妻，平生足矣。”“后过淮南，(于)李绅筵上得一歌姬，与之偕老。”

⑥ “平生”二句：汉代张禹封安昌侯。其弟子有彭宣、戴崇。禹爱崇，尝延入后堂饮食，妇女相对，优人弦管，昏夜乃罢。然对彭宣，则敬而远之，每次来只是讲论经义，杯酒相对，未尝至后堂。（见《汉书·张禹传》）此处苏轼以张禹比张先，而以彭宣自喻。

书双竹湛师房二首[①]（选一首）

暮鼓朝钟自击撞，闭门孤枕对残釭。[②]
白灰旋拨通红火，卧听萧萧雨打窗。

① 熙宁六年(1073)作。杭州广严寺有双竹相比而生，俗称双竹寺，寺在方家峪。(《武林旧事》卷五)僧惠洪《冷斋夜话》卷三："山谷云：'天下清景，初不择贤愚而与之遇，然吾特疑端为我辈设……东坡宿余杭山寺赠僧曰：暮鼓朝钟自击撞(略)。'人以山谷之言为确。"

② "暮鼓"二句：纪昀曰："查本改'釭'为'缸'，嫌与'朝钟'字碍耳。然暮鼓朝钟，自是一日工课，闭门孤枕，自是工课完后之事，原不相碍。"又称此诗："意自寻常，语颇清脱。"(《纪批》)残釭(gāng)，残灯，此字依韵当作缸。

和述古冬日牡丹四首[①] (选一首)

一朵妖红翠欲流[②],春光回照雪霜羞。
化工只欲呈新巧,不放闲花得少休。[③]

① 熙宁六年(1073)冬十月作。述古:陈襄,见《和陈述古拒霜花》注①。纪昀评云:"二首寓刺却不甚露,好在比而不赋。"(《纪批》)

② "一朵"句:陆游《老学庵笔记》卷八谓:"初不晓'翠欲流'为何语,及游成都……问土人,乃知蜀语'鲜翠'犹言鲜明也。东坡盖用乡语云。"

③ "化工"二句:牡丹本于四月开花,而此花于十月再开,故云"新巧"。《乌台诗案》云:"此诗皆讥讽当时执政大臣,以比化工,但欲出新意擘画,令小民不得暂闲也。"意即讽刺新法。

除夜野宿常州城外二首[①]（选一首）

行歌野哭两堪悲，远火低星渐向微。
病眼不眠非守岁[②]，乡音无伴苦思归。
重衾脚冷知霜重，新沐头轻感发稀。
多谢残灯不嫌客，孤舟一夜许相依。[③]

① 熙宁六年（1073）除夕作。本年十一月作者赴常州、润州赈济灾民，至次年五月回杭。此诗苏轼有跋云："仆时三十九岁，润州道中值除夜而作。后二十年在惠州守岁，录付过（幼子苏过）。"

② "病眼"句：用白居易《除夜》诗成句，唯以"不"字易"少"字。

③ "多谢"二句：纪昀曰："言人则见嫌矣。"（《纪批》）

无锡道中赋水车[①]

翻翻联联衔尾鸦[②],荦荦确确[③]蜕骨蛇。
分畴翠浪走云阵,刺水绿针抽稻芽。
洞庭五月欲飞沙[④],鼍鸣窟中如打衙[⑤]。
天公不见老翁泣,唤取阿香推雷车。[⑥]

① 熙宁七年(1074)作。《唐宋诗醇》卷三十四评曰:"只是体物着题,触处灵通,别成奇光异彩。……赋物得此,神力罕匹。"纪昀曰:"节短势险,句句奇矫。"(《纪批》)

② "翻翻"句:写水车转动时每一节戽水器前后衔接之状。

③ 荦荦(luò)确确:石多貌。此处形容水车骨架之大。水车亦名龙骨车,故称"蜕骨蛇"。葛立方《韵语阳秋》卷二十:"舒王(王安石)《前元丰行》云:'倒持龙骨挂屋敖。'《后元丰行》云:'龙骨长干挂梁梠。'龙骨,水车也。"

④ "洞庭"句:指太湖之洞庭山。时天旱,故云"欲飞沙"。

⑤ 鼍(tuó):俗名猪婆龙。陆佃《埤雅・释鱼》:"鼍宵鸣如桴鼓。""鼍欲雨则鸣。"打衙:指击鼓升堂。苏辙《次韵毛君山房即事》:"请

看早朝霜入屦,何如卧听打衙声。”

⑥ “天公”二句:旧题陶潜《搜神后记》卷五谓晋永和中,周某夜闻有小儿唤阿香声,曰:“官唤汝推雷车。”女遂去,“夜遂大雷雨”。此谓盼望天公降雨,故葛立方云“言水车之利,不及雷车所沾者广也”(引同上)。

青牛岭高绝处有小寺人迹罕到①

暮归走马沙河塘②,炉烟袅袅十里香。

朝行曳杖青牛岭,寒泉咽咽千山静。

君勿笑老僧,耳聋唤不闻,③百年俱是可怜人④。

明朝且复城中去,白云却在题诗处。

①《咸淳临安志》:青牛岭,在新城县(今浙江杭州市富阳区新登镇)西七十里南新乡,旧名宝福山。方丈有东坡题诗于壁,末云:"熙宁七年(1074)八月二十五日。"纪昀评此诗曰:"语语脱洒,咫尺而有万里之势,结得缥缈,然中有寓托,不同泛作窈窈冥冥语。"(《纪批》)

② 沙河塘:在杭州城南五里吴山之下,宋时为繁华之区。

③ "君勿"二句:唐韦蟾《赠商山僧》诗:"师言耳重知师意,人是人非不欲闻。"

④ "百年"句:唐卢仝《叹昨日三首》之二:"有钱无钱俱可怜,百年骤过如流川。"

单同年求德兴俞氏聚远楼诗三首[①]（选一首）

云山烟水苦难亲[②]，野草幽花各自春。
赖有高楼能聚远，一时收拾与闲人。

① 熙宁七年（1074），苏轼自常州放赈毕，经宜兴访单锡，作此诗。单锡，字君贶，嘉祐二年（1057）与苏轼同榜进士。王文诰云：“公以访单锡，初至宜兴，遂有卜居之意。”（《集成》）

② “云山”句：胡仔《苕溪渔隐丛话》评云：“作语不可太熟，亦须令生。东坡作《聚远楼》诗，本合用‘青山绿水’对‘野草闲花’，以此太熟，故易以‘云山烟水’，此深知诗病者。然后知宁拙毋巧，宁朴无华，宁粗毋弱，宁僻毋俗之语为可信。”王文诰案：“山之有云，水之有烟，远则见之，近无有也。故下云‘苦难亲’也。此七字已将作聚远之意拘到笔下。”（《集成》）

雪后书北台壁二首[1]

黄昏犹作雨纤纤，夜静无风势转严。
但觉衾裯如泼水，不知庭院已堆盐[2]。
五更晓色来书幌，半夜寒声落画檐。
试扫北台看马耳[3]，未随埋没有双尖。

城关初日始翻鸦，陌上晴泥已没车。
冻合玉楼寒起粟，光摇银海眩生花。[4]
遗蝗入地应千尺，宿麦连云有几家。
老病自嗟诗力退，空吟冰柱忆刘叉[5]。

① 熙宁七年(1074)九月，苏轼以太常博士直史馆权知密州，罢杭州通判任。十一月到密州(今山东诸城)，十二月题诗于北台。台在密州北，因城而建，次年苏轼加以修葺，改名超然台，苏辙为之作记，自亦常有诗词咏及此台。方回《瀛奎律髓》卷二十一："观此雪诗，亦冠绝古今矣。虽王荆公(安石)亦心服，屡和不已，终不能压倒。"

② 堆盐：形容大雪成堆。相传东晋谢安之侄谢朗(小字胡儿)咏雪

有句云："撒盐空中差可拟。"（见《世说新语·言语》）

③ 马耳：山名，在密州城南。因双峰耸峙如马耳，故名。

④ "冻合"二句：相传王安石释云："道家以两肩为玉楼，以目为银海。"（见赵令畤《侯鲭录》卷一）然不知出于何种道书。其实这是写景而已，正如袁枚《随园诗话》卷一所云："东坡雪诗用银海玉楼，不过言雪之白，用银玉字样衬托之，亦诗家常事。"

⑤ 刘叉：唐代诗人，《新唐书》本传称其"作《冰柱》《雪车》二诗，出卢仝、孟郊右"。

送　春[1]

梦里青春可得追，欲将诗句绊馀晖。
酒阑病客惟思睡，蜜熟黄蜂亦懒飞。[2]
芍药樱桃俱扫地，鬓丝禅榻两忘机[3]。
凭君借取法界观[4]，一洗人间万事非。

① 熙宁八年（1075）苏辙为齐州（今山东济南市）掌书记，有《次韵刘敏殿丞》四首寄其兄。此为《和子由四首》之二。方回《瀛奎律髓》卷二十四评云："'酒阑病客惟思睡'，我也，情也；'蜜熟黄蜂亦懒飞'，物也，景也；'芍药樱桃俱扫地'，景也；'鬓丝禅榻两忘机'，情也。一轻一重，一来一往，所谓四实四虚，前后虚实，又当如何下手？至此则如系风捕影，未易言矣。坡妙年诗律颇宽，至晚年乃神妙流动。"

② "酒阑"二句：纪昀《瀛奎律髓刊误》卷二十六云："三四二句是对面烘染法，好在'亦'字，上下镕成一片。"酒阑，行酒结束时。

③ 忘机：忘却机谋巧诈。谓自甘恬淡，与世无争。李白《下终南山过斛斯山人宿置酒》："我醉君复乐，陶然共忘机。"

④ 法界观：《法界观门》，唐杜顺著，为佛教华严宗重要著作。

寄黎眉州[①]

胶西高处望西川[②],应在孤云落照边。
瓦屋寒堆春后雪,峨眉[③]翠扫雨余天。
治经方笑《春秋》学,好士今无六一贤。[④]
且待渊明赋归去,共将诗酒趁流年。[⑤]

① 熙宁九年(1076)作于密州。黎眉州:名錞,字希声,庆历六年(1046)进士,熙宁八年知眉州。纪昀评此诗云:"悬空掷笔而下,起势极是超拔,三四接得有力,后四句亦沉着。"(《纪批》)

② 胶西:指密州。西川:四川西部,指眉州,苏轼故乡。

③ 峨眉:山名,在今四川境内。

④ "治经"二句:苏轼自注:"君以《春秋》受知欧阳文忠公,公自号六一居士。"施元之注:"黎眉州希声,治《春秋》有家法,文忠公(欧阳修)喜之。王介甫(安石)素不喜《春秋》,目为断烂朝报。是时介甫方得志,故云'治经方笑春秋学'。欧阳公有《送黎生还蜀》诗,故云'好士今无六一贤'。"

⑤ "且待"二句:苏轼自谓欲效陶渊明辞官归隐,与黎希声一起饮酒赋诗。归去,指《归去来辞》。

薄薄酒二首[①]（选一首）

薄薄酒，胜茶汤；粗粗布，胜无裳；丑妻恶妾胜空房。
五更待漏靴满霜[②]，不如三伏日高睡足北窗凉[③]。
珠襦玉柙万人祖送归北邙[④]，不如悬鹑百结独坐负朝阳[⑤]。
生前富贵，死后文章，百年瞬息万世忙。
夷齐盗跖俱亡羊[⑥]，不如眼前一醉是非忧乐两都忘。

① 熙宁九年(1076)作于密州。苏轼自序：“胶西先生赵明叔(杲卿)，家贫，好饮，不择酒而醉。常云：‘薄薄酒，胜茶汤；丑丑妇，胜空房。’其言虽俚，而近乎达，故推而广之，以补东州之乐府。既又以为未也，复自和一篇，聊以发览者之一噱云尔。”王若虚《滹南诗话》卷二评曰：“东坡《薄薄酒》二篇，皆安分知足之语，而山谷称其愤世嫉邪，过矣！或言山谷所拟胜东坡，此皮肤之见也。”

② “五更”句：写晨起上朝之苦。唐元和初始置待漏院，为群臣等候早朝之处。

③ 北窗凉：陶渊明《与子俨等疏》：“尝言五六月中北窗下卧，遇凉风暂至，自谓是羲皇上人。”

④ 珠襦(rú)玉柙(xiá)：饰有珍珠的上衣和用美玉制成的箱柜。据《汉书·佞幸传》载：汉哀帝尝以珠襦玉柙赐宠臣董贤。北邙：在今河南洛阳市郊，古代王公大臣多葬于此山。

⑤ 悬鹑百结：喻衣衫褴褛。《荀子·大略》："子夏贫，衣若悬鹑。"百结，《北堂书钞》一二九引王隐《晋书》："董威辇忽见洛阳，止宿白社中，得残碎缯，辄结以为衣，号曰百结。"负朝阳：晒太阳以暖身。

⑥ "夷齐"句：《庄子·骈拇》："伯夷死名于首阳之下，盗跖死利于东陵之上，二人所死不同，其于残生伤性均也。奚必伯夷之是而盗跖之非乎？"此用其意。伯夷、叔齐，商代末年孤竹君之二子，父死，相互让位。周灭商，耻食周粟，饿死于首阳山中，世称贤者。(《史记》有传)盗跖，春秋末期大盗。

留别释迦院牡丹呈赵倅[①]

春风小院初来时，壁间惟见使君[②]诗。
应问使君何处去，凭花说与春风知。
年年岁岁何穷已，花似今年人老矣。[③]
去年崔护若重来[④]，前度刘郎[⑤]在千里。

① 熙宁九年(1076)离密州前作。释迦院：佛寺，在密州。赵倅：名成伯，时任通判，故称"倅"。纪昀评曰："前四句运意巧幻，后四句出以曼声，亦情思惘然不尽。"(《纪批》)

② 使君：州郡长官称使君。作者自指。

③ "年年"二句：刘希夷《代白头吟》："年年岁岁花相似，岁岁年年人不同。"

④ 崔护：唐诗人，曾于清明日游都城长安南庄，向一女子求饮，意属殊厚。次年重来，人已不见，因题诗曰："去年今日此门中，人面桃花相映红。人面不知何处去，桃花依旧笑春风。"(见孟棨《本事诗·情感》)此喻赵倅。

⑤ 刘郎：唐诗人刘禹锡，曾于贞元、元和年间三游玄都观赏桃花，其《再游玄都观》云："百亩园中半是苔，桃花净尽菜花开。种桃道士知何处，前度刘郎今又来。"此以自喻，谓将离密远去。

子由将赴南都与余会宿于逍遥堂作两绝句读之殆不可为怀因和其诗以自解余观子由自少旷达天资近道又得至人养生长年之诀而余亦窃闻其一二以为今者宦游相别之日浅而异时退休相从之日长既以自解且以慰子由云[①] (二首选一)

别期渐近不堪闻，风雨萧萧已断魂[②]。
犹胜相逢不相识，形容变尽语音存。

① 熙宁十年(1077)作。苏轼与弟辙(字子由)分别七年，此年春离密州，二月相会澶濮之间，相从来徐州，宿于逍遥堂。时苏轼知徐州，而苏辙则由齐州掌书记调任南都应天府签判。至人：指道德修养甚高的人。

② “风雨”句：见《辛丑十一月十九日……》诗注⑤。

东栏梨花[①]

梨花淡白柳深青，柳絮飞时花满城。
惆怅东栏一株雪，人生看得几清明。[②]

① 熙宁十年(1077)三月作于徐州，为《和孔密州五绝》之一。孔密州：孔宗翰，接苏轼任。《唐宋诗醇》卷三十五云："浓至之情，偶于所见发露，绝句中几与刘梦得争衡。"俞樾《湖楼笔谈》卷五："此诗妙绝！"

② "惆怅"二句：陆游《老学庵笔记》卷十："绍兴中，予在福州，见何晋之大著，自言尝从张文潜游，每见文潜哦此诗，以为不可及。余按杜牧之有句云：'砌下梨花一堆雪，明年谁此凭阑干？'东坡固非窃牧之诗者，然竟是前人已道之句，何文潜爱之深也，岂别有所谓乎？"俞弁《逸老堂诗话》卷下辩解云："余爱坡老诗浑然天成，非模仿而为之者，放翁正所谓洗瘢索垢者矣。"

九日黄楼作[①]

去年重阳不可说，南城夜半千沤发。
水穿城下作雷鸣，泥满城头飞雨滑。
黄花白酒无人问，日暮归来洗靴袜[②]。
岂知还复有今年，把盏对花容一呷。
莫嫌酒薄红粉陋，终胜泥中千锹锸。
黄楼新成壁未干，清河已落霜初杀。
朝来白雾如细雨，南山不见千寻刹[③]。
楼前便作海茫茫，楼下空闻橹鸦轧[④]。
薄寒中人老可畏，热酒浇肠气先压。
烟消日出见渔村，远水鳞鳞山䶩䶩[⑤]。
诗人猛士杂龙虎[⑥]，楚舞吴歌乱鹅鸭[⑦]。
一杯相属君勿辞，此景何殊泛清霅[⑧]？

① 元丰元年(1078)九月初九作于徐州。熙宁十年(1077)黄河泛滥，大水淹及徐州城下。次年苏轼拆霸王厅之建材，于东门筑黄楼，

九月九日举行落成典礼，因赋此诗以记之。（参见秦观《黄楼赋并引》、苏辙《黄楼赋并引》）《唐宋诗醇》卷三十六评此诗云："去年今年，雨夕晴朝，各写得淋漓尽致，驱涛涌云，夐出千古。"纪昀曰："笔笔作龙跳虎卧之势。"（《纪批》）

② 洗靴袜：施宿《东坡先生年谱》载徐州大水时，"公以身率之，与城存亡，履屦策杖，亲督禁卒，筑堤捍之"。履屦，指靴袜之类。

③ 南山：指云龙山。贺铸《游云龙山张氏故居》诗自注："云龙山，距彭城（徐州）郭南三里，郡人张天骥筑亭于西麓。"苏轼题其亭为放鹤亭。刹：寺庙。

④ 鸦轧：摩擦声。贺铸《陌上郎》词："双橹本无情，鸦轧如人语。"

⑤ 齾齾（yà）：缺齿，此喻山峦参差不齐。刘克庄《筑城行》："高城齾齾如鱼鳞。"意相似。

⑥ "诗人"句：形容参与落成典礼的名士众多。语本崔班《灼灼歌》："坐中之客皆龙虎。"苏轼自注："坐客三十余人，多知名之士。"

⑦ 乱鹅鸭：形声足音歌声的夹杂。语本《旧唐书·李愬传》："近城有鹅鸭池，愬令惊之，以杂其声。"陈衍《宋诗精华录》卷二："以鹅鸭对龙虎，所谓嘻笑成文章也。"

⑧ 清霅：指霅溪，在浙江湖州境内。

续丽人行

李仲谋家有周昉画背面欠伸内人，极精，戏作此诗。[①]

深宫无人春日长，沉香亭[②]北百花香。
美人睡起薄梳洗，燕舞莺啼空断肠。
画工欲画无穷意，背立东风初破睡。
若教回首却嫣然，阳城下蔡俱风靡。[③]
杜陵饥客眼长寒，蹇驴破帽随金鞍。[④]
隔花临水时一见，只许腰肢背后看。[⑤]
心醉归来茅屋底，方信人间有西子[⑥]。
君不见，孟光举案与眉齐，何曾背面伤春啼[⑦]？

① 元丰元年(1078)作于徐州。杜甫有《丽人行》，故此作曰“续”，并将画中“背面欠伸内人”(宫女)写成杜诗中人物。李仲谋：不详。周昉：字景玄，一字仲朗，唐代画家，长安人，官至宣州长史，以画佛像写真知名，至宋，仅有仕女画传世，多为浓艳贵妇。(见《历代名画记》十)

② 沉香亭：在长安兴庆宫内，今已改为兴庆公园。

③ “若教”二句：宋玉《登徒子好色赋》谓东家之子（女），“嫣然一笑，惑阳城，迷下蔡”。阳城、下蔡，二县名，战国时楚之贵介公子所封。

④ “杜陵”二句：指杜甫，其《奉赠韦左丞丈二十二韵》云：“骑驴三十载，旅食京华春。朝扣富儿门，暮随肥马尘。残羹与冷炙，到处潜悲辛。”

⑤ “隔花”二句：杜甫《丽人行》：“三月三日天气新，长安水边多丽人。”“背后何所见，珠压腰衱稳称身。”

⑥ 西子：春秋时越国美女西施。

⑦ 孟光：东汉梁鸿之妻。当时梁鸿“为人赁舂，每归，妻为具食，不敢于鸿前仰视，举案齐眉”。（见《汉书·梁鸿传》）

李思训画长江绝岛图[①]

山苍苍，水茫茫，大孤小孤[②]江中央。
崖崩路绝猿鸟去，惟有乔木搀天长。[③]
客舟何处来？棹歌中流声抑扬。
沙平风软望不到，孤山久与船低昂[④]。
峨峨两烟鬟，晓镜开新妆。[⑤]
舟中贾客莫谩狂，小姑前年嫁彭郎。[⑥]

① 元丰元年(1078)作于徐州。李思训：字建睍，一作建景，唐开元初官武卫大将军，世称李将军。善画山水树石，笔致遒劲，金碧辉映，开山水画北宗，后人画着色山水，多取其法。(见《历代名画记》九)

② 大孤小孤：山名，大孤山在江西九江市东南鄱阳湖中，一峰耸峙，四面洪涛；小孤山在江西彭泽县西北九十里，安徽宿松县东南长江中，高三十丈，周围一里，与大孤山遥遥相对。方东树《昭昧詹言》评此诗云："神完气足，遒转空妙。"纪昀曰："绰有兴致。"(《纪批》)

③ "崖崩"二句意谓：山路峻险，猿鸟也难停留，惟有乔木参天。搀，刺，参。

④“孤山”句意谓：在波涛起伏的舟中看孤山，只觉得孤山与船一起忽上忽下地晃动。

⑤“峨峨”二句：以妇女发髻喻大小孤山，又以晓镜比喻湖面与江面。小孤山又名髻山，故称烟鬟。

⑥“舟中”二句：欧阳修《归田录》二：“江南有大小孤山，在江水中，嶷然独立，而世俗转‘孤’为‘姑’。江侧有一石矶，谓之澎浪矶，遂转为彭郎矶。云彭郎者，小孤婿也。”纪昀云：“惟末二句佻而无味，遂似市井恶少语，殊非大雅所宜。”（《纪批》）王文诰驳之曰：“此诗如古乐府，别为一体，妙在一结，含蓄不尽，使读者自得之也。……晓岚诋为市井恶少语，此以市井恶少身而得度者则然，于诗何尤？”（《集成》）

百步洪二首 并叙[①]（选一首）

王定国[②]访余于彭城，一日棹小舟，与颜长道[③]携盼、英、卿[④]三子，游泗水，北上圣女山，南下百步洪，吹笛饮酒，乘月而归。余时以事不得往，夜着羽衣，伫立于黄楼[⑤]上，相视而笑，以为李太白死，世间无此乐三百馀年矣。定国既去逾月，复与参寥师放舟洪下[⑥]。追怀曩游，已为陈迹，喟然而叹。故作二诗，一以遗参寥，一以寄定国，且示颜长道、舒尧文[⑦]，邀同赋云。

长洪斗落生跳波，轻舟南下如投梭。
水师绝叫凫雁起，乱石一线争磋磨。
有如兔走鹰隼落，骏马下注千丈坡。
断弦离柱箭脱手，飞电过隙珠翻荷。[⑧]
四山眩转风掠耳，但见流沫生千涡。
崄中得乐虽一快，何异水伯[⑨]夸秋河？

我生乘化[10]日夜逝，坐觉一念逾新罗[11]。
纷纷争夺醉梦里，岂信荆棘埋铜驼[12]？
觉来俯仰失千劫[13]，回视此水殊委蛇[14]。
君看岸边苍石上，古来篙眼如蜂窝。
但应此心无所住，造物虽驶如吾何[15]！
回船上马各归去，多言**譊譊**师所呵[16]。

① 元丰元年(1078)冬作于徐州。百步洪：在徐州东南五十七里铜山县，即吕梁，一名徐州洪，泗水所经，乱石峭岩，流水迅急，几百余步。汪师韩评曰："用譬喻入文，是轼所长。此篇摹写急浪轻舟，奇势迭出，笔力破余地，亦真是险中得乐也！后幅养其气以安舒，犹时见警策，收煞得住。"(《汪评》)纪昀曰："语皆奇绝，亦有滩起涡旋之势。"(《纪批》)

② 王定国：名巩，宰相王旦之孙，王素之子，莘县人。本年九月至徐州访苏轼，留十日而去。元丰三年(1080)，因收受苏轼文字，贬宾州，元丰七年(1084)还，历宗正寺丞、扬州通判，知海州、密州、宿州，然位终不显。为人奇伟有文词，性旷达。(附《宋史·王素传》)

③ 颜长道：名复，徐州人，太初之子。嘉祐中，诏访遗逸，试中书第一，赐进士。元祐初为太常博士，历中书舍人、国子祭酒。

④ 盼、英、卿：指歌妓马盼盼、张英英及卿卿。

⑤ 黄楼：见《九日黄楼作》注①。

⑥ 参寥：僧道潜，字参寥。杭州於潜浮溪村人。俗姓何，能文章，尤喜为诗。熙宁九年（1076）来淮南，与秦观、孙莘老游；元丰元年冬，访苏轼于徐州，轼称其诗句清绝，与林逋上下，而通了道义，见之令人肃然。元丰二年（1079）春，轼知湖州，与秦观同载于苏轼之船而返杭。元丰六年（1083），轼谪黄州，前往探视。元祐中，轼守杭州，参寥卜智果精舍居之，轼作《参寥泉铭》。后因作诗讥刺时政，责其还俗，建中靖国初，曾肇言其非罪，诏复为僧。崇宁末年示寂，赐号妙总大师。此诗即送参寥者。

⑦ 舒尧文：名焕，严陵（今浙江杭州市富阳区）人，苏轼守徐时为府学教授。元祐八年（1093），以左朝散郎为秘书省校对黄本书籍。绍圣初，为熙州通判。

⑧ "有如"四句：洪迈《容斋随笔·三笔》卷六评云："韩（愈）苏两公为文章，用譬喻处，重复联贯，至有七八转者。"查慎行《初白庵诗评》卷中："联用比拟，局阵开拓，古未有此法，自先生创之。"赵翼《瓯北诗话》卷五谓四句："形容水流迅驶，连用七喻，实古所未有。"注坡，军事术语。周必大《益公题跋·书东坡宜兴事》："军中谓壮士驰骏马下峻岅为注坡。"

⑨ 水伯：河伯，河神。《庄子·秋水》："秋水时至，百川灌河，泾流之大，两涘渚崖之间，不辨牛马。于是焉，河伯欣然自喜，以天下之美为尽在己。"

⑩ 乘化：陶渊明《归去来辞》："聊乘化以归尽。"指顺应自然规律以至死亡。

⑪ 新罗：古国名，位于朝鲜半岛之南部。《景德传灯录》二十三："有僧问：'如何是觌面事？'师（盛禅师）曰：'新罗国去也。'"此句谓一念之间已过新罗国。

⑫ "岂信"句：《晋书·索靖传》："靖有先识远量，知天下将乱，指洛阳宫门铜驼，叹曰：'会见汝在荆棘中耳！'"此谓不信世事会变。

⑬ 俯仰：王羲之《兰亭集序》："俯仰之间，已为陈迹。"千劫：佛家谓天地从形成到毁灭，谓之一劫。此言时间之速。

⑭ 委蛇：雍容自得貌。《诗·召南·羔羊》："退食自公，委蛇委蛇。"

⑮ 造物：造物者，指大自然。《庄子·大宗师》："伟哉，夫造物者，将以予为此拘拘也。"

⑯ 诜诜（náo）：喧嚷争辩之声。师：指参寥。诃：诃责，批评。

月夜与客饮杏花下[①]

杏花飞帘散余春，明月入户寻幽人。
褰衣步月踏花影，炯如流水涵青蘋。[②]
花间置酒清香发，争挽长条[③]落香雪。
山城酒薄不堪饮，劝君且吸杯中月。
洞箫声断月明中，惟忧月落酒杯空。
明朝卷地春风恶，但见绿叶栖残红。

① 元丰二年(1079)春作于徐州。《东坡志林》卷一："仆在徐州，王子立、子敏皆馆于官舍，而蜀人张师厚来过。二王方年少，吹洞箫饮酒杏花下。"王十朋注本卷十引赵次公曰："此篇不使事，语亦新造，古所未有，殆涪翁(黄庭坚)所谓不食烟火食人之语也。"纪昀曰："有太白之意。"(《纪批》)

② "褰衣"二句：纪昀曰："三四写景入微。"宋方岳《深雪偶谈》："'流水青蘋'之喻，景趣尽矣，前人未尝道也。"(《纪批》)按苏轼《记承天寺夜游》："庭下如积水空明，水中藻、荇交横，盖竹柏影也。"与此相似。

③ 争挽长条：杜甫《遣兴》："狂风挽断最长条。"此句写风吹杏枝，落花如雪。

过淮三首赠景山兼寄子由[1]（选一首）

好在长淮水，十年三往来[2]。
功名真已矣，归计亦悠哉。
今日风怜客，平时浪作堆。
晚来洪泽口[3]，捍索[4]响如雷。

① 元丰二年(1079)春自徐州移知湖州途中作。纪昀评曰："一气浑成，而又非貌袭之盛唐。"(《纪批》)

② "十年"句：苏轼于熙宁四年(1071)赴杭，熙宁七年(1074)移知密州，加上此次自徐移湖，三过淮水，故云。

③ 洪泽口：洪泽湖，古名破釜塘，隋时改名洪泽浦，唐时始定名洪泽湖。其上游为淮水。

④ 捍索：船上桅杆两边的绳索。苏轼《慈湖峡阻风》："捍索桅竿立啸空，篙师酣寝浪花中。"

舟 中 夜 起

微风萧萧吹菰蒲,开门看雨月满湖。[②]

舟人水鸟两同梦[③],大鱼惊窜如奔狐。

夜深人物[④]不相管,我独形影相嬉娱。

暗潮生渚吊寒蚓,落月挂柳看悬蛛。

此生忽忽忧患里,清境过眼能须臾。

鸡鸣钟动百鸟散,船头击鼓还相呼。[⑤]

① 元丰二年(1079)移知湖州途中作。查慎行《初白庵诗评》卷中:“极奇极幻极远极近境界,俱从静中写出。”方东树《昭昧詹言》卷十二:“空旷奇逸,仙品也!”

② “微风”二句:纪昀曰:“初听风声,疑其是雨;开门视之,月乃满湖。此从‘听雨寒更彻,开门落叶深’化出。”所引乃唐释无可《秋寄从兄岛》诗句。

③ “舟人”句:王文诰注引尧卿曰:“人鸟相忘,同为一梦,若庄周之梦蝴蝶也。”(《集成》)

④ 人物：人与物。

⑤ “鸡鸣”二句：韩愈《谒衡岳庙遂宿岳寺题门楼》：“猿鸣钟动不知曙。”此指天明时船工准备开船。

端午遍游诸寺得禅字[①]

肩舆[②]任所适，遇胜辄流连。
焚香引幽步，酌茗开净筵[③]。
微雨止还作，小窗幽更妍。
盆山不见日，草木自苍然。[④]
忽登最高塔[⑤]，眼界穷大千[⑥]。
卞峰[⑦]照城郭，震泽[⑧]浮云天。
深沉既可喜，旷荡亦所便。[⑨]
幽寻未云毕[⑩]，墟落生晚烟。
归来记所历，耿耿清不眠[⑪]。
道人亦未寝，孤灯同夜禅。[⑫]

① 元丰二年(1079)五月，与秦观、参寥子在湖州游铁佛观音院及飞英寺，分韵作诗。秦观得“深”字，参寥子得“岸”字，而苏轼得“禅”字。

② 肩舆：轿子。

③ 净筵：指寺庙中素斋宴席。

④“微雨”四句:《东坡题跋》三《自记吴兴诗》:“仆为吴兴,有游飞英寺诗云‘微雨止还作,小窗幽更妍。盆山不见日,草木自苍然’,非至吴越,不见此景也。”纪昀曰:“四句神来。”(《纪批》)

⑤ 最高塔:飞英寺塔,唐代末年建,在府治北。

⑥ 大千:大千世界。佛家语。

⑦ 卞峰:卞山,在今浙江湖州市西北,又名弁山。

⑧ 震泽:太湖。

⑨“深沉”二句:总上而言。汪师韩云:“微雨小窗,深沉可喜也;卞峰震泽,旷荡所便也。寓目辄书,详略各尽其致。”(《汪评》)

⑩“幽寻”二句:寻幽探胜。代用陶渊明《归田园居》:“暧暧远人村,依依墟里烟。”

⑪“耿耿”句:《诗·邶风·柏舟》:“耿耿不寐,如有隐忧。”纪昀评曰:“善于空际烘托。”

⑫“道人”二句意谓:僧人参寥子夜间坐禅。

狱中寄子由二首[①]（选一首）

圣主如天万物春，小臣愚暗自亡身。
百年未满先偿债，十口无归更累人。[②]
是处[③]青山可埋骨，他时夜雨独伤神[④]。
与君今世为兄弟，又结来生未了因。

① 元丰二年（1079）作。诗题一作："予以事系御史台狱，狱吏稍见侵，自度不能堪，死狱中，不得一别子由，故和二诗授狱卒梁成，以遗子由。"苏轼因被御史中丞李定、御史舒亶弹劾，谓其作诗"讥切时政"，攻击新法，元丰二年七月二十八日，令皇甫遵等到湖州任所追捕，八月十八日入御史台狱，史称乌台诗案。诗作于狱中。纪昀评曰："情至语不以工拙论也。""讥刺太多，自是东坡大病。然但多排诋权幸之言，而无一毫怨谤君父之语，是其根本不坏处，所以能传于世也。"（《纪批》）纪昀所批后段，乃从维护封建制度出发，不足为训。

② "百年"二句：苏轼入狱后，由苏辙之婿王适兄弟安置其家属于南京（今河南商丘市），由苏辙照料，负债甚多。（参见苏轼《王子立

墓志铭》)

③ 是处：到处，处处。宋代口语。柳永《定风波》："芳心是事可可。"此句自指。

④ "他时"句：忆兄弟对床风雨往事，此就苏辙而说。参前《辛丑十一月十九日……》诗注⑤。

初到黄州[①]

自笑平生为口忙[②],老来事业转荒唐。
长江绕郭知鱼美,好竹连山觉笋香。
逐客不妨员外置[③],诗人例作水曹郎[④]。
只惭无补丝毫事,尚费官家压酒囊[⑤]。

① 苏轼于元丰三年(1080)出御史台狱,责授黄州(今湖北黄冈市)团练副使,二月到贬所,作此诗。纪昀《瀛奎律髓刊误》卷四十三:"东坡诗多伤激切,此虽不免兀傲而尚不甚碍和平之音。"(《纪批》)

② 口忙: 兼指谋生糊口及祸从口出。

③ 逐客: 被贬逐的人。员外: 定员以外的官员,犹今语不在编制之内。

④ 水曹郎: 属于水部的郎官。梁何逊、唐张籍等皆曾任水部郎,并以诗名。据施宿《东坡年谱》元丰二年:"十二月二十六日,诏责授检校水部员外郎黄州团练副使本州安置。"故此处有"员外""水曹"之语。

⑤ 官家: 指皇帝、朝廷。压酒囊: 苏轼自注:"检校官例折支,多得退酒袋。"折支,即以实物抵官俸的一部分。《文献通考》:"文臣料钱,一分见钱,二分折支。……退酒袋,即折抵之物耳。"

定惠院寓居月夜偶出[①]

幽人无事不出门，偶逐东风转良夜[②]。
参差玉宇飞木末，缭绕香烟来月下。[③]
江云有态清自媚，竹露无声浩如泻。
已惊弱柳万丝垂，尚有残梅一枝亚[④]。
清诗独吟还自和，白酒已尽谁能借？
不惜青春忽忽过，但恐欢意年年谢。
自知醉耳爱松风[⑤]，会拣霜林结茅舍。
浮浮大甑长炊玉，溜溜小槽如压蔗。[⑥]
饮中真味老更浓，醉里狂言醒可怕。
闭门谢客对妻子，倒冠落佩从嘲骂。[⑦]

① 元丰三年（1080）二月苏轼抵黄州贬所，寓居定惠院，随僧蔬食，闭门却扫。此二诗当作于此后不久。此选其一。查慎行《初白庵诗评》卷中："两篇曲折清真，自作风格，不知汉魏，何论六朝三唐……即在先生集中，亦不易多得。"纪昀曰："句句对仗，于后世为别调，然却是齐梁唐人之旧格。"（《纪批》）

② 良夜：此指深夜。

③ “参差”二句意谓：楼宇参差，高出树梢若飞。

④ 亚：通“压”，梅枝低垂貌。

⑤ “自知”句：《南史·陶弘景传》：“（陶）特爱松风，庭院皆植松，每闻其响，欣然为乐。”

⑥ “浮浮”二句：上言大甑煮饭，下言小槽滴酒。

⑦ “闭门”二句：王文诰注：“时家累未至，诗乃自诫其将来耳。”按：苏辙于本年五月始伴其嫂侄来黄州。

寓居定惠院之东杂花满山有海棠一株土人不知贵也[①]

江城地瘴蕃草木，只有名花苦幽独。
嫣然一笑竹篱间，桃李漫山总粗俗。
也知造物有深意，故遣佳人在空谷[②]。
自然富贵出天姿，不待金盘荐华屋。
朱唇得酒晕生脸，翠袖卷纱红映肉。[③]
林深雾暗晓光迟，日暖风轻春睡足[④]。
雨中有泪亦凄怆，月下无人更清淑。[⑤]
先生食饱无一事[⑥]，散步逍遥自扪腹。
不问人家与僧舍，拄杖敲门看修竹。
忽逢绝艳照衰朽[⑦]，叹息无言揩病目。
陋邦何处得此花，无乃好事移西蜀[⑧]？
寸根千里不易致，衔子飞来定鸿鹄。
天涯流落俱可念[⑨]，为饮一樽歌此曲。
明朝酒醒还独来，雪落纷纷那忍触[⑩]！

① 元丰三年(1080)作。苏轼《记游定惠院》:“黄州定惠院东小山上有海棠一株,特繁茂,每岁盛开,必携客置酒。”纪昀评此诗云:“纯以海棠自寓,风姿高秀,兴象微深。后半尤烟波跌宕。此种非东坡不能,东坡非一时兴到亦不能。”(《纪批》)

② “故遣”句:杜甫《佳人》诗:“绝代有佳人,幽居在空谷。”此处以佳人喻海棠。

③ “朱唇”二句:杨万里《诚斋诗话》:“白乐天女道士诗云:‘姑山半峰雪,瑶水一枝莲。’此以花比美妇人也。东坡海棠云:‘朱唇得酒晕生脸,翠袖卷纱红映肉。’此以美妇人比花也。”

④ 春睡足:相传唐明皇登沉香亭,召杨贵妃,时妃子卯酒未醒,高力士从侍儿扶掖而至,明皇笑曰:“岂是妃子醉耶,海棠睡未足耳。”(见《明皇杂录》)

⑤ “雨中”二句:《风月堂诗话》卷下:“东坡尝自咏海棠诗,至‘雨中有泪亦凄怆,月下无人更清淑’之句,谓人曰:‘此两句乃吾向造化窟中夺将来也。’”清淑,清静和善。张问《琼花赋》:“惟水仙可并其幽闲,而江梅似同其清淑。”

⑥ “先生”句以下:查慎行《初白庵诗评》卷中:“读前半竟似《海棠曲》矣,妙在‘先生食饱’一转。此种诗境从少陵《乐游园歌》得来,寓其神理而化其畦畛,斯为千古绝作!”

⑦ 绝艳:指海棠。衰朽:自指。

⑧ “无乃”句:西蜀以产海棠著称。张所望《阅耕余录》:“昌州海棠

独香，其木合抱，每树或二十余叶，号海棠香国。”昌州，今四川绵阳市三台县。

⑨ “天涯”句：此句总结上文，融花与人为一体。

⑩ “雪落”句：想象花谢时的景象。

正月二十日往岐亭郡人潘古郭三人送余于女王城东禅庄院[①]

十日春寒不出门，不知江柳已摇村。
稍闻决决流冰谷，尽放青青没烧痕。[②]
数亩荒园留我住，半瓶浊酒待君温。
去年今日关山路，细雨梅花正断魂。[③]

① 元丰四年(1081)作。岐亭：在湖北麻城市，唐武德三年，因境内有岐亭河而筑亭，在黄州北一百七十五里。潘古郭三人：潘指潘丙，字彦明，潘革次子，大临之叔，家近东坡，苏轼求得其地，以建雪堂；古指古耕道，椎鲁少文，唯能审音，家南陂之下，有修竹十亩；郭指郭遘，字兴宗，侨居于黄州，喜为挽歌辞，好义，苏轼创育儿会，由其掌管。(见苏轼《与朱康叔书》)女王城：永安城之俗称，唐时为禅院，在黄州东十五里。纪昀评此诗曰："一气浑成。"又云："东坡七律，往往一笔写出，不甚绳削。其高处在气机生动，才力富健，其不及古人者在少熔炼之工与浑厚之致。"(见《瀛奎律髓刊误》卷十)

② “稍闻”二句：王文诰评云：“一片空灵，奔赴腕下。”决决，水流声。烧痕，野火烧过的痕迹。

③ “去年”二句：回忆去年赴黄州贬所时的情景。作者于元丰三年二月一日抵黄，则正月二十日，正在风雨途中。

闻　捷

元丰四年十月二十二日，谒王文父[①]于江南。坐上得陈季常书[②]，报是月四日种谔[③]领兵深入，破杀西夏六万余人，获马五千匹。众喜忭[④]唱乐，各饮一巨觥。

闻说官军取乞訚[⑤]，将军旗鼓捷如神。
故知无定河[⑥]边柳，得共中原雪絮春。

① 王文父：名齐愈；一说名齐万。《苏文忠公诗编注集成总案》(以下简称"《苏诗总案》")卷二十一元丰四年(1081)十月："二十二日，访王齐愈于车湖，坐上得陈慥书，报种谔领兵深入西夏，大捷，作诗。"《续资治通鉴长编》卷一三六：元丰四年九月二十八日，克米脂，入银川，"获首五千馀级，获马五千，孳畜铠甲万计"。

② 陈季常：名慥，号龙丘子。父陈希亮知凤翔府时，苏轼在其幕下任签判，后作《方山子传》，云季常"晚乃遁于光黄间，曰岐亭"。

③ 种谔(chóng è)：字子正，洛阳人，父世衡。谔以父任知青涧城，长驱追击西夏，每战必胜，以功累官凤州团练使，知延州。(《宋史》

有传）

④ 喜忭(biàn)：喜乐。

⑤ 乞訚(yín)：一作乞银，即银川。西夏语"骢马"之意。李焘《续资治通鉴长编》卷三一八元丰四年十月十六日："是日，种谔入银川。"

⑥ 无定河：出自内蒙古伊克昭盟乌审镇，东南流入横山，经榆林、米脂、绥德，入黄河。当时经西夏境内。此二句翻用陈陶《陇西行》："可怜无定河边骨，犹是春闺梦里人。"

正月二十日与潘郭二生出郊寻春忽记去年是日同去女王城作诗乃和前韵[①]

东风未肯入东门[②],走马还寻去岁村。
人似秋鸿来有信,事如春梦了无痕。[③]
江城白酒三杯酽[④],野老苍颜一笑温。
已约年年为此会,故人不用赋招魂[⑤]。

① 元丰五年(1082)作于黄州,参见《正月二十日往岐亭……》诗注①。潘郭二生,见前注。

② “东风”句意谓:春色尚未入城。

③ “人似”二句:纪昀评曰:“三四深警。”(《纪批》)

④ 三杯酽(yàn):三杯浓酒。酽,浓,醇。

⑤ 招魂:相传战国时宋玉哀怜屈原,作《招魂》以冀其归来。此谓不招自来。

鱼　蛮　子①

江淮水为田，舟楫为室居。
鱼虾以为粮，不耕自有余。
异哉鱼蛮子，本非左衽②徒！
连排入江住，竹瓦三尺庐。③
于焉长子孙，戚施且侏儒。④
擘水取鲂鲤，易如拾诸途。
破釜不著盐，雪鳞芼⑤青蔬。
一饱便甘寝，何异獭与狙⑥？
人间行路难，踏地出赋租。
不如鱼蛮子，驾浪浮空虚。
空虚未可知，会当算舟车⑦。
蛮子叩头泣，勿语桑大夫⑧。

① 元丰五年(1082)作于黄州。陆游《老学庵笔记》卷一："张芸叟(舜民)作《渔父诗》曰：'家住耒江边，门前碧水连。小舟胜养马，大罟

当耕田。保甲原无籍，青苗不着钱。桃源在何处，此地有神仙。'盖元丰中谪官湖湘时所作。东坡取其意为《鱼蛮子》云。"王文诰按："时张芸叟至黄州，公为作此词。"（《集成》）纪昀评曰："香山（白居易）一派，读之宛然《秦中吟》也。"（《纪批》）

② 左衽（rèn）：前襟向左掩，古少数民族服装。《论语・宪问》："子曰：'微管仲，吾其被发左衽矣。'"

③ "连排"二句意谓：在江中木排上用竹瓦搭建小屋。

④ "于焉"二句意谓：在木排上养育的子孙，多为驼背（戚施）或矮子（侏儒）。

⑤ 芼（máo）：掺杂。此句指芼羹，用蔬菜杂鱼肉为羹。

⑥ 獭（tǎ）与狙（jù）：水獭和猿猴。

⑦ "会当"句意谓：今后可能向渔民收租。

⑧ 桑大夫：指汉代桑弘羊，昭帝时任御史大夫，实行盐铁官营、征收车船运输税。此指推行新法的官吏。

东　　坡[1]

雨洗东坡月色清,市人行尽野人行。[2]
莫嫌荦确坡头路,自爱铿然曳杖声。[3]

① 元丰五年(1082)作。东坡: 在黄州州治东百余步,地势平旷。苏轼《东坡八首》自叙:“余至黄州二年,日以困匮。故人马正卿(梦得)哀余乏食,为于郡中请故营地数十亩,使得躬耕其中。”白居易为忠州刺史,作有《东坡》诗。苏轼自此始号东坡,盖亦自效白诗也。陈衍《宋诗精华录》卷二:“东坡兴趣佳,不论何题,必有一二佳句,此类是也。”

② “雨洗”二句: 纪昀曰:“风致不凡。”(《纪批》)

③ 荦确: 高低不平的山石。王文诰按:“此类句出自天成,人不可学。”(《集成》)

琴　诗[1]

若言琴上有琴声,放在匣中何不鸣?
若言声在指头上,何不于君指上听?

① 约元丰五年(1082)作于黄州。苏轼《与彦正判官书》云:“古琴当与响泉韵磬,并为当世之宝……然某素不解弹,适纪老枉道见过……试以一偈问之(诗略),录以奉呈,以发千里一笑也。”可见自认此为佛门之偈。纪昀曰:“此随手写四句,本不是诗。”(《纪批》)然有哲理,可备一格。

南堂五首[①]（选一首）

扫地焚香闭阁眠，簟纹如水帐如烟[②]。
客来梦觉知何处，挂起西窗浪接天。

① 元丰六年（1083）作于黄州。南堂：在州南临皋亭南畔，下临长江。《王直方诗话》："邢敦夫云：'东坡此诗，尝题余扇，山谷初读，以为刘梦得所作。'"纪昀曰："此首兴象自然，然以为刘梦得则未似，不知山谷何所见也。"（《纪批》）按：此首亦误作秦观诗（见《淮海后集》）。

② "簟（diàn）纹"句：此处语本李商隐《惆怅》诗："水纹簟滑铺牙床。"李白《乌夜啼》："碧纱如烟隔窗语。"簟，竹席。

洗 儿 戏 作[①]

人皆养子望聪明，我被聪明误一生。
惟愿孩儿愚且鲁，无灾无难到公卿。

① 元丰六年(1083)九月二十七日，侍妾朝云生苏遁(小名干儿)，满月时作此诗。宋时风俗，满月时办洗儿会，亲朋燕集。查慎行云："诗中有玩世疾俗之意。"(《查注》)干儿不幸早夭。

和秦太虚梅花[①]

西湖处士骨应槁,只有此诗君压倒。[②]
东坡先生心已灰,为爱君诗被花恼[③]。
多情立马待黄昏,残雪消迟月出早。
江头千树春欲暗,竹外一枝斜更好。[④]
孤山山下醉眠处,点缀裙腰[⑤]纷不扫。
万里春随逐客来,十年花送佳人老。[⑥]
去年花开我已病,今年对花还草草。
不知风雨卷春归,收拾余香还畀昊[⑦]。

① 元丰七年(1084)作于黄州。秦太虚:秦观(1049—1100),字太虚,高邮人,元祐二年(1087),改字少游,元丰元年(1077)访苏轼于徐州,为苏门四学士之一。元丰三年(1080),作《和黄法曹忆建溪梅花》诗,参寥、苏轼、苏辙、黄庭坚先后和之。元韦居安《梅磵诗话》卷下评此诗云:"运意琢句,造微入妙,极其形容之工,真可企皺孤山(指林逋)。"

② "西湖"二句意谓:秦观原唱压倒林逋《山园小梅》之"疏影横斜水

清浅,暗香浮动月黄昏”。蔡正孙《诗林广记》后集卷八:“东坡谓其压倒林逋,观其称许之辞,则爱重之意可见矣。”

③ 被花恼:杜甫《绝句》:“江上被花恼不彻,无处告诉只颠狂。”

④ “江头”二句:魏庆之《诗人玉屑》卷十七引《遁斋闲览》:“东坡咏梅一句云:‘竹外一枝斜更好’,语虽平易,然颇得梅之幽独闲处之趣。凡诗人咏物,虽平淡巧丽不同,要能以随意造语为工。”纪昀评曰:“实是名句,谓在和靖‘暗香’‘疏影’一联之上,固无愧色。”(《纪批》)

⑤ 裙腰:白居易《杭州春望》:“谁开湖寺西南路,草绿裙腰一道斜。”此指杭州孤山南之白堤。梅花落于白堤,故云“点缀裙腰”。

⑥ “万里”二句:纪昀曰:“悲壮似高岑口吻。”(《纪批》)

⑦ 畀(bì)昊:《诗·小雅·巷伯》:“投畀有昊。”畀,给予。有昊,苍天。

海　　棠[①]

东风袅袅泛崇光[②]，香雾空蒙月转廊。
只恐夜深花睡去[③]，故烧高烛照红妆[④]。

① 元丰七年(1084)作于黄州。纪昀曰:"查(慎行)云:此诗极为俗口所赏,然非先生老境。"(《纪批》)

② 袅袅:微风轻拂。《楚辞·九歌·湘夫人》:"袅袅兮秋风。"又《招魂》:"光风转蕙,泛崇兰兮。"泛崇光一词由此化出。此句谓海棠花在东风吹拂下发出袅袅波光。

③ 花睡去:见前《寓居定惠院之东……》诗注④。杨慎《升庵诗话》卷一释此二句云:"盖昼午后,阴气用事,花房敛藏;夜半后,阳气用事,而花敷蕊散香。凡花皆然,不独梅也。"

④ "故烧"句:冯应榴《苏诗合注》:"家大人注李义山诗'客散酒醒深夜后,更持红烛赏残花'二句云:东坡诗'更烧高烛照红妆',从此脱出也。"

题 西 林 壁[①]

横看成岭侧成峰，远近高低总不同。

不识庐山真面目，只缘身在此山中。

① 元丰七年(1084)三月诏下，苏轼量移汝州，四月别黄州，欲至筠州探视其弟苏辙，参寥子相伴至庐山而别。诗即作于此时。庐山乾明寺，旧名西林，在远公塔之南。唐施元之、清冯应榴注苏诗，皆以佛家《威通录》坐实之，王文诰驳之曰："凡此种诗，皆一时性灵所发，若必胸有释典(佛典)，而后炉锤出之，则意味索然矣。"(《集成》)陈衍《宋诗精华录》卷二："此诗有新思想，似未经人道过。"

次荆公韵四绝[1]（选一首）

骑驴渺渺入荒陂[2]，想见先生未病时。

劝我试求三亩宅[3]，从公已觉十年迟[4]。

① 元丰七年（1084）八月，苏轼量移汝州途中访王安石于金陵。王安石于元丰三年（1080）封荆国公，时退居金陵之钟山（紫金山），作有《蔷薇四首》。此为次韵之四。纪昀评曰："东坡半山（王安石），旗鼓对垒，似应别有佳处，方惬人意。"（《纪批》）

② 荒陂：宋吴曾《能改斋漫录》卷十七："王荆公筑草堂于半山（指钟山南麓），引八功德水作小港。"荒陂即钟山之半山。苏轼自注："公病后舍宅作寺。"后赐额"报宁禅院"。

③ "劝我"句：王安石劝苏轼在金陵买田定居。苏轼《上荆公书》云："某始欲买田金陵，庶几得陪杖屦，老于钟山之下。"

④ 十年：指王安石熙宁七年（1072）至元丰七年的退隐时间。全句意为早应杖屦从游。

金山梦中作[①]

江东贾客木棉裘[②],会散金山月满楼。
夜半潮来风又熟[③],卧吹箫管到扬州[④]。

① 元丰七年(1084)作。金山:宋时在镇江江中,现已连接南岸。纪昀曰:"此有感而托之梦作耳,一气浑成,自然神到。"(《纪批》)

② 贾客:商人。木棉裘:《碧溪诗话》卷六:"盖坡尝衣此,坐客误云'木棉袄俗'。饮散乃出此诗,且云:'虽欲俗不可得也。'坐客大惭。"当时士大夫常穿皮裘,故以木棉裘为俗。诗句乃自嘲。

③ "夜半"句:纪昀曰:"今海舶有'风熟'之语,盖风之初作,转移不定,过一日不转,则方向定,谓之'风熟'。"(《纪批》)

④ 扬州:扬州在金山之北,故云。

泗州除夜雪中黄师是送酥酒二首[1]（选一首）

暮雪纷纷投碎米，春溜咽咽走黄沙。
旧游似梦徒能说，逐客[2]如僧岂有家。
冷砚欲书先自冻，孤灯何事独生花[3]？
使君夜半分酥酒，惊起妻孥一笑哗。[4]

① 元丰七年(1084)除夕作。泗州：今安徽宿州市泗县，故城于康熙时沉入洪泽湖。黄师是：名寔，陈州人，历官转运副使，两女皆嫁苏辙之子。时提点淮南东路常平，驻泗州。

② 逐客：贬谪之人，自称。

③ “孤灯”句：古人以灯花为吉兆。《西京杂记》三：“夫目瞤得酒食，灯火华得钱财。”杜甫《独酌成诗》：“灯花何太喜，酒绿正相亲。”

④ “使君”二句：纪昀曰：“点得恰轻便。”(《纪批》)使君，指黄师是。

书林逋诗后[①]

吴侬生长湖山曲，呼吸湖光饮山渌。
不论世外隐君子，佣儿贩妇皆冰玉。[②]
先生可是绝俗人，神清骨冷无由俗。
我不识君曾梦见，瞳子瞭然光可烛[③]。
遗篇妙字处处有，步绕西湖看不足。[④]
诗如东野[⑤]不言寒，书似留台[⑥]差少肉。
平生高节已难继，将死微言犹可录。
自言不作封禅书[⑦]，更肯悲吟白头曲[⑧]？
我笑吴人不好事，好作祠堂傍修竹[⑨]。
不然配食水仙王，一盏寒泉荐秋菊。[⑩]

① 元丰八年(1085)作。林逋(967—1028)，字君复，杭州人，隐居西湖孤山，二十年不入城市，不娶，植梅养鹤，有"梅妻鹤子"之称。卒谥和靖先生。

② "吴侬"四句：纪昀曰："起手如未睹佛像，先现圆光。"(《纪批》)汪

师韩曰:“将以称美林逋,乃至谓吴侬之佣贩皆如冰玉,深一层说入,而林之神清骨冷,其为高节难继处,不待罗缕矣。”(《韩评》)吴侬,泛指吴人。

③“瞳子”句:《孟子·离娄》上:“胸中正,则瞳子瞭然。”

④“遗篇”二句:查注引《隆平集》:“林逋喜为诗,澄淡峭特多奇句,既就稿,辄弃之,好事者往往窃记,所传尚三百余首。”

⑤东野:唐诗人孟郊,字东野。苏轼《祭柳子玉文》:“元轻白俗,郊寒岛瘦。”

⑥留台:李建中,蜀人,掌西京留司御史台,善真、行书,人称李西台。(《宋史》有传)此云书法似李建中而较瘦劲。

⑦“自言”句:苏轼自注:“逋临终诗云:‘茂陵他日求遗草,犹喜曾无封禅书。’”封禅书,汉司马相如病危时所写遗稿(见《汉书》本传)。

⑧肯:岂肯。白头曲:《西京杂记》三:“相如将聘茂陵人女为妾,卓文君作《白头吟》以自绝,相如乃止。”林逋终身不娶,故此处以“更肯”否定之。

⑨祠堂:《西湖游览志》二:“林逋墓,在孤山之阴……题诗云:‘湖外青山对结庐,坟前修竹亦萧疏。’”

⑩“不然”二句:作者自注:“湖上有水仙王庙。”纪昀评曰:“结得夭矫”,“修竹、秋菊,皆取高洁相配,不图趁韵”。(《纪批》)

春　　日①

鸣鸠乳燕寂无声②，日射西窗泼眼明。
午醉醒来无一事，只将春睡赏春晴。

① 元丰八年(1085)作。王文诰按：“此诗乃得旨放还，未闻神宗遗制之前在南都(今商丘)作。”按神宗崩于本年三月戊戌，诗作于其前。

② “鸣鸠”句：杜甫《题省中院壁》：“落花游丝白日静，鸣鸠乳燕青春深。”

归宜兴留题竹西寺三首① (选一首)

十年归梦寄西风②,此去真为田舍翁。
剩觅蜀冈新井水,要携乡味过江东。③

① 元丰八年(1085)正月,苏轼在量移汝州途中上书乞归常州定居,三月六日至南京(商丘)获准,五月一日回程经扬州,游竹西寺(又名山光寺)作诗三首。纪昀评此首云:“点缀有致。”(《纪批》)

② 西风:王文诰注引次公曰:“西风,言欲归西川也。”(《集成》)

③ “剩觅”二句:《诗词曲语辞汇释》卷二谓此处“剩觅”,“犹云多觅”。蜀冈,在江苏扬州市西北,上有蜀井,相传地脉通西蜀,水通岷江,人称第五泉。苏轼蜀人,故称“乡味”。(参见《扬州府志》《唐书·地理志》)

溪　阴　堂①

白水满时双鹭下，绿槐高处一蝉吟。
酒醒门外三竿日②，卧看溪南十亩阴。

① 元丰八年(1085)题于真州(今江苏仪征市)。本年六月，苏轼起知登州。由常州至真州，携家属赴任。《高斋诗话》云："东坡《过真州范氏溪堂》诗，盖用老杜'两个黄鹂鸣翠柳'诗意也。"王文诰按："此名作也，足与李杜齐驱。"(《集成》)

② 三竿日：形容太阳已升得很高。《南齐书·天文志》："日出高三竿。"刘禹锡《竹枝词》："日出三竿春雾消，江头蜀客驻兰桡。"

登州海市 并叙

予闻登州海市旧矣。父老云:"常出于春夏,今岁晚,不复见矣。"予到官五日而去,以不见为恨。祷于海神广德王之庙,明日见焉,乃作此诗。[①]

东方云海空复空,群仙出没空明中。
荡摇浮世生万象,岂有贝阙藏珠宫[②]?
心知所见皆幻影,敢以耳目烦神工[③]。
岁寒水冷天地闭,为我起蛰鞭鱼龙。
重楼翠阜出霜晓[④],异事惊倒百岁翁[⑤]。
人间所得容力取,世外无物谁为雄?
率然有请不我拒,信我人厄非天穷。
潮阳太守南迁归,喜见石廪堆祝融。[⑥]
自言正直动山鬼,岂知造物哀龙钟[⑦]。
伸眉一笑岂易得,神之报汝亦已丰。
斜阳万里孤鸟没,但见碧海磨青铜[⑧]。

新诗绮语亦安用,相与变灭随东风。[9]

① 元丰八年(1085)作。苏轼于本年十月十五日到登州(今山东烟台市蓬莱区)知州任,五日后召为礼部郎中。石刻篇末题:"元丰八年十月晦书呈全叔承议。"海市: 海市蜃楼,大气中由于光线的折射和全反射,把远处景物显示到空中或地面的奇异幻景。海神广德王: 海龙王。纪昀评此诗云:"海市只是'重楼翠阜',此正不尽形容,亦正不能形容也。从未见之前、既见之后与岁晚得见之实,结撰成篇,炜炜精光,欲夺人目。"(《纪批》)

② 贝阙珠宫:《楚辞·九歌·河伯》:"鱼鳞屋兮龙堂,紫贝阙兮朱(珠)宫。"此指神仙居室。

③ 神工: 指海神广德王。

④ "重楼"句: 查慎行《初白庵诗评》卷中谓只此"一句着题","此外全用议论,亦避实击虚法也。若将幻影写作真境,纵摹拟尽情,终属拙手"。

⑤ 百岁翁: 杜牧《池州送孟迟先辈》:"人生直作百岁翁,亦是万古一瞬中。"

⑥ "潮阳"二句: 韩愈因谏迎佛骨,曾贬为潮阳太守。有《谒衡岳庙遂宿岳寺题门楼》诗,结云:"紫盖连延接天柱,石廪腾掷堆祝融。"紫盖、天柱、石廪、祝融,皆衡山峰名。王文诰以为此处是以韩愈谪归自况。然据今人考证,韩愈此诗作于永贞元年(805),而北归

在元和十五年(820),当系苏轼误记。

⑦ 龙钟: 衰老羸弱貌。王维《夏日过青龙寺谒操禅师》诗:“龙钟一老翁,徐步谒禅宫。”

⑧ “但见”句意谓: 海市消失后,海面平静像新磨的青铜镜。

⑨ “新诗”二句: 王文诰案:“此诗出之他人,则‘斜阳’二句已可结矣。公必找截干净而唱叹无穷,此犹海市灵奇不可以端倪也。”(《集成》)

惠崇春江晚景二首[①]

竹外桃花三两枝，春江水暖鸭先知[②]。
蒌蒿满地芦芽短，正是河豚欲上时。[③]

两两归鸿欲破群，依依还似北归人。
遥知朔漠[④]多风雪，更待江南半月春。

① 元丰八年(1085)作于汴京。惠崇：建阳僧，工画鹅雁鹭鹚，尤工小景，善为寒汀远渚、萧洒虚旷之象，人所难到。(见郭若虚《图画见闻志》)此诗第一首咏鸭戏图，第二首咏归雁图。纪昀评曰："此是名篇，兴象实为深妙。"(《纪批》)王文诰评第一首云："此乃本集上上绝句，人尽知之。"(《集成》)

② 鸭先知：前人多有争议。毛奇龄《西河诗话》卷五说他与汪蛟门论宋诗，汪举东坡此句，谓："不远胜唐人乎？"毛曰："此正效唐人而未能者：'花间觅路鸟先知'，唐人句也。觅路在人，先知在鸟，以鸟习花间故也。此'先'，先人也。若鸭，则先谁乎？水中之物，皆知冷暖，必先及鸭，妄矣！"王士禛《渔洋诗话》卷中则进一步强

调:“鹅也先知,怎只说鸭?”后来袁枚《随园诗话》卷三驳之云:“若持此论诗,则《三百篇》句句不是。”近人陈衍《宋诗精华录》卷二亦说毛奇龄“岂真伧父至是哉,想亦口强耳”。盖艺术源于生活,应高于生活,毛、王似未明此理。

③ “蒌蒿”二句: 河豚多毒,易致人死。张耒《明道杂志》:“余时守丹阳及宣城,见土人户食之(指河豚鱼),其烹煮亦无法,但用蒌蒿、荻笋、菘菜三物,云最相宜,用菘以渗其膏耳,而未尝见死者。”则上述三物可作河豚鱼之佐料,似可解毒。蒌蒿,一名白蒿。芦芽,即荻芽。河豚欲上时,前人或以为二月,或以为三月,陈岩肖《庚溪诗话》卷下则释云:“盖此(鱼)由海而上,近海处先得之,鱼至江左则春已暮矣。”

④ 朔漠: 北方沙漠。

送贾讷倅眉二首[①] (选一首)

老翁山[②]下玉渊回,手植青松三万栽[③]。
父老得书知我在,小轩临水为君开。
试看一一龙蛇活,更听萧萧风雨哀。[④]
便与甘棠[⑤]同不剪,苍髯白甲待归来。

① 元祐元年(1086)作于汴京。此诗前一首云“人日东郊尚有梅”,盖时为正月初七。贾讷:时以朝奉郎通判眉州。纪昀评曰:“一气浑成。”(《纪批》)

② 老翁山:苏轼自注:“先君葬于蟆颐山之东二十余里,地名老翁泉。”苏洵《老翁井铭》:“往岁十年,山空月明,天地开霁,则常有老人苍颜白发,偃息于泉上,就之,则隐而入于泉,莫可见。”可见此句指眉州故里之老翁泉。

③ “手植”句:王文诰案:“公自言营兆东茔也。其后贾讷至眉,往祭老泉之墓,公有《谢贾朝奉启》。”(《集成》)启云:“自蜀至京,凡数千里;携孥去国,盖二十年。侧闻松楸已中梁柱。”即指二十年前所种之松。栽,此作量词,犹棵。

④“试看”二句：想象墓地松柏情状。龙蛇，喻苍劲的松柏。李商隐《武侯庙古柏》：“蜀相阶前柏，龙蛇捧閟宫。”

⑤甘棠：见前《沈谏议召游湖……》诗注②。此处称美州倅贾讷。

虢国夫人夜游图[①]

佳人自鞚玉花骢[②],翩如惊燕踏飞龙。
金鞭争道宝钗落[③],何人先入明光宫[④]?
宫中羯鼓催花柳[⑤],玉奴弦索花奴手[⑥]。
坐中八姨[⑦]真贵人,走马来看不动尘[⑧]。
明眸皓齿谁复见,只有丹青余泪痕。[⑨]
人间俯仰成今古,吴公台下雷塘路[⑩]。
当时亦笑张丽华,不知门外韩擒虎。[⑪]

① 元祐元年(1086)十二月作于汴京。李之仪次韵诗有序称:"内侍刘有方蓄名画,乃内《虢国夫人夜游图》,最为绝笔。东坡馆北客都亭驿,有方请跋其后。"(见《姑溪后集》卷三)此画原为晏殊所藏,后入内府,徽宗亲题其上,云"张萱所作"。

② "佳人"句:《明皇杂录》下:"虢国每入禁中,常乘骢马,使小黄门御。紫骢之俊健,黄门之端秀,皆冠绝一时。"鞚,马勒口,用以驾驭。

③ "金鞭"句:天宝十载元宵节,杨贵妃兄妹五家出游,与广平公主争出西市门,杨氏奴挥鞭及公主衣,公主堕马。(见新、旧《唐书·

杨贵妃传》)

④ 明光宫：汉代宫名，此处借指唐宫。

⑤ “宫中”句：相传天宝年间二月雨后，宫内柳杏将吐，唐玄宗命高力士取羯鼓，临轩纵击一曲，曲名《春光好》，及顾柳杏，皆已发坼。(见南卓《羯鼓录》)

⑥ 玉奴：杨贵妃小名。花奴：汝阳王李琎小名。杨善琵琶，李善羯鼓。

⑦ 八姨：杨贵妃姊妹，三姨封虢国夫人，八姨封秦国夫人。此以八姨作陪衬。

⑧ “走马”句：杜甫《丽人行》：“黄门飞鞚不动尘。”

⑨ “明眸”二句：化用杜甫《哀江头》：“明眸皓齿今何在？血污游魂归不得。”

⑩ 吴公台：在扬州西，以南朝陈之将领吴明彻得名。雷塘：在扬州东北。隋炀帝初葬吴公台下，改葬雷塘。

⑪ “当时”二句：张丽华，陈后主宠妃，隋将韩擒虎攻入金陵，后主正与张丽华游于临春阁。故杜牧《台城曲》云：“门外韩擒虎，楼头张丽华。”纪昀评曰：“收得淡宕，妙于不粘唐事，弥觉千古一辙之慨。”(《纪批》)

书李世南所画秋景二首[①]（选一首）

野水参差落涨痕，疏林欹倒出霜根。

扁舟[②]一棹知何处，家在江南黄叶村。

① 元祐二年(1087)作于汴京。李世南：字唐臣，安肃人，明经及第，官终大理寺丞，时详定《元祐敕令式》。此诗所题为平远图（参见邓椿《画继》四）。

② 扁舟：一作“浩歌”。纪昀校查注本曰：“如不出‘扁舟’字，则‘浩歌一曲’茫然无着。”

书鄢陵王主簿所画折枝二首[①]

论画以形似,见与儿童邻。
赋诗必此诗,定非知诗人。[②]
诗画本一律,天工与清新。[③]
边鸾[④]雀写生,赵昌[⑤]花传神。
何如此两幅,疏淡含精匀!
谁言一点红,解寄无边春?

瘦竹如幽人,幽花如处女。
低昂枝上雀,摇荡花间雨。
双翎决将起[⑥],众叶纷自举。
可怜采花蜂,清蜜寄两股。
若人富天巧,春色入毫楮[⑦]。
悬知君能诗,寄声求妙语。[⑧]

① 元祐二年(1087)作于汴京。邓椿《画继》:“鄢陵王主簿,未审其名,长于花鸟。”汪师韩曰:前篇“直以诗画三昧举示来哲”;次首“合之广大,析之精微,浓淡浅深,得意必兼得格”(《汪评》)。纪昀称前篇“识入深妙,不嫌涉理”,后篇“生趣可掬”(《纪批》)。

② “论画”四句意谓:诗画不必追求“形似”与“着题”。魏庆之《诗人玉屑》卷五引《禁脔》:“东坡曰:善画者画意不画形,善诗者道意不道名,故其诗曰‘论画以形似’云云。”

③ “诗画”二句意谓:诗画异体而同质。苏轼《韩干马十四匹》:“苏子作诗如见画。”又《韩干马》:“少陵翰墨无形画,韩干丹青不语诗。”张舜民《跋百之诗画》:“诗是无形画,画是有形诗。”钱鍪《次袁尚书巫山诗》:“终朝诵公有声画,却来看此无声诗。”

④ 边鸾:《唐朝名画录》:“边鸾,京兆(今西安)人也,少攻丹青,最长于花鸟折枝。”

⑤ 赵昌:北宋画家,汉州人,善以彩色为生菜、折枝、花卉,果实尤妙。自号“写生赵昌”。(见《事实类苑》)

⑥ 决将起:即将疾飞貌。

⑦ 毫楮:笔与纸。梁陶弘景《陶隐居集》上梁武帝《答隐居书》:“此亦非可仓卒运于毫楮。”因楮树皮可造纸,故称。

⑧ “悬知”二句意谓:预知您善于作诗,特以此诗求您赐佳作。

书王定国所藏烟江叠嶂图[1]

江上愁心千叠山，浮空积翠如云烟。
山耶云耶远莫知，烟空云散山依然。[2]
但见两崖苍苍暗绝谷，中有百道飞来泉。
萦林络石隐复见，下赴谷口为奔川。
川平山开林麓断，小桥野店依山前。
行人稍度乔木外，渔舟一叶江吞天。
使君[3]何从得此本？点缀毫末分清妍。
不知人间何处有此境，径欲往买二顷田。[4]
君不见武昌樊口幽绝处，东坡先生留五年。[5]
春风摇江天漠漠，暮云卷雨山娟娟。
丹枫翻鸦伴水宿，长松落雪惊醉眠。[6]
桃花流水在人世，武陵岂必皆神仙？[7]
江山清空我尘土，虽有去路寻无缘[8]。
还君此画三叹息，山中故人应有招我归来篇[9]。

① 此诗查慎行《补注东坡编年诗》云："墨迹后有'元祐三年十二月十五日子瞻书'十三字。"苏轼题下自注："王晋卿画。"王诜，字晋卿，并州太原人，徙居开封，选尚英宗女蜀国长公主，拜左卫将军、驸马都尉、利州防御史。后知登州，卒谥荣安。能诗善画，又工词。邓椿《画继》二称："其所画山水学李成，皴法以金碌为之，似古，今观音宝陀山状小景，亦墨作平远，皆李成法也。故东坡谓晋卿得破墨三昧。"王定国：见《百步洪》注②。汪师韩评此诗曰："竟是为画作记；然摹写之神妙，恐作记反不能如韵语之曲尽而有情也。"(《汪评》)

② "江上"四句：纪昀曰："奇情幻景，笔足达之。"(《纪批》)

③ 使君：指王定国，当时疑知宿州或海州。

④ "不知"二句：纪昀曰："节奏之妙，纯乎化境。"(《纪批》)二顷田，二百亩田，语本《史记·苏秦列传》："使我有洛阳负郭田二顷，吾岂能佩六国相印乎？"

⑤ "君不见"二句：指元丰三年二月至七年四月贬居黄州。武昌，今湖北武汉市。樊口，在鄂城西北樊山脚下，为樊港入长江之口。皆近黄州。

⑥ "春风"四句：写四季景色。伴水宿，翁方纲《苏诗补注》卷五："此句自指人言也。"

⑦ "桃花"二句：陶渊明《桃花源记》谓晋时有武陵渔人发现桃花源，居民皆秦时人后裔。王维《桃源行》则云："初因避地去人间，及至

成仙遂不还。”刘禹锡《游桃源一百韵》又进一步发展神仙之说：“仙翁遗竹杖，王母留桃核。”唯韩愈《桃花图》斥之曰：“神仙有无何渺茫，桃源之说诚荒唐。”苏轼此处亦表示怀疑，此外他还说过“世传桃源事，多过其实”（见《苕溪渔隐丛话前集》卷三）。

⑧“虽有”句：陶渊明《桃花源记》谓太守遣人随渔人寻桃花源，“遂迷不复得路”。王文诰按：“自‘使君’句起，至此为一扇，道观图之人也。后仅以二句作结。”

⑨“山中”句：王文诰按：“此句结观图之人。”（《集成》）归来篇，指陶渊明《归去来辞》。

寿星院寒碧轩①

清风肃肃摇窗扉，窗前修竹一尺围。
纷纷苍雪落夏簟②，冉冉绿雾沾人衣③。
日高山蝉抱叶响，人静翠羽穿林飞。
道人绝粒对寒碧，为问鹤骨何缘肥？④

① 元祐五年(1090)知杭州时作。寿星院：在杭州葛岭下，中有杯泉、灵泉、寒碧轩、此君轩、平秀轩、垂云亭及明远堂。(见《西湖游览志》八《北山胜迹》)纪昀评曰："浑成脱洒，前六句有杜意，后二句是本色。"(《纪批》)

② 夏簟：夏天用的竹席，见《南堂》注②。

③ "冉冉"句：从王维《山中》"空翠湿人衣"化出。

④ "道人"二句意谓：道人原不吃饭，为何仍肥胖。绝粒，即辟谷，道家修炼方法之一。鹤骨，形容骨骼清奇或身体消瘦。唐孟郊《石淙诗》之五："飘飘鹤骨仙，飞动鳌背庭。"僧齐己《戊辰岁湘中寄郑谷》诗："瘦应成鹤骨，闲想似禅心。"

赠刘景文①

荷尽已无擎雨盖，菊残犹有傲霜枝。
一年好景君须记，最是橙黄橘绿时。②

① 元祐五年(1090)作于知杭州时。刘景文：名季孙，开封祥符人。父刘平，殁于军中。故王文诰云："此是名篇，非景文不足以当之。景文忠臣之后，有兄六人皆亡，故赠此诗。"(《集成》)时景文任两浙兵马都监，驻杭州。

② "一年"二句：《苕溪渔隐丛话后集》卷十以之与韩愈《早春呈张水部》"最是一年春好处，绝胜烟柳满皇都"相比，谓："二诗意思颇同而词殊，皆曲尽其妙。"

淮 上 早 发[1]

澹月倾云晓角[2]哀，小风吹水碧鳞开。

此生定向江湖老，默数淮中十往来[3]。

① 元祐七年(1092)，作者自颍州改知扬州，途经淮河作此诗。纪昀评曰："语浅而意深。"(《纪批》)

② 晓角：晨起时军中吹起的号角。

③ 十往来：自熙宁四年(1071)赴杭，当中由杭州知密州，自徐州移湖州，由湖被逮入御史台狱及由京贬黄州，自黄量移汝州，复回常州买田，由常州知登州，再知杭州，召还汴京，加此次，共"十往来"。

秧马歌 并引[①]

过庐陵，见宣德郎致仕曾君安止，出所作《禾谱》。[②]文既温雅，事亦详实，惜其有所缺，不谱农器也。予昔游武昌[③]，见农夫皆骑秧马。以榆枣为腹，欲其滑；以楸桐为背，欲其轻。腹如小舟，昂其首尾；背如覆瓦，以便两髀[④]，雀跃于泥中。系束藁[⑤]其首以缚秧。日行千畦，较之伛偻而作者，劳佚相绝矣。《史记》禹乘四载："泥行乘橇"，解者曰："橇形如箕，擿行泥上"[⑥]，岂秧马之类乎？作《秧马歌》一首，附于《禾谱》之末云。

春云濛濛雨凄凄，春秧欲老翠剡齐[⑦]。
嗟我妇子行水泥，朝分一垅暮千畦。
腰如箜篌[⑧]首啄鸡，筋烦骨殆声酸嘶。
我有桐马手自提，头尻[⑨]轩昂腹胁低。
背如覆瓦去角圭[⑩]，以我两足为四蹄。
耸踊滑汰如凫鹥[⑪]，纤纤束藁亦可齐齎[⑫]。

何用繁缨与月题[13],揭从畦东走畦西。
山城欲闭闻鼓鼙,忽作的卢跃檀溪[14]。
归来挂壁从高栖,了无刍秣[15]饥不啼。
少壮骑汝逮老黧[16],何曾蹶轶防颠隮。
锦鞯公子朝金闺[17],笑我一生踏千犁,
不知自有木駃騠[18]。

① 绍圣元年(1094)六月,御史来之邵等谓苏轼自元祐以来多托文字讥斥先朝,责授宁远军节度副使惠州(今广东惠州市)安置。约七月至庐陵,作此诗。纪昀评曰:"奇器以奇语写之,笔笔欲活。"(《纪批》)

② "过庐陵"三句:周必大《跋东坡秧马歌》云:"东坡苏公年五十九,南迁过太和县,作《秧马歌》遗曾移忠,心声心画,惟意所适,如王湛骑难乘马于羊肠蚁封之间,姿容既妙,回策如萦,无异乎康庄,殆是得意之作。既到岭南,往往录示邑宰。"庐陵,今江西吉安市。致仕,退休。曾安止,字移忠,泰和人。(《宋史·艺文志》著录所著《禾谱》五卷)

③ 武昌:今湖北鄂州市。

④ 髀(bì):大腿。

⑤ 藁:稻草。

⑥ "《史记》"四句:禹乘四载,即《史记·夏本纪》:"陆行乘车、水行

乘船、泥行乘撬(qiāo)、山行乘橇。”正义:“橇,形如船而短小,两头微起,人曲一脚,泥上擿进,用拾泥土之物。今杭州、温州海边有之也。”擿(zhì),犹掘进。

⑦ 剡(yǎn)齐:犹崭齐。剡,削。

⑧ 箜篌:古弹拨乐器。似瑟而小,有竖、卧两式,竖式背如弯弓。

⑨ 头尻(kāo):头尾。尻,尾骨末端。

⑩ 角圭:棱角。

⑪ 凫鹥(fú yī):水鸟。凫,野鸭。鹥,即鸥鸟。

⑫ “纤纤”句意谓:可载小捆稻草以缚秧苗。赍(jī),携带。

⑬ 縏(pán)缨:驾马所用的腹带与颈带。月题:马络头,《庄子·马蹄》:“夫加之以衡扼,齐之以月题。”释文:“月题,马额上当颅如月形者也。”

⑭ 的卢:骏马名。相传刘备遇难时骑的卢过襄阳城西檀溪,堕水中,曹操追兵将至,刘备急呼,“的卢乃一踊三丈,遂得过”。(见《三国志》本传注引《世语》)

⑮ 刍秣:指饲料。

⑯ 老黧(lí):年老面目黧黑。黧,色黑而黄。二句谓自少至老,未曾跌倒。

⑰ 锦韀:华丽的鞍韀。金闺:汉代金马门,此处泛指宫门。

⑱ 駃騠(jué tí):良马名。以上三句戏谓王孙公子良马锦鞍朝见天子,却笑我一生驾牛犁地,而不知我也有木制的良马。

八月七日初入赣过惶恐滩[①]

七千里外二毛人[②],十八滩[③]头一叶身。
山忆喜欢劳远梦[④],地名惶恐泣孤臣[⑤]。
长风送客添帆腹,积雨浮舟减石鳞。[⑥]
便合与官充水手,此身何止略知津[⑦]!

① 绍圣元年(1094),苏轼贬赴惠州途中作。赣江:在今江西境内。惶恐滩:赣江险滩之一,在万安县境。纪昀曰:"真而不俚,怨而不怒。"(《纪批》)

② 二毛人:头发有黑白二色之人。苏轼是年已五十九岁。

③ 十八滩:赣江共有十八险滩,在赣县的有白涧、天柱、小湖、鳖滩、大湖、铜盆、落濑、青洲、梁口九滩,在万安县的有昆仑、晓滩、武朔、昂邦、小蓼、大蓼、绵滩、漂神、惶恐九滩,中以惶恐滩为最险。

④ "山忆"句:作者自注:"蜀道有错喜欢铺,在大散关上。"意谓见山而远梦故乡,却是"错喜欢"一场。此以地名双关心情。

⑤ 惶恐:以滩名双关心情。南宋文天祥《过零丁洋》诗亦云:"惶恐滩头说惶恐,零丁洋里叹零丁。"孤臣:远谪之臣。

⑥ “长风”二句：布帆受风而饱满，故称“帆腹”。水流石上，其波如鱼鳞，故称“石鳞”。

⑦ 知津：《论语·微子》：“长沮桀溺耦而耕，孔子过之，使子路问津焉。长沮曰：‘夫执舆者为谁？’子路曰：‘为孔丘。’曰：‘是鲁孔丘与？’曰：‘是也。’曰：‘是知津矣！’”此二句意谓，经长途行舟，已可为官家当水手，岂止认识几个渡口而已！

十一月二十六日松风亭下梅花盛开[①]

春风岭上淮南村，昔年梅花曾断魂。[②]
岂知流落复相见，蛮风蜑雨[③]愁黄昏。
长条半落荔支浦[④]，卧树独秀桄榔[⑤]园。
岂惟幽光留夜色，直恐冷艳排冬温。
松风亭下荆棘里，两株玉蕊明朝暾[⑥]。
海南仙云娇堕砌，月下缟衣来叩门。
酒醒梦觉起绕树，妙意有在终无言。
先生独饮勿叹息，幸有落月窥清樽。[⑦]

① 绍圣元年(1094)作。松风亭：在广东惠州原归善县东，四面有松三十余株，近嘉祐寺。作者有《松风亭记》。汪师韩评此诗曰："秀色孤姿，涉笔如融风彩霭。"(《汪评》)纪昀曰："朱晦庵(熹)极恶东坡，独此诗屡和不已，岂晋人所谓'我见犹怜'也！"(《纪批》)

② "春风"二句：作者自注："予昔赴黄州，春风岭上见梅花，有两绝句。明年正月往岐亭道上，赋诗云：'去年今日关山路，细雨梅花正断魂。'"见《正月二十日往岐亭……》诗注②。春风岭，在湖北

麻城市东岭上，多梅。

③ 蛮风蜑雨：惠州旧时被视为蛮荒之区，故云。蜑（dàn），古代南方民族之一，多居水上，称蜑户。

④ 荔支浦：两岸长着荔枝的河流。荔支，即荔枝。

⑤ 桄榔：南方的常绿树，有果实，花序可制糖，茎髓可制淀粉。

⑥ 朝暾（tūn）：朝阳。暾，初升的太阳。

⑦ “海南”六句：旧题柳宗元《龙城录》：“隋开皇中，赵师雄迁罗浮，一日，天寒日暮，在醉醒间……见一女人，淡妆素服，出迓师雄。……与之语，但觉芳香袭人。语言极清丽。因与之叩酒家门，得数杯，相与饮。少顷有一绿衣童来，笑歌戏舞，亦自可观。顷醉寝，师雄亦懵然，但觉风寒相袭。久之，时东方已白，师雄起视，乃在大梅花树下，上有翠羽啾嘈相须（顾），月落参横，但惆怅而尔。”缟衣，指淡妆素服梅花仙女。此说前人以为乃宋代王铚（字性之）附会东坡此诗之辞（见张邦基《墨庄漫录》卷二）。“或以为刘无言所作”（见洪迈《容斋随笔》卷十）。

荔　支　叹[①]

十里一置飞尘灰,五里一堠兵火催。
颠坑仆谷相枕藉,知是荔支龙眼来。[②]
飞车跨山鹘横海[③],风枝露叶如新采。
宫中美人一破颜,惊尘溅血流千载。[④]
永元荔支来交州,天宝岁贡取之涪。
至今欲食林甫肉,无人举觞酹伯游。[⑤]
我愿天公怜赤子,莫生尤物为疮痏[⑥]。
雨顺风调百谷登,民不饥寒为上瑞[⑦]。
君不见武夷溪边粟粒芽,前丁后蔡相笼加。[⑧]
争新买宠各出意,今年斗品充官茶[⑨]。
吾君所乏岂此物,致养口体何陋耶!
洛阳相君忠孝家,可怜亦进姚黄花。[⑩]

① 绍圣二年(1095)作于惠州贬所。查慎行《初白庵诗评》卷中:“耳闻目见,无不供我挥霍者。乐天讽谕诸作,不过就题还题,那得如

许开拓!"纪昀曰:"貌不袭杜,而神似之,出没开合,纯乎杜法。"(《纪批》)

② "十里"四句:写驿站速递荔枝。置、堠(hòu),皆古代驿站。"颠坑"句写传送荔枝人员纷纷倒毙于坑谷中。龙眼,即桂圆。

③ 鹘(hú)横海:形容传递荔枝之速。鹘,鹰隼。横海,飞越大海。

④ "宫中"二句:李肇《唐国史补》卷上:"杨贵妃生于蜀,好食荔枝,南海所生,尤胜蜀者,故每岁飞驰以进。"杜牧《过华清宫绝句》:"一骑红尘妃子笑,无人知是荔枝来。"纪昀评曰:"精神飞舞。"(《纪批》)

⑤ "永元"四句:作者自注:"汉永元中,交州进荔支龙眼,十里一置,五里一堠,奔腾死亡,罹猛兽毒虫之害者无数。唐羌,字伯游,为临武长,上书言状,和帝罢之。唐天宝中,盖取涪州荔支,自子午谷路进入。"永元,汉和帝年号(89—104)。交州,治所在广信(今广西梧州市苍梧县)。涪,今重庆涪陵区。林甫,即李林甫,唐玄宗天宝时奸相。

⑥ 尤物:珍贵物品。白居易《八骏图》诗:"由来尤物不在大,能荡君心则为害。"疮痏:创伤,瘢痕。此指祸害。

⑦ 上瑞:上等的祥瑞。

⑧ "君不见"二句:作者自注:"大小龙茶,始于丁晋公(丁谓),而成于蔡君谟(蔡襄)。欧阳永叔闻蔡君谟进小龙团(茶饼名),惊叹曰:'君谟士人也,何至作此事耶?'"汪师韩评曰:"'君不见'一段,

百端交集，一篇之奇横在此。诗本为荔支发叹，忽说到茶，又说到牡丹，其胸中郁勃有不可以已者，惟不可以已而言，斯至言至文也！”(《汪评》)

⑨ “今年”句：作者自注：“今年闽中监司乞进斗茶，许之。”斗茶，比赛茶之优劣。斗品，最上等的茶。宋徽宗《大观茶论·采择》：“凡芽如雀舌、谷粒者为斗品。”

⑩ “洛阳”二句：作者自注：“洛阳贡花，自钱惟演始。”钱惟演，五代吴越王钱俶之子。钱俶降宋，宋太宗许“以忠孝保社稷”，故称“忠孝家”。惟演晚年以使相留守西京洛阳，故称“洛阳相君”。姚黄，牡丹良种之一。欧阳修《洛阳牡丹记》：“姚黄者，千叶黄花，出于民姚氏家。”

食荔支二首 并引(选一首)

惠州太守东堂,祠故相陈文惠公。堂下有公手植荔支一株,郡人谓之将军树。今岁大熟,赏啖之余,下逮吏卒。其高不可致者,纵猿取之。①

罗浮山②下四时春,卢橘杨梅次第新③。
日啖荔支三百颗,不辞长作岭南人。

① 绍圣三年(1096)作于惠州。陈文惠公:陈尧佐(963—1044),字希元,阆中人,官至同中书门下平章事(宰相),卒谥文惠。陈襄(述古)之父。(《宋史》有传)下逮吏卒:指将吃剩的荔枝分给下层人员。

② 罗浮山:在广东增城、博罗、河源等县间,长二百余里,峰峦四百余,为粤中名山。

③ 卢橘:似橘,其皮经久变黑(卢即黑色),故称。

纵　　笔[①]

白头萧散满霜风，小阁藤床[②]寄病容。
为报先生春睡美，道人轻打五更钟。

① 绍圣四年(1097)作于惠州。曾季狸《艇斋诗话》："东坡海外上梁文口号云：'为报先生春睡美，道人轻打五更钟。'章子厚(惇)见之，遂再贬儋耳(今海南儋县)，以为安稳，故再迁也。"纪昀评曰："此诗无所讥讽，竟亦贾祸，盖失意之人作旷达语，正是极牢骚耳。"(《纪批》)

② 藤床：藤制躺椅。宋无名氏《春光好》词："小藤床，随意横。"

行琼儋间肩舆坐睡梦中得句云千山动鳞甲万谷酣笙钟觉而遇清风急雨戏作此数句[①]

四州[②]环一岛，百洞[③]蟠其中。
我行西北隅，如度月半弓。[④]
登高望中原，但见积水空。
此生当安归？四顾真途穷。[⑤]
眇观大瀛海，坐咏谈天翁。[⑥]
茫茫太仓中，一米谁雌雄？[⑦]
幽怀忽破散，永啸来天风。
千山动鳞甲，万谷酣笙钟。[⑧]
安知非群仙，钧天宴未终？[⑨]
喜我归有期，举酒属青童[⑩]。
急雨岂无意，催诗走群龙。[⑪]
梦云忽变色，笑电亦改容。[⑫]
应怪东坡老，颜衰语徒工。
久矣此妙声，不闻蓬莱宫！[⑬]

① 绍圣四年(1097)作于海南。肩舆：轿子。汪师韩评此诗曰："行荒远僻陋之地，作骑龙弄凤之思，一气浩然而出，天风浪浪，海山苍苍，足当司空图'豪放'二字。"(《汪评》)纪昀曰："源出太白，而运以己法，不袭其貌，故能各有千古。"(《纪批》)

② 四州：琼州、崖州、儋州、万安州。

③ 百洞：海南之五指山，中多洞穴，既险且深。

④ "我行"二句：作者渡海后自琼州向西，折南至儋州贬所，路线如同月牙。胡仔称"东坡每题咏景物，于长篇中只篇首四句，便能写尽，语仍快健"，并以以上四句为例(见《苕溪渔隐丛话》后集二十九)。

⑤ "登高"四句：朱弁《曲洧旧闻》五："东坡在儋耳，因试笔尝自书云：'吾始至南海，环视天水无际，凄然伤之曰："何时得出此岛耶？'已而思之，天地在积水中，九州在大瀛海中，中国在少海中，有生孰不在岛者？'"纪昀评曰："有此四句一顿挫，下半乃折宕有力。凡古诗长篇，第一要知顿挫之法。"(《纪批》)

⑥ "眇观"二句：《史记·孟子荀卿列传》谓中国内有九州，外亦有九州，"于是有稗海环之，人民禽兽莫能相通者，如一区中者，乃为一州。如此者九，乃有大瀛海环其外"。实已意识到大洋的存在。谈天翁，即邹衍，战国齐临淄人，深观阴阳消息，有"谈天衍"之称。上引《史记》之说，实出于邹衍。

⑦ "茫茫"二句：语本《庄子·秋水》："计中国之在海内，不似稊米之在太仓乎？"

⑧“千山”二句:《苕溪渔隐丛话》前集卷四十二:“盖风来则千山草木皆动,如动鳞甲;万谷号呼有声,如酣笙钟耳。”

⑨“安知”二句:《史记·扁鹊仓公列传》记赵简子病后曰:“我之帝所甚乐,与百神游于钧天,广乐九奏万舞,不类三代之乐,其声动心。”

⑩青童:青童君,神仙名。纪昀评以上四句:“此一层烘托得好,长篇须如此展拓,方不单薄。”

⑪“急雨”二句:参见《有美堂暴雨》注⑧。

⑫“梦云”二句:钱锺书《管锥编》四《拟云于梦》:“苏轼上句用字出宋玉《高唐赋》,以状云之如梦;下句用字出东方朔《神异经》‘天为之笑’,张华注:‘言笑者,天口落火烙灼,今天不雨而有电光’,以状电之如笑。只究来历典雅而不识揣称工切,便抹杀作者苦心。”并指出此乃“抽象之形象”的修辞手法。

⑬“久矣”二句:妙声兼指风声、钧天广乐及作者之诗。蓬莱宫,原名大明宫。杜甫《莫相疑行》:“忆献三赋蓬莱宫,自怪一日声辉赫。”此指宋代宫廷。纪昀曰:“结处兀傲得好。一路来势既大,非此则收裹不住。”(《纪批》)

倦　　夜[①]

倦枕厌长夜，小窗终未明。
孤村一犬吠，残月几人行。
衰鬓久已白，旅怀空自清。
荒园有络纬，虚织竟何成？[②]

① 元符元年(1098)作于海南。查慎行评曰："通体俱得少陵神味。"

② "荒园"二句：络纬，即促织，蟋蟀。纪昀曰："结有意致，遂令通体俱有归宿。如非此结，则成空调。"(《纪批》)

纵 笔 三 首[①]

寂寂东坡一病翁，白须萧散满霜风[②]。
小儿误喜朱颜在，一笑那知是酒红。[③]

父老争看乌角巾[④]，应缘曾现宰官身[⑤]。
溪边古路三叉口[⑥]，独立斜阳数过人[⑦]。

北船不到米如珠，醉饱萧条半月无。
明日东家当祭灶，只鸡斗酒定膰吾。[⑧]

① 元符二年(1099)腊月作于海南。王文诰按："此三首平淡之极，却有无限作用在内，未易以情景论也。"(《集成》)

② "白须"句：与前一首《纵笔》同，仅以"须"字易"头"字。

③ "小儿"二句：《冷斋夜话》卷一以此二句与白居易"醉貌如霜叶，虽红不是春"相比，谓即黄庭坚所讲的"夺胎法"。纪昀评曰："叹老意如此出之，语妙天下。"(《纪批》)

④ 乌角巾：黑头巾，古代隐士之帽。杜甫《南邻》："锦里先生乌角

巾,园收芋栗不全贫。”

⑤ “应缘”句:相传东坡为戒禅师后身,故云。(见《许彦周诗话》及《春渚纪闻·坡谷前身》)

⑥ “溪边”句:王文诰按:“此三首之第三句,皆于极平淡中陡然而出,而此句尤奇突,殊不知‘争看’二字已安根矣。三首皆弄此手法。”(《集成》)

⑦ “独立”句:纪昀曰:“含情不尽。”(《纪批》)

⑧“明日”二句:旧俗以十二月二十四日为小年夜,于是时祭灶神(见《东京梦华录》十、《武林旧事》三)。膰(fán),致送祭肉。纪昀评此句曰:“真得好!”(《纪批》)

汲江煎茶[①]

活水还须活火烹[②],自临钓石取深清[③]。
大瓢贮月归春瓮,小杓分江入夜瓶。[④]
茶雨已翻煎处脚[⑤],松风[⑥]忽作泻时声。
枯肠未易禁三碗,坐听荒城长短更。[⑦]

① 元符三年(1100)作于海南。纪昀评曰:“细腻而出以脱洒,细腻诗易于黏滞,如此脱洒为难。”(《纪批》)

② “活水”句:苏轼自注:“唐人云:茶须缓火炙,活火煎。”活火,炭之焰。

③ “自临”句:杨万里《诚斋诗话》:“第二句七字而有五意:水清,一也;深处清,二也;石下之水非有泥土,三也;石乃钓石非寻常之石,四也;东坡自汲非遣卒奴,五也。”

④ “大瓢”二句:查慎行云:“贮月分江,小中见大。”(《查评》)

⑤ 脚:茶脚。《茶录》:“凡茶,汤多茶少则脚散,汤少茶多则脚聚。”

⑥ 松风:形容茶水煎沸之声。苏轼《试院煎茶》:“飕飕欲作松风鸣。”

⑦ “枯肠”二句:杨万里《诚斋诗话》:“(卢)仝吃到七碗,坡不禁三碗,山城更漏无定,‘长短’二字,有无穷之味。”

澄迈驿通潮阁二首[①]

倦客愁闻归路遥，眼明飞阁俯长桥。
贪看白鹭横秋浦，不觉青林没晚潮。[②]

余生欲老海南村，帝遣巫阳招我魂[③]。
杳杳天低鹘没处，青山一发是中原。[④]

① 元符三年(1100)二月哲宗崩，徽宗继位，苏轼以登极恩移廉州安置，六月离儋州，途经澄迈县作此诗。通潮阁：一名通明阁，在儋州县治西。

② “贪看”二句：《冷斋夜话》云：“余游儋耳，登望海亭，柱间有擘窠大字，曰：‘贪看白鸟横秋浦，不觉青林没暮潮。’”

③ “帝遣”句：《楚辞・招魂》：“帝告巫阳曰：‘有人在下，我欲辅之；魂魄离散，汝筮予之。’”巫阳“乃下招曰：魂兮归来！”巫阳，女巫。施补华《岘庸说诗》谓“东坡七绝亦可爱，然趣多致多，而神韵却少”，独此首四句“则气韵两到，语带沉雄，不可及也”。

④ “杳杳”二句：韩愈《赠别元十八协律》：“乘潮簸扶胥，近岸指一

发。”苏轼《伏波将军庙碑》亦云：“南望连山，若有若无，杳杳一发耳。”纪昀评曰：“神来之笔！”（《纪批》）鹘，鹰隼。

六月二十日夜渡海[①]

参横斗转[②]欲三更，苦雨终风[③]也解晴。

云散月明谁点缀，天容海色本澄清。[④]

空余鲁叟乘桴意[⑤]，粗识轩辕奏乐声[⑥]。

九死南荒吾不恨，兹游奇绝冠平生。

① 元符三年(1100)渡海北归时作。此为苏轼贬谪生涯的小结。查慎行《初白庵诗评》卷下："前半四句，俱用四字作叠，而不觉其板滞，由于气充力厚，足以陶铸熔冶故也。"纪昀曰："前半纯是比体，如此措辞，自无痕迹。"(《纪批》)

② 参横斗转：参星与北斗星位置已转移，指夜深。曹植《善哉行》："月没参横，北斗阑干。"

③ 终风：终日之风，见《诗·邶风·终风》"终风且暴"毛传。后多指大风、暴风。

④ "云散"二句：《世说新语·言语》："司马太傅斋中夜坐，于时天月明净，都无纤翳，太傅叹以为佳。谢景重在坐，答曰：'意谓乃不如微云点缀。'太傅因戏谢曰：'卿居心不净，乃复强欲滓秽太清

耶！’”《东坡志林》卷八亦节引此语，并云：“乃知居心不净者，常欲滓秽太清。”以上二句实乃自喻本质清白，而不幸为他人所诬陷，今终真相大白。

⑤“空余”句：作者有《千秋岁·次韵少游》词云：“吾已矣，乘桴且恁浮于海。”语本《论语·公冶长》孔子曰：“道不行，乘桴浮于海。”鲁叟，指孔子。桴，木筏。

⑥“粗识”句：轩辕，即黄帝。《庄子·天运》：“（黄）帝张咸池之乐于洞庭之野。”此谓初步懂得时局盛衰与乐理相通，乃自然规律。

词

编年部分

华清引[①]

平时十月幸莲汤[②]，玉甃琼梁[③]。五家车马如水[④]，珠玑[⑤]满路旁。　　翠华一去[⑥]掩方床，独留烟树苍苍。至今清夜月，依前过缭墙[⑦]。

① 这是目前所能见到的苏轼最早的一首词。英宗治平元年(1064)十二月十七日，苏轼由凤翔签判罢职还京，途经长安，至临潼游骊山，因赋此词。《钦定词谱》卷五："词赋华清旧事，因以名调。"又云："此调止此一词。"可能是苏轼见华清宫遗址，自创此调，咏唐玄宗、杨贵妃故事。

② “平时”句：据《旧唐书·玄宗纪》下：天宝四载(745)秋八月，玄宗册封太真妃杨玉环为贵妃，自此至天宝十四载(755)，每年十月都幸华清宫。天子所到，叫作“幸”。莲汤，指华清池。乐史《杨太真外传》：“华清(宫)有瑞正楼，即贵妃梳洗之所；有莲花汤，即贵妃澡浴之室。”可见莲汤为莲花汤的简称，是杨贵妃在华清宫的浴室。

③ 玉甃(zhòu)：宋邵伯温《邵氏闻见录》卷十七：“(华清)宫有温泉，以白玉石为芙蓉出水，为御汤、莲花汤、太子汤、百官汤。”甃，原谓砖瓦砌成的井壁，此指玉石砌成的温泉浴池。琼梁：美玉制成的栋梁，形容华清宫的华美。

④ 五家：指杨贵妃的亲属杨铦(xiān)、杨锜(qí)及韩国夫人、秦国夫人、虢(guó)国夫人。《旧唐书·杨贵妃传》：“韩、虢、秦三夫人与铦、锜等五家……四方赂遗，其门如市。”车马如水：车如流水马如龙之意，形容五家门前车马往来之盛。

⑤ 珠玑：珍珠，圆的叫珠，不圆的叫玑。《旧唐书·杨贵妃传》：“玄宗每年十月幸华清宫，国忠姊妹五家扈从，每家为一队，著一色衣。五家合队，照映如百花之焕发，而遗钿坠履，瑟瑟珠翠，灿烂芳馥于路。”

⑥ 翠华一去：指天宝十四载安史之乱发生后，玄宗逃往蜀中。翠华，用翠羽装饰在旗杆上端的旗帜，为皇帝出行时仪仗。

⑦ 缭墙：指华清宫的围墙。杜牧《华清宫》诗：“绣岭明珠殿，层峦下缭墙。”

浪　淘　沙

探　　春[①]

昨日出东城[②],试探春情。墙头红杏暗如倾[③]。槛内[④]群芳芽未吐,早已回春。　　绮陌敛香尘[⑤],雪霁前村。东君[⑥]用意不辞辛。料想春光先到处,吹绽梅英[⑦]。

① 先师龙榆生《东坡乐府笺》据清王文诰《苏诗总案》卷七,定此词作于神宗熙宁五年(1072)正月。时苏轼为杭州通判。周密《武林旧事》卷三《西湖游幸》:"都城自过收灯(元宵节后),贵游巨室,皆争先出郊,谓之'探春',至禁烟(寒食节)为最盛。"

② 东城:指当时的杭州东城。

③ 暗如倾:早春红杏色彩尚不鲜丽,斜欹墙头。

④ 槛(jiàn)内:栏杆里面。

⑤ 绮陌:纵横交错的道路。梁简文帝《登烽火楼》诗:"万邑王畿旷,三条绮陌平。"敛香尘:道路上没有飘扬芳香的尘土。

⑥ 东君:春神。唐成彦雄《柳枝词》:"东君爱惜与先春,草泽无人处

也新。”

⑦ 梅英：梅花。秦观《望海潮》其三：“梅英疏淡，冰澌溶泄，东风暗换年华。”

行 香 子

过 七 里 濑[1]

一叶舟轻，双桨鸿惊[2]。水天清，影湛[3]波平。鱼翻藻鉴[4]，鹭点烟汀[5]。过沙溪急，霜溪冷，月溪明。

重重似画，曲曲如屏[6]。算当年，虚老严陵[7]。君臣一梦[8]，今古空名。但远山长，云山乱，晓山青。

① 先师龙榆生《东坡乐府笺》据《苏诗总案》卷九定此词作于神宗熙宁六年(1073)正月，时苏轼任杭州通判，“自新城放棹桐庐，过严陵濑，作《行香子》”。七里濑：严陵濑，在今浙江桐庐县城南三十里富春江上。北岸富春山下，相传为东汉严子陵垂钓处。

② “双桨”句意谓：船的双桨轻快地划动，像惊鸿展翅飞翔。曹植《洛神赋》：“翩若惊鸿，婉若游龙。”乃形容洛神，此处则借喻轻舟的飞逝。

③ 影湛：天光倒影极为清晰。湛，澄清。

④ 藻鉴：藻镜。杜甫《上韦左相二十韵》：“持衡留藻鉴，听履上星

辰。”此句指鱼类在有水草的江中游动。鉴，形容水平如镜。

⑤ 烟汀：雾霭笼罩的水边平地。

⑥ 如屏：像屏风一般。以上二句形容两岸山峦重重叠叠、曲折迤逦。

⑦ 严陵：严光，字子陵，会稽余姚（今属浙江）人。少时与光武帝（刘秀）一同游学，有高名。后刘秀称帝，严光变姓名隐遁。帝派人寻访，征召到京，授谏议大夫，不受，退居富春山垂钓。后人名其处为严子陵钓台。（参见《后汉书·严光传》）此谓严子陵虚度一生。

⑧ 君臣一梦：《后汉书·严光传》：“（光武帝）复引光入，论道旧故……因共偃卧。光以足加帝腹上，明日太史奏：‘客星犯御座甚急。’帝笑曰：‘朕故人严子陵共卧耳。’”此二句用此故事，谓严子陵的隐遁，光武的称帝，都是虚幻的梦境。

瑞　鹧　鸪[①]

寒食[②]未明至湖上，太守[③]未来，两县令[④]先在。

城头月落尚啼乌，朱舰红船早满湖。鼓吹未容迎五马[⑤]，水云先已漾双凫[⑥]。　　映山黄帽螭头舫[⑦]，夹岸青烟鹊尾炉[⑧]。老病逢春只思睡，独求僧榻寄须臾[⑨]。

① 此词原误作七言律诗，载《东坡集》卷四，先师龙榆生据朱彊邨《东坡乐府》归入词类。石声淮、唐玲玲《东坡乐府编年笺注》系于熙宁六年(1073)，甚是。

② 寒食：节令名，在清明前一日。

③ 太守：指陈襄，熙宁五年(1072)五月以刑部郎中知杭州。

④ 两县令：指钱塘县令周邠(bīn)和仁和县令徐琦(dào)，皆在杭州府治范围内。

⑤ 鼓吹：乐名，主要乐器有箫钲笳鼓。此指欢迎太守的乐队。五马：太守的代称。宋彭乘《墨客挥犀》卷四认为古代一乘有四马，按《汉官仪》，时太守出行增加一马，为五马。《玉台新咏》卷一《日

出东南隅行》："使君从南来，五马立踟蹰。"

⑥ 水云：雾气。孟浩然《晓入南山》诗："瘴气晓氛氲，南山复水云。"双凫(fú)：县令的代称。相传汉明帝时王乔为邺令，每逢初一，应自县到台省，但从未见其车骑。明帝密令太史观察，只见有双凫从东南飞来。举罗张之，但得一舄(鞋)。(见《后汉书·王乔传》)凫，野鸭。

⑦ 黄帽：古代船工所戴。螭(chī)头舫：船头画有螭龙图案的船。《说文解字·虫部》："螭，若龙而黄。"

⑧ 鹊尾炉：造型似鹊尾的香炉。按《松陵唱和集》皮日休《寄华阳润卿》诗云："鹊尾金炉一世焚。"注云："陶贞白有金鹊尾香炉。"(见吴曾《能改斋漫录》卷七)

⑨ "独求"句意谓：在僧房休息一会儿。中有出世思想。苏轼门人秦观《赴杭倅至汴上作》亦云："平生孤负僧床睡，准拟如今处处还。"

江　城　子[①]

陈直方妾嵇，钱塘人也，求新词，为作此。钱塘人好唱《陌上花缓缓曲》，余尝作数绝以纪其事[②]。

玉人家在凤凰山[③]，水云间[④]，掩门闲。门外行人，立马看弓弯[⑤]。十里春风谁指似，斜日映，绣帘斑。[⑥]　　多情好事与君还，闵新鳏，拭馀潸[⑦]。明月空江，香雾著云鬟[⑧]。陌上花开春尽也，闻旧曲，破朱颜[⑨]。

① 据《苏诗总案》卷十，此词作于熙宁六年（1073）八月，作者时为杭州通判。明田汝成《西湖游览志馀》卷十六："陈直方之妾嵇，本钱塘妓人也。乞新词于苏子瞻，子瞻因直方新丧正室，而钱塘人好唱《陌上花缓缓曲》，乃引其事以戏之，其词则《江城子》也。"钱塘，今浙江杭州市。

②《陌上花缓缓曲》：杭州民歌。苏轼有《陌上花三首》，题下小序云："游九仙山，闻里中儿歌《陌上花》。父老云：吴越王妃每岁春

必归临安,王以书遗妃曰:'陌上花开,可缓缓归矣。'吴人用其语为歌,含思宛转,听之凄然;而其词鄙野,为易之云。"

③ 玉人:美人,此指陈直方之妾嵇氏。凤凰山:在今杭州市东南,高三十丈,周五里,形似凤凰,故名(见明成化《杭州府志》)。北宋的州衙,南宋的皇宫,皆在凤凰山之右翅。(参见《西湖游览志》卷七)

④ 水云间:雾气之中。

⑤ 弓弯:女人被缠过的小脚形似弯弓,其鞋则称弓鞋。黄庭坚《满庭芳》:"直待朱幡去后,从伊便窄袜弓鞋。"以上二句谓行人经过门前,停下马来欣赏她的一双小脚。

⑥ "十里"三句:化用杜牧《赠别二首》之一:"春风十里扬州路,卷上珠帘总不如。"绣帘斑,指日光照射时绣帘上呈斑斓色彩。

⑦ 闵:通"悯"。新鳏(guān):丧偶不久的男子。此二句谓嵇氏怜悯陈直方丧妻,而泪流不止。

⑧ "香雾"句:化用杜甫《月夜》"香雾云鬟湿"诗句,形容嵇氏发饰之美。

⑨ 破朱颜:破颜一笑。朱颜,红颜。

醉　落　魄

述　　怀[1]

轻云微月，二更酒醒船初发。孤城[2]回望苍烟合。记得歌时，不记归时节[3]。　　巾偏扇坠藤床滑[4]，觉来幽梦无人说。此生飘荡何时歇？家在西南[5]，常作东南别[6]。

① 此词石声淮、唐玲玲《东坡乐府编年笺注》系于熙宁七年(1074)。本年正月，苏轼至润州(今江苏镇江市)，重遇镇江军书记孙立节。归时作此词。一本调下题作："离京口作。"

② 孤城：指镇江城。

③ 不记归时节：歌宴上醉酒，故不知何时归来。

④ 巾偏：头巾(帽子)歪戴。藤床：藤制的躺椅。无名氏《春光好》词："小藤床，随意横。"本句写醉归后情态。

⑤ 家在西南：苏轼家在眉山(今属四川)，位于镇江西南。

⑥ 常作东南别：苏轼入仕后常在江南各地活动。熙宁四年（1071）起为杭州通判，尝至湖州、秀州检查堤防；熙宁六年又往常州、润州、苏州赈济灾民，迁徙不定，故云“常作东南别”。

蝶　恋　花

京口得乡书[①]

雨后春容清更丽。只有离人，幽恨[②]终难洗。北固山[③]前三面水，碧琼梳拥青螺髻[④]。　　一纸乡书来万里[⑤]。问我何年，真个成归计。回首送春拼一醉，东风吹破千行泪。

① 据傅藻《东坡纪年录》，熙宁七年（1074）“得书作《蝶恋花》”。下片云“回首送春”，似作于本年三月。京口：今江苏镇江市。

② 幽恨：内心深处的忧愁，此指乡思。

③ 北固山：在今江苏镇江市北。北峰三面临江，形势险要，故称“北固”。

④ 碧琼梳：形容三面临江，碧绿的江水像弯弯的玉梳。青螺髻：古代女子的发型，此指北固山。刘禹锡《望洞庭》诗：“遥望洞庭山水色，白银盘里一青螺。”雍陶《望君山》诗：“应是水仙梳洗罢，一螺青黛镜中心。”皆为本句所本。

⑤ 万里：极言蜀中至京口之远。

行　香　子

丹阳寄述古[①]

携手江村，梅雪飘裙。情何限，处处销魂[②]。故人[③]不见，旧曲重闻。向望湖楼[④]，孤山寺[⑤]，涌金门[⑥]。　　寻常行处，题诗千首，绣罗衫，与拂红尘[⑦]。别来相忆，知是何人。有湖中月，江边柳，陇头云。[⑧]

① 熙宁七年(1074)正月作，时为杭州通判，于熙宁六年(1073)十一月赴常州、润州赈饥，次年正月元日过丹阳，明日立春。述古：指陈襄，熙宁五年(1072)五月自陈州移知杭州，苏轼为其副手，彼此甚为相得。熙宁七年六月，移知南京应天府。

② 销魂：《诗词曲语辞汇释》卷五："凝魂，犹云出神，言其神思之一往而深也……销魂、凝魂，看似相反，义实相通。"以上二句即写一往而深的思念之情。

③ 故人：指陈述古。

④ 望湖楼：又名看经楼、先得楼，在今杭州断桥之西、白堤之北。

（参见苏轼《六月二十七日望湖楼醉书》诗）

⑤ 孤山寺：在西湖北侧，田汝成《西湖游览志》卷二："竹阁，白乐天作，在孤山寺中，杭人因貌公像而祀之，今为四贤堂址。"

⑥ 涌金门：《西湖游览志》卷三："旧名丰豫门，宋时有丰乐楼与门相值，若屏障然。"门临西湖。

⑦ "题诗"三句：相传宋真宗时典试官寇准与处士魏野，同游长安佛寺，看到他们从前题的诗。寇诗已用碧纱笼护，魏诗却蒙上尘埃，随行的官妓怕魏难堪，当即以袖子拂拭。魏感动地说："若得常将红袖拂，也应胜似碧纱笼。"（见吴处厚《青箱杂记》）此处自比魏野。

⑧ "有湖"三句：系设想杭州之西湖、钱塘江和孤山也在忆念作者，且照应上阕歇拍三句。

少　年　游

润州作，代人寄远。[①]

去年相送[②]，余杭门外[③]，飞雪似杨花[④]。今年春尽，杨花似雪，犹不见还家。　　对酒卷帘邀明月[⑤]，风露透窗纱。恰似姮娥怜双燕[⑥]，分明照，画梁斜。

① 润州：今江苏镇江市。古代女子寄诗给在外的丈夫，叫作“寄远”。据《苏诗总案》卷十一，熙宁七年(1074)四月，“有感雪中行役作《少年游》”，案云：“公以去年十月发临平(在今杭州北郊)，及是春尽，犹行役未归，故托为此词耳。”此说甚是。所谓“代人”，仅是托词。

② “去年”句：指熙宁六年(1073)。是岁十一月，苏轼离开杭州，前往常州、润州，赈济灾民。

③ 余杭：杭州。隋代设置杭州，大业三年(607)改称余杭郡。唐代改为杭州，至天宝元年(742)，复为余杭郡。宋仍称杭州。此处沿用旧称。

④ 杨花：又称柳絮。此处语本东晋谢道韫咏雪诗句“未若柳絮因风起”（见《世说新语·言语》）。

⑤ 邀明月：李白《月下独酌》：“举杯邀明月，对影成三人。”

⑥ 姮(héng)娥：嫦娥，月中女神。《淮南子·览冥训》：“羿请不死之药于西王母，姮娥窃以奔月。”后因避汉文帝刘恒讳，改称嫦娥。

水 龙 吟

赠赵晦之吹笛侍儿[①]

楚山修竹如云，[②]异材秀出千林表。龙须半剪，凤膺微涨，玉肌匀绕。[③]木落淮南[④]，雨晴云梦[⑤]，月明风袅。自中郎[⑥]不见，桓伊[⑦]去后，知孤负、秋多少。　　闻道岭南太守[⑧]，后堂深，绿珠娇小[⑨]。绮窗[⑩]学弄，《梁州》初遍[⑪]，《霓裳》未了[⑫]。嚼徵含宫，泛商流羽，一声云杪。[⑬]为使君[⑭]洗尽，蛮风瘴雨[⑮]，作《霜天晓》[⑯]。

① 此词为谁而作，一向有两种说法。其一如词题所示，是赠给赵晦之的侍儿，朱彊邨及先师龙榆生《东坡乐府笺》均从此说。案：赵晦之，名昶，南雄州人，尝知藤州，宋孔平仲《孔氏谈苑》卷二说他曾"以丹砾遗子瞻，子瞻以蕲笛报之，并有一曲，其词甚美"。平仲与苏轼同时，所云当可信。另一说见《全宋词》，题作"咏笛材"，并引苏轼旧序云："时太守闾丘公显已致仕居姑苏，后房懿卿者，甚

有才色，因赋此词。”又说：“一云赠赵晦之。”此说亦有根据，姑两存之。兹据《苏诗总案》卷十一，系于熙宁七年(1074)五月。

② “楚山”句：龙榆生师《东坡乐府笺》引傅幹注：“今蕲州笛材，故楚地也。”《广群芳谱·竹谱》：“蕲州竹，出黄州府蕲州，以色匀者为簟(竹席)，节疏者为笛，带须者为杖。”韩愈《郑群赠簟》诗：“蕲州笛竹天下知，郑君所宝尤瑰奇。”蕲(qí)州，今湖北黄岗市蕲春县。

③ “龙须”三句：龙榆生师《东坡乐府笺》引傅幹注：“谓之龙须、凤膺、玉肌，皆取其美好之名也。”案：“龙须”是竹之首颈处的纤枝；“凤膺”，凤凰的胸脯，指“节以下若膺处”；玉肌，美玉一般的肌肤，指竹皮之光洁。

④ 木落淮南：深秋时的淮南。蕲州宋时属淮南西路。

⑤ 云梦：古泽名，大致包括今湖南益阳、湘阴以北，湖北江陵、安陆以南地区。

⑥ 中郎：东汉蔡邕，字伯喈，曾任中郎将，曾取柯亭之良竹制笛，“发声嘹亮”。(见干宝《搜神记》卷十三)

⑦ 桓伊：晋谯国铚县(今安徽亳州)人，字叔夏，小字野王。善吹笛，收藏东汉蔡邕所制柯亭笛，常自吹之，世称“江左第一”。(见《晋书》本传)

⑧ 岭南太守：指赵晦之。因他曾知藤州。

⑨ 绿珠(？—300)：西晋石崇歌妓，善吹笛，广西博白人。时赵王司马伦杀贾后，伦有嬖臣孙秀，与石崇有宿憾，求绿珠，崇不许，满门

被杀,绿珠亦跳楼自尽。(见《晋书·石崇传》)

⑩ 绮窗:雕画精美的窗户。晋左思《蜀都赋》:“开高轩以临山,列绮窗而瞰江。”王维《扶南曲歌词》:“朝日照绮窗,佳人坐临镜。”

⑪《梁州》:曲名。相传天宝年间,唐明皇命红桃唱杨贵妃《梁州曲》,自己吹笛伴奏。(见《文献通考》卷一三五《乐部·石之属》)

⑫《霓裳》:《霓裳羽衣曲》。唐乐曲名,时号越调。本传自西凉,名《婆罗门》,开元中河西节度使杨敬述进献,经玄宗润色,天宝十三载(754)改名为《霓裳羽衣曲》。唐时乐曲,曲终节奏加快,唯此曲将毕,引声渐缓。杨贵妃配合乐曲,作霓裳羽衣舞。旧时小说家都附会为玄宗游月宫闻仙乐,归而记谱,不足信。

⑬“嚼徵”三句:徵,宫、商、角、徵、羽五音中之四音。宋玉《对楚王问》:“引商刻羽,杂以流徵,国中属而和者不过数人。”此处冠以嚼、含、泛、流四个动词,形容吹奏笛曲时音乐之高妙。云杪,云端。杪,树梢。

⑭ 使君:古代称州郡地方官为使君,此指赵晦之或闾丘显。

⑮ 蛮风瘴雨:古代以为岭南气候湿润,易致疾病,故称“蛮风瘴雨”。

⑯《霜天晓》:《霜天晓角》,词调名。此处泛指词。

江　城　子

湖上与张先同赋，时闻筝声[①]。

凤凰山下雨初晴[②]，水风清，晚霞明。一朵芙蕖[③]，开过尚盈盈[④]。何处飞来双白鹭[⑤]，如有意，慕娉婷[⑥]。　忽闻江上弄哀筝[⑦]，苦含情，遣谁听。烟敛云收，依约是湘灵[⑧]。欲待曲终寻问取，人不见，数峰青。[⑨]

① 此词作于熙宁七年（1074）。时苏轼任杭州通判，一日游孤山竹阁，前临湖亭。当时刘敞（字原父）、刘攽（字贡父）兄弟相从。久之，西湖中划来一只彩舟渐近亭前，船上美女数人，其中一人尤为美丽，正在弹筝，年三十余，风韵娴雅，曲未终，翩然而去。二刘目送之。苏轼便写下此词。（见张邦基《墨庄漫录》卷一及袁文《瓮牖闲评》卷五）张先（990—1078），字子野，乌程（今浙江湖州市）人，有《张子野词》。本年秋在吴江垂虹桥与苏轼等作“六客之会”。

② 凤凰山：在杭州城南，州衙所在。

③ 芙蕖：荷花。

④ 盈盈：形容仪态的轻盈美好。《古诗十九首》之二："盈盈楼上女，皎皎当窗牖。"此处兼喻荷花与弹筝女。

⑤ 双白鹭：喻刘敞、刘攽，时二人守制着孝服。

⑥ 娉(píng)婷：姿态美好的女子。

⑦ 哀筝：哀怨的筝声。筝，乐器，相传为秦代蒙恬所造。

⑧ 湘灵：湘妃。相传为舜妃(尧之二女：娥皇、女英)，舜南巡苍梧，二妃追之不及，溺于湘水，为湘君、湘夫人。(见《楚辞·湘君》王逸注)

⑨ "欲待"三句：化用唐钱起《省试湘灵鼓瑟》诗："曲终人不见，江上数峰青。"

虞 美 人

有美堂赠述古[1]

湖山信是东南美,[2]一望弥[3]千里。使君能得几回来[4],便使樽前醉倒更徘徊。　　沙河塘[5]里灯初上,水调谁家唱[6]。夜阑风静欲归时,惟有一江明月碧琉璃[7]。

① 此词据《苏诗总案》卷十二,谓熙宁七年(1074)七月:“陈襄将罢任,宴僚佐于有美堂,作《虞美人》词。”有美堂:在杭州城内吴山最高处。嘉祐初,梅挚知杭州,仁宗赐以诗,首章有“地有湖山美,东南第一州”之句,因以名堂。(见陈岩肖《庚溪诗话》)述古:指陈襄,其时将移知南京应天府。

② “湖山”句:化用仁宗皇帝诗。见注①。

③ 弥:满,遍。

④ 使君:指陈襄,字述古。

⑤ 沙河塘:在杭州城南,通钱塘江,宋时商船由沙河入城,故两岸为

繁华之区。周密《武林旧事》卷二《元夕》:“白石诗:‘沙河云合无行处,惆怅来游路已迷。却入静坊灯火空,门门相似列蛾眉。’”

⑥ 水调:相传隋炀帝修隋堤,制《水调》,至唐代为大曲。此处指《水调歌头》词。苏轼《南歌子·游赏》有“谁家水调唱歌头”可证。

⑦ 碧琉璃:形容月光下水面的明净平滑。欧阳修《采桑子》:“无风水面琉璃滑,不觉船移。”

南　乡　子

送述古[1]

回首乱山横，不见居人只见城[2]。谁似临平山[3]上塔，亭亭[4]。迎客西来送客行。[5]　　归路晚风清，一枕初寒梦不成。今夜残灯斜照处，荧荧[6]。秋雨晴时泪不晴。

① 熙宁七年(1074)七月，杭州知府陈襄(字述古)调任南京应天府(今河南商丘)。苏轼一路陪送，别于临平舟中，归作《南乡子》。(参见《苏诗总案》卷十二)

② 居人：《诗·郑风·叔于田》："叔于田，巷无居人。岂无居人？不如叔也洵美且仁。"苏轼暗用此典赞美陈襄"洵美且仁"的品格。

③ 临平山：在今杭州东北五十四里处，周十八里，高五十三丈，上有塔，下临湖。(见《杭州府志》)

④ 亭亭：耸立的样子。

⑤ "迎客"句：本年杨绘(字元素)代陈襄知杭州，苏轼有《诉衷情》

词,题作“送述古,迓元素”。西来,从西面来。时杨绘由南京移任,故云。送客行,谓送述古向西行,以上二句以临平塔自喻。

⑥ 荧荧:灯光微弱的样子。

菩　萨　蛮

西湖送述古[1]

秋风湖上萧萧雨[2]，使君[3]欲去还留住。今日谩留君[4]，明朝愁杀人[5]。　　佳人千点泪，洒向长河[6]水。不用敛双蛾[7]，路人啼更多[8]。

① 此词作于熙宁七年(1074)秋，时陈襄(字述古)由杭州调任南京应天府(今河南商丘市)知府。西湖：在杭州城西。

② 萧萧：象声词，此处形容雨声。

③ 使君：指州守述古。

④ 谩留君：秋雨萧萧似在挽留述古，然述古调任，势在必行，想留也属徒然。谩，徒然。

⑤ “明朝”句：明日秋雨不止，述古仍赴南京，更令人忧愁。意犹李白《横江词》之三“狂风愁杀峭帆人”。

⑥ 长河：指大运河，南起杭州，北至河北通县，古为南北漕运通道。陈述古乘船北上必经此河。

⑦ 敛双蛾：陪送的歌妓皱着眉头。双蛾，一双蛾眉。

⑧ “路人”句意谓：杭州人民见述古离任，不禁洒泪相送。

江　城　子

孤山竹阁送述古[①]

翠蛾羞黛怯人看，掩霜纨，泪偷弹。[②]且尽一樽，收泪唱《阳关》[③]。漫道帝城[④]天样远，天易见，见君难。

画堂新构近孤山[⑤]，曲阑干，为谁安？飞絮落花，春色属明年。欲棹小舟寻旧事，无处问，水连天。[⑥]

① 《苏诗总案》卷十二："熙宁七年（1074）甲寅七月，与陈襄放舟湖上，宴于孤山竹阁，作《江神子》词。"孤山竹阁：唐白居易守杭时建，在孤山寺中，后为四贤堂址（见《西湖游览志》卷二）。

② 翠蛾羞黛：指酒宴前为述古送行的歌妓。据田汝成《西湖游览志馀》卷十六《香奁艳语》记载："唐宋间，郡守新到，营妓皆出境而迎。既去，犹得以鳞鸿（书信）往返……苏子瞻送杭妓往苏州迎新守《菩萨蛮》云云，又《西湖席上代诸妓送陈述古》云云，此亦足觇一时之风气矣。"以上三句谓送行的营妓不忍述古离去，而用歌扇掩面，偷弹眼泪。霜纨：洁白如霜的绢扇，实为歌唱所用的道具，

上列歌名,以供点唱。

③ 唱:一作"听",实误。《阳关》:古送别曲,以王维《送元二使安西》为歌辞。

④ 帝城:京城,此指南京(今河南商丘市),述古赴任之处。

⑤ 画堂:华美的厅堂,盖为述古新建,故称新构。构:一作"创"。

⑥ "飞絮"五句:系设想明年春对这次饯行的怀念。秦观《江城子》"飞絮落花时候一登楼",指暮春时节。水连天:指大运河之水浩淼无边。

南　乡　子

和杨元素，时移守密州[①]。

东武望余杭[②]，云海天涯两渺茫。何日功成名遂了，还乡。醉笑陪公三万场。[③]　　不用诉离觞[④]，痛饮从来别有肠。今夜送归灯火冷，河塘[⑤]。堕泪羊公却姓杨[⑥]。

① 据傅藻《东坡纪年录》载：熙宁七年（1074），苏轼移守密州，有"和元素《南乡子》"。杨元素（1027—1088），名绘，四川绵竹人，神宗朝为御史中丞，因反对新法，出知亳州，历应天府，时接替陈襄知杭州。（《宋史》有传）

② 东武：密州治所，今山东诸城市。余杭：杭州，见前《少年游》注③。

③ "醉笑"句：语本李白《襄阳歌》："百年三万六千日，一日须倾三百杯。"三万场：指百年。作者与杨元素同为蜀人，故云还乡后可相陪醉饮。

④ 不用诉离觞：唐宋词凡用“莫诉”“不用诉”者，皆谓不要推辞饮酒。如韦庄《菩萨蛮》：“须愁春漏短，莫诉金杯满。”秦观《金明池》：“才子倒、玉山休诉。”离觞，饯别之酒。

⑤ 河塘：沙河塘，见前《虞美人·有美堂赠述古》注⑤。连上句谓归时已晚，沙河塘上已经灯稀。

⑥ 羊公：晋代羊祜(hù)。羊祜为荆州督，驻襄阳(今属湖北)，死后，部属在岘山(他昔日游憩之处)建庙立碑，见碑者莫不流泪。杜预因称此碑为“堕泪碑”。(见《晋书》本传及《北堂书钞·荆州图记》)此处因“羊”“杨”同音，故作戏语，谓杨元素离任后，杭州百姓将怀念他。

南　乡　子

沈强辅雪上出犀丽玉作胡琴，送元素还朝，同子野各赋一首。①

裙带石榴红②，却水殷勤解赠侬③。应许逐鸡④鸡莫怕，相逢。一点灵心⑤必暗通。　　何处遇良工，琢刻天真半欲空。⑥愿作龙香双凤拨，轻拢⑦。长在环儿⑧白雪胸。

① 熙宁七年(1074)秋九月，杨绘(元素)自杭州被召入翰林院，时苏轼移知密州，同行至湖州，州人沈强辅在宅上设宴送之，宴前命妓弹奏胡琴。张子野与苏轼各赋《南乡子》一首。沈强辅，名冲。湖州境内有霅溪，因称“霅上”。子野，张先之字。犀：指犀牛角。丽玉：指良玉。皆胡琴上饰物。(参见吴聿《观林诗话》及子野同调之作)

② 石榴红：大红色。《玉台新咏》卷六何思澂《南苑逢美人》诗：“风卷葡萄带，日照石榴裙。”

③ 侬：古代吴语，指我。

④ 逐鸡：随鸡。宋时谚语："嫁得鸡，逐鸡飞；嫁得狗，逐狗走。"（见庄绰《鸡肋编》卷下）

⑤ 一点灵心：李商隐《无题》诗："身无彩凤双飞翼，心有灵犀一点通。"

⑥ "何处"二句意谓：手艺高超的工人将胡琴上的犀牛角与丽玉，雕刻得玲珑剔透。

⑦ 龙香双凤拨：用龙香柏制成的弹拨胡琴的工具。郑嵎《津阳门》诗："玉奴琵琶龙香拨。"自注："贵妃妙弹琵琶……有逻逤檀为槽，龙香柏为拨者。"轻拢：弹拨时的动作。白居易《琵琶行》："轻拢慢捻抹复挑。"

⑧ 环儿：杨贵妃名玉环，此喻歌妓。

鹊　桥　仙

七　　夕[①]

缑山仙子[②],高情云渺,不学痴牛骙女[③]。凤箫声断月明中,举手谢、时人欲去。[④]　　客槎曾犯,银河波浪,[⑤]尚带天风海雨。相逢一醉[⑥]是前缘,风雨散、飘然何处[⑦]?

① 此词熙宁九年(1076)七月为悼念陈舜俞而作。陈舜俞,字令举,乌程(今浙江湖州市)人。熙宁九年五月,苏轼在密州"闻陈舜俞讣"(见《苏诗总案》卷十四)。七夕为牛郎织女相会之期。陆游《跋东坡七夕词》云:"昔人作七夕诗,率不免有珠栊绮疏惜别之意,惟东坡此篇居然是星汉(天河)上语。歌之,曲终觉天风海雨逼人。"

② 缑(gōu)山仙子:指仙人王子乔。据《列仙传》,他是周灵王的太子,道士浮丘公接他上嵩山后,他对桓良说:"告我家,七月七日,待我于缑山头。"缑山:在今河南洛阳市偃师区。此以王子乔喻

陈舜俞。

③ 痴牛骙(ái)女：牛郎织女。因其过于钟情，故说痴骙。骙，呆。语本唐卢仝《月蚀》诗："痴牛与骙女，不肯勤农桑。徒劳含淫思，旦夕遥相望。"

④ "凤箫"二句：《列仙传》谓王子乔"好吹笙作凤鸣……(后)果乘白鹤驻(缑山)山顶，望之不到，举手谢时人，数日而去。"此喻舜俞之死。

⑤ "客槎"二句：据张华《博物志》卷十："天河与海通，近世有人居海渚者，年年八月，浮槎去来……去十余日，奄至一处，有城郭状，屋舍甚严。遥望宫中多织妇。见一丈夫牵牛渚次饮之。"

⑥ 相逢一醉：指熙宁七年(1074)在吴江垂虹亭上的"六客之会"，时苏轼有《菩萨蛮·席上和陈令举》词。

⑦ "风雨"句意谓：别后陈舜俞飘然而逝(指其死)。

阮　郎　归

一年三过苏[1]，最后赴密州时，有问“这回来不来”，其色凄然。太守王规父[2]嘉之，令作此词。

一年三度过苏台[3]，清樽[4]长是开。佳人相问苦相猜：这回来不来？　　情未尽，老先催。人生真可咍[5]！他年桃李阿谁栽，刘郎双鬓衰。[6]

① 此词作于熙宁七年（1074）十月自杭州调任密州之际，因本年正月、五月曾到过苏州，这次又到，故云“一年三过苏”。

② 王规父：名诲，时知苏州。

③ 苏台：姑苏台，在今江苏苏州市西南姑苏山上，春秋时吴王阖闾所筑。

④ 清樽：酒杯。本句谓每次来苏州，皆承酒宴招待。

⑤ 咍（hāi）：笑。

⑥ “他年”二句：唐刘禹锡《元和十年自朗州至京戏赠看花诸君子》诗：“玄都观里桃千树，尽是刘郎去后栽。”此谓他年再来，恐已年老。

醉　落　魄

苏州阊门留别[①]

苍颜华发，故山[②]归计何时决？旧交新贵[③]音书绝。惟有佳人，犹作殷勤别。　　离亭[④]欲去歌声咽。潇潇细雨凉吹颊。泪珠不用罗巾裛[⑤]。弹在罗衫，图得见时说。[⑥]

① 此词熙宁七年(1074)秋自杭州移知密州，途经苏州时作。阊门：苏州西门之一。

② 故山：故乡，指四川眉山市。

③ 旧交新贵：指熙宁变法中的旧党与新党人物。

④ 离亭：古人在长亭饯别，故称。

⑤ 裛(yì)：沾湿。

⑥ "弹在"二句：化用武则天《如意娘》："不信比来长下泪，开箱验取石榴裙。"

减字木兰花

赠润守许仲涂，且以“郑容落籍、高莹从良”为句首[①]。

郑庄[②]好客，容我尊前先堕帻[③]。落笔生风，[④]籍籍[⑤]声名不负公。　　高山白早[⑥]，莹骨冰肤那解老[⑦]。从此南徐[⑧]，良夜清风月满湖。

① 此词熙宁七年(1074)冬十一月移知密州途中作于润州(今江苏镇江市)。许仲涂，名遵，泗州人，时知润州。此为“藏头词”，郑容、高莹：皆为营妓。落籍：脱离妓籍；从良：指嫁人。时二妓侍宴，求苏轼给予帮助，词既写就，谓曰：“尔当持我之词以往，太守一见，便知其意。”(见陈善《扪虱新话》下集卷九)

② 郑庄：西汉郑当时，字庄，景帝时为太子舍人，以任侠自喜，常置驿马在长安郊外，以接待宾客，夜以继日，常恐不遍。(见《汉书》本传)郑容，字季庄，因以为喻。

③ 堕帻：形容醉态失常。晋代庾敳(ái)一日在东海王司马越座中，颓然大醉，“帻堕机上，以头就穿取”。(见《晋书·庾峻传》)帻，头

巾,帽子。

④ “落笔”句：语本杜甫《寄李十二白二十韵》:“笔落惊风雨。”

⑤ 籍籍：形容声名甚盛。韩愈《送僧澄观》诗:“道人澄观名籍籍。”

⑥ 高山白早：佛家语,“如日出东天时,先照高山”(见《华严经》)。此处自喻易老。

⑦ 那解老：哪里会老。本句指二妓。

⑧ 南徐：镇江。南朝刘宋时置南徐州。

采　桑　子

润州甘露寺多景楼[1]，天下之殊景也。甲寅仲冬，余同孙巨源、王正仲参会于此[2]。有胡琴[3]者，姿色尤好。三公皆一时英秀，景之秀，妓之妙，真为稀遇。饮阑[4]，巨源请于余曰："残霞晚照，非奇才不尽。"余作此词。

多情多感仍多病，多景楼中。尊酒相逢[5]。乐事回头一笑空。　　停杯且听琵琶语[6]，细捻轻拢[7]。醉脸春融。斜照江天一抹红。

① 此词熙宁七年甲寅(1074)调任密州时作于镇江。甘露寺：在江苏镇江市北固山上。《京口志》："甘露寺有多景楼，中刻东坡熙宁甲寅与孙巨源辈会此赋《采桑子》词。"

② 孙巨源：名洙，广陵(今江苏扬州市)人，博闻强识，文辞典丽，是时曾知海州。王正仲：名存，丹阳人，官至尚书左丞。此会尚有胡宗愈，字完夫，官至礼部尚书，时为真州通判。故序中曰"三公"。(三人《宋史》皆有传)

③ 胡琴：歌妓名。

④ 饮阑：饮酒已至残尽。

⑤ 尊酒相逢：韩愈《赠郑兵曹》诗："尊酒相逢十载前，君为壮夫我少年。尊酒相逢十载后，我为壮夫君白首。"尊酒，杯酒。

⑥ 琵琶语：琵琶曲调。白居易《琵琶行》："今夜闻君琵琶语，如听仙乐耳暂明。"

⑦ 细捻轻拢：弹琵琶的两种动作。白居易《琵琶行》："轻拢慢捻抹复挑。"

如　梦　令

题淮山楼[①]

城上层楼叠巘[②]，城下清淮古汴[③]。举手揖吴云，人与暮天俱远。[④]魂断，魂断，后夜松江月满[⑤]。

① 苏轼赴密州任，熙宁七年(1074)十一月至镇江，及其到泗州，当在本月中旬，词云“后夜松江月满”，知作于十三日。淮山楼：在泗州城内，清康熙间已沉入洪泽湖底。

② 叠巘(yǎn)：山上有山。巘，小山。《诗·大雅·公刘》：“陟则在巘。”传：“巘，小山，别于大山也。”

③ “城下”句：北宋时汴水自开封经商丘、宿州、灵璧至泗州入淮河，故云。

④ “举手”二句：意为向远在江南的友人揖别。吴云：吴地的云。本年秋，作者曾在吴江垂虹亭与杨元素(绘)、陈令举(舜俞)、张子野(先)、李公择(常)、刘孝叔(述)作“六客”之会(见《书游垂虹亭》)，此时天各一方，故云“人与暮天俱远”。

⑤ 松江：此指吴江(今属苏州)，垂虹桥在其境内。月满：月圆。

浣 溪 沙

赠陈海州[①]。陈尝为眉令,有声。

长记鸣琴子贱[②]堂,朱颜绿发[③]映垂杨。如今秋鬓数茎霜。[④] 聚散交游如梦寐,升沉[⑤]闲事莫思量。仲卿终不避桐乡[⑥]。

① 此词熙宁七年(1074)十一月十五日赴密州任时经海州(治所在今江苏连云港市)而作。陈海州: 名字不详,尝知眉山,有政声。

② 子贱: 姓宓,名不齐,春秋末鲁人。孔子弟子。《吕氏春秋·察贤》:"宓子贱治单父(今山东单县南),弹鸣琴,身不下堂而单父治。"此处借喻昔年陈海州知眉山时政简刑轻。

③ 朱颜绿发: 红颜黑发。谓陈知眉山时尚年轻。是时苏轼尚在童年,故有《次韵陈海州书怀》诗云:"酒醒却忆儿童事,长恨双凫去莫攀。"

④ "如今"句意谓: 此时陈海州已有几根白发。

⑤ 升沉: 指宦海沉浮。

⑥ 仲卿：西汉朱邑，字仲卿，庐江舒（今属安徽）人，少时为舒邑桐乡啬夫，廉洁爱民，后官至大司农。临死前嘱其子："我故为桐乡吏，其民爱我。必葬我桐乡，后世子孙奉尝我，不如桐乡民。"（见《汉书·循吏传》）此处喻指陈海州得眉山人民爱戴而自己亦不忘眉山。

沁　园　春

赴密州早行，马上寄子由。[①]

孤馆灯青，野店鸡号，旅枕梦残。渐月华收练[②]，晨霜耿耿[③]，云山摛锦[④]，朝露团团。世路无穷，劳生[⑤]有限，似此区区长鲜欢[⑥]。微吟罢，凭征鞍无语，往事千端。　　当时共客长安[⑦]，似二陆初来俱少年[⑧]。有笔头千字，胸中万卷，致君尧舜，此事何难！[⑨]用舍由时，行藏在我，[⑩]袖手何妨闲处看[⑪]。身长健，但优游卒岁[⑫]，且斗尊前[⑬]。

① 据《苏诗总案》卷十二称：熙宁七年（1074），苏轼由海州赴密州，不复绕道至齐州一视子由，“故其词如此耳”。子由：名辙，苏轼之弟。金元好问认为，此词下阕“鄙俚浅近，叫呼炫鬻，殆市驵（市侩）之雄醉饱之后发之”，“而谓东坡作，误矣”。此说不足据，词中直抒胸臆，正符合苏轼豪放旷达的性格。

② 月华收练：月光渐淡。练，白练，喻月色。

③ 耿耿：明貌。南齐谢朓《暂使下都夜发新林至京邑赠同僚》诗："秋河曙耿耿。"

④ 云山摛(chī)锦：山上云霞像铺展的锦绣。班固《西都赋》："若摛锦铺绣，烛耀乎其陂。"

⑤ 劳生：劳苦的一生。《庄子·大宗师》："夫大块载我以形，劳我以生。"唐骆宾王《海曲书情》："薄游倦千里，劳生负百年。"

⑥ 区区：指此心。繁钦《定情诗》："何以致区区，耳中双明珠。"鲜欢：寡欢。

⑦ 长安：宋人多借指汴京。此指嘉祐元年(1056)兄弟二人同至汴京考进士。

⑧ 二陆：西晋太康末年，华亭(今上海松江区)陆机、陆云兄弟到洛阳，以文才名重一时，深受张华赏识，时称"二陆"。(《晋书》有传)俱少年：时苏轼年二十一，苏辙年十八。

⑨ "有笔头"四句：化用杜甫《奉赠韦左丞丈二十二韵》："读书破万卷，下笔如有神……致君尧舜上，再使风俗淳。"黄庭坚亦认为苏轼"胸中有万卷书，笔下无一点尘俗气"(见《跋东坡乐府》评《卜算子》)。

⑩ "用舍"二句：《论语·述而》："用之则行，舍之则藏。"此谓用与不用由时运安排，出仕不出仕则由自己决定。

⑪ "袖手"句：韩愈《祭柳子厚文》："巧匠旁观，缩手袖间。"

⑫ 优游卒岁：《左传·襄公二十一年》载叔向引《诗》："优哉游哉，聊以卒岁。"此谓悠闲地度过一生。

⑬ 且斗尊前：化用杜甫《绝句漫兴》“莫思身外无穷事，且尽生前有限杯”，及牛僧孺《席上赠刘梦得》“休论世上升沉事，且斗尊前见在身”。

永　遇　乐[①]

孙巨源以八月十五日离海州，坐别于景疏楼上[②]。既而与余会于润州[③]，至楚州[④]乃别。余以十一月十五日至海州，与太守[⑤]会于景疏楼上，作此词以寄巨源。

长忆别时，景疏楼上，明月如水。美酒清歌，留连不住，月随人[⑥]千里。别来三度，孤光又满，[⑦]冷落共谁同醉？卷珠帘，凄然顾影，共伊[⑧]到明无寐。　今朝有客，来从濉上，能道使君深意。[⑨]凭仗清淮，分明到海，中有相思泪。[⑩]而今何在，西垣[⑪]清禁，夜永灵华[⑫]浸被。此时看，回廊晓月，也应暗记。

① 此词作于熙宁七年(1074)十一月十五日，时赴密州任，在海州(今江苏连云港市)稍事停留。

② 孙巨源：名洙，见《采桑子·多情多感仍多病》注②。此指孙洙于本年八月十五日离海州赴润州与苏轼相会。景疏楼：为纪念汉代邑人疏广、疏受而筑。

③ 润州：今江苏镇江市，本句指十一月初与孙洙在多景楼相会。

④ 楚州：今江苏淮安市。

⑤ 太守：指陈海州。见《浣溪沙·长记鸣琴子贱堂》注①。

⑥ 月随人：唐苏味道《正月十五日夜》："暗尘随马去，明月逐人来。"

⑦ "别来"二句意谓：孙洙自八月别海州后已三度月圆。朱彊邨《东坡乐府》注云："词中'别来三度'，乃谓巨源之别海州，历九月、十月，至公至之十一月十五日，恰为三度。"

⑧ 伊：指"孤光"，即月。

⑨ "今朝"三句：自谓从濉（suī）上来海州与陈知州相会。宋时濉水自河南经安徽，至江苏萧县入泗水。前此苏轼在泗州，东来海州，必经濉水而入淮河。

⑩ "凭仗"三句：写与孙巨源的友情。苏轼《江城子·别徐州》亦云："回首彭城，清泗与淮通。寄我相思千点泪，流不到楚江东。"

⑪ 西垣：指中书省。此时孙巨源以同修起居注召回京中，故云。

⑫ 灵华：梁简文帝《七励》："玩灵华于仙掌，度窈窕于飞虹。"此指月光。本句谓夜深时月光当透过西垣的窗户照到孙巨源床上，暗喻对方也在思念自己。

蝶 恋 花

密 州 上 元[①]

灯火钱塘三五夜[②]。明月如霜，照见人如画。帐底吹笙香吐麝[③]。更无一点尘随马[④]。　　寂寞山城[⑤]人老也。击鼓吹箫，却入农桑社[⑥]。火冷灯稀霜露下。昏昏雪意云垂野。

① 此词熙宁八年(1075)元宵节作于密州(今山东诸城)。

② 钱塘：指杭州。三五：正月十五，即元宵。

③ 香吐麝：吐出麝香一般香气。

④ 尘随马：唐苏味道《正月十五日夜》诗："暗尘随马去。"此处反其意而用之。以上五句皆忆杭州元宵灯节的繁华。

⑤ 山城：指密州。以下至歇拍，咏密州元宵的清冷。

⑥ 农桑社：指农村。

江　城　子

乙卯正月二十日夜记梦[①]

十年生死两茫茫。[②]不思量，自难忘。千里[③]孤坟，无处话凄凉。纵使相逢应不识，尘满面，鬓如霜。[④]　　夜来幽梦忽还乡。小轩窗，正梳妆。相顾无言，惟有泪千行。[⑤]料得年年肠断处，明月夜，短松冈。[⑥]

① 这是一首悼亡词。乙卯：熙宁八年(1075)，正月二十日作于密州。

② “十年”句：苏轼前妻王弗治平二年(1065)五月二十八日卒于汴京，次年六月归葬眉山东北彭山区安镇乡可龙里，距本年整十年。

③ 千里：密州距彭山极远，故云“千里”。

④ “纵使”三句：作者自谓经历长期劳顿，已经衰老。

⑤ “小轩窗”四句：写梦中夫妻相见的情景。

⑥ “料得”三句：写梦醒后情绪。孟棨《本事诗·征异》引幽州衙将妻诗：“欲知肠断处，明月照孤坟。”词境似之。短松，矮松。

雨 中 花 慢

初至密州，以累年旱蝗[①]，斋素[②]累月。方春牡丹盛开，遂不获一赏。至九月，忽开千叶一朵，雨中特为置酒，遂作。

今岁花时深院，尽日东风，轻飏茶烟[③]。但有绿苔芳草，柳絮榆钱[④]。闻道城西，长廊古寺[⑤]，甲第[⑥]名园。有国艳带酒，天香染袂[⑦]，为我留连。　清明过了，残红无处，对此泪洒尊前。秋向晚，一枝何事，向我依然。高会聊追短景[⑧]，清商[⑨]不假余妍。不如留取，十分春态，付与明年。

① 此词作于熙宁八年(1075)九月。密州：今山东诸城。这几年，密州连年旱灾蝗灾，苏轼到任后，“捕杀之数，闻于官者几三万斛”。(见《上韩丞相论灾伤手实书》)

② 斋素：素食。

③ 轻飏(yàng)茶烟：烹茶时的烟雾。语本杜牧《题禅院》诗：“今日

鬓丝禅榻畔,茶烟轻飏落花风。”

④ 榆钱:《本草纲目 · 木部》:“榆未生叶时,枝条间先生榆荚,形状似钱而小,色白成串,俗呼榆钱。”

⑤ 古寺:苏轼《玉盘盂》诗序:“东武(密州)旧俗:每岁四月,大会于南禅、资福两寺,以芍药供佛。”

⑥ 甲第:高级住宅。

⑦ 国艳、天香:牡丹号称国色天香。《异人录》载唐玄宗赏牡丹,问侍臣程正己“牡丹诗谁称首”,对曰:李正封诗云:“国色朝酣酒,天香夜染衣。”二句本此。袂:衣袖。

⑧ 高会:盛大的宴会。短景:短促的光阴。本句谓及时行乐。

⑨ 清商:指秋天。商声在五行中属“金”,秋在五行中亦属“金”,故称秋为“清商”。本句谓秋风不让牡丹花开得长久。

江　城　子

密　州　出　猎[1]

老夫[2]聊发少年狂。左牵黄，右擎苍。[3]锦帽貂裘，千骑卷平冈。为报倾城随太守[4]，亲射虎，看孙郎[5]。　酒酣胸胆尚开张。鬓微霜，又何妨。持节云中，何日遣冯唐？[6]会挽雕弓如满月，西北望，射天狼[7]。

① 据《苏诗总案》卷十三，熙宁八年（1075）十月，“祭常山回，小猎，与梅户曹会猎铁沟，作诗，并作《江神子》”。作者颇为自得，《与鲜于子骏》书云：“数日前，猎于郊外，所获颇多，作得一阕，令东州壮士抵掌顿足而歌之，吹笛击鼓以为节，颇壮观也。”这是苏轼豪放词代表作之一。

② 老夫：时作者四十岁，故自称。

③ “左牵”二句：左手牵黄狗，右手擎苍鹰。

④ 倾城：全城人都出动。太守：作者自指。

⑤ 孙郎：孙权。汉建安二十三年十月，孙权亲射虎于庱（líng）亭（在今江苏丹阳市东），马为虎所伤，孙权投以双戟，虎遂废。（见《三国志·吴书·吴主传》）此处系自比。

⑥ “持节”二句：西汉魏尚为云中（今内蒙古托克托县）太守，守边有功，然因上报战果稍有虚冒，被文帝削职。冯唐进谏，澄清事实，文帝悦，遣冯唐持节赦魏尚，任为车骑都尉，复守云中。（见《汉书》本传）持节，拿着出使的凭证。节，符节，凭证。此处表示希望朝廷遣使将苏轼召还，授以守边重任。

⑦ 天狼：《楚辞·九歌·东君》：“举长矢兮射天狼。”注：“天狼，星名，以喻贪残。”《晋书·天文志》：“狼一星，在东井（星）东南。狼为野将，主侵掠。”此喻西夏和辽。

一 丛 花

初春病起[①]

今年春浅腊侵年[②],冰雪破春妍。东风有信无人见,露微意、柳际花边。[③]寒夜纵长,孤衾易暖,钟鼓渐清圆[④]。　　朝来初日半含山[⑤],楼阁淡疏烟。游人便作寻芳计,小桃杏、应已争先。衰病少悰[⑥],疏慵[⑦]自放,惟爱日高眠[⑧]。

① 此词熙宁九年(1076)早春作于密州(今山东诸城)。

② 腊侵年:据《续资治通鉴长编》,本年立春在旧年除夕,故云。腊:农历十二月称腊月。

③ “东风”二句意谓:春天虽到,但因为腊月底立春,故而并不觉暖意,只是在花柳边际,微微发现一些春色。

④ “钟鼓”句意谓:天渐亮时,报时的钟鼓声渐渐听得清楚。

⑤ 初日半含山:初升的太阳,含在两山之间成半圆形。

⑥ 少悰(cōng):少有乐趣。南齐谢朓《游东田》诗:“戚戚苦无悰,携

手共行乐。”

⑦ 疏慵：懒散。

⑧ 日高眠：日高时犹眠。

蝶　恋　花

微雪，客有善吹笛击鼓者。方醉中，有人送《苦寒》诗求和，遂以此答之[①]。

帘外东风交雨霰[②]。帘里佳人，笑语如莺燕。深惜今年正月暖，灯光酒色摇金盏。　　掺鼓渔阳挝未遍。舞褪琼钗，汗湿香罗软。[③]今夜何人吟古怨[④]，诗情未了冰生砚。

① 此词据《苏诗总案》卷十三：熙宁九年（1076），“春夜，文勋席上作”。文勋，字安国，庐江（今安徽合肥市）人，官太府寺丞，工篆画。苏轼《刻秦篆记》说他本年春，“适以事至密”，“勋好古篆，得李斯用笔意，乃摹诸石，置之超然台上”。末署“正月七日甲子记”。又有《立春日病中邀安国……》诗，可以参看。求和《苦寒》诗者，或即文勋。

② 交雨霰（xiàn）：俗称雨夹雪。霰，雪珠。

③ “掺（chàn）鼓”三句意谓：《渔阳掺挝》尚未奏完，舞女的玉钗已经跌落，罗衣已被香汗湿透，极言节奏的急促。渔阳，鼓曲名，东汉

称衡善鼓此曲。挝(zhuā),击打。

④ 古怨:指小序中《苦寒》诗。古乐府有《苦寒行》,“备言冰雪溪谷之苦”,因称“古怨”。

望 江 南

超 然 台 作[①]

春未老，风细柳斜斜。试上超然台上看，半壕[②]春水一城花。烟雨暗千家。　寒食[③]后，酒醒却咨嗟[④]。休对故人思故国[⑤]，且将新火试新茶[⑥]。诗酒趁年华[⑦]。

① 熙宁九年（1076），苏轼知密州时，修葺城上旧台，其弟苏辙题曰“超然台”，并作《超然台记》，借以表现苏轼“无往而不乐”，超然物外的心情。台尚存。词作于本年春。

② 壕：护城河。

③ 寒食：节令名，在清明前一日。

④ 咨嗟：叹息。汉蔡邕《陈太丘碑》一：“群公百僚，莫不咨嗟。”

⑤ 故国：故乡，此指四川眉山市。

⑥ 新火：旧俗寒食不举火，寒食后以榆柳引火，称新火。新茶：指“明前”春茶。

⑦ “诗酒”句意谓：趁年轻时饮酒赋诗。

望江南[①]

春已老，春服几时成？曲水浪低蕉叶稳[②]，舞雩风软纻罗轻[③]。酣咏乐升平。　　微雨过，何处不催耕[④]。百舌[⑤]无言桃李尽，柘林深处鹁鸪鸣[⑥]。春色属芜菁[⑦]。

① 熙宁九年(1076)暮春作于密州。

② “曲水”句：古人于三月上巳日，临水修禊(祓除不祥)，曲水流觞。本年苏轼亦举行此礼俗，其《满江红》自序云：“东武会流杯亭，上巳日作……”词云：“相将泛曲水，满城争出。君不见、兰亭修禊事，当时坐上皆豪逸。”盖依东晋王羲之兰亭修禊故事。蕉叶，形如蕉叶的酒杯，可以在水面流动。

③ “舞雩(yú)”句：《论语·先进》记曾点言志云：“暮春者，春服既成，冠者五六人，童子六七人，浴乎沂，风乎舞雩，咏而归。”孔子对这种寓教于乐、潜移默化的教育方法很赞赏，“喟然叹曰：‘吾与点也！’”苏轼亦主此说，其《同曾元恕游龙山吕穆仲不至》诗云：“浴沂曾点暮方还”；《宿州次韵刘泾》诗云：“舞雩何日著春衣？”按《论

语》朱熹集注:“春服,单袷之衣。……舞雩,祭天祷雨之处,有坛墠树木也。”

④ “何处”句意谓:处处听到布谷鸟催人春耕的鸣声。

⑤ 百舌:鸟名,俗称山麻雀,学名鹨,又名反舌,善于学习各种鸟鸣,故名。立春后鸣啭不已,夏至后即无声。此处似提前而言。

⑥ “柘林”句:承过片二句而言。鹁鸪,即布谷鸟。

⑦ 春色属芜菁:已届晚春。芜菁,又名蔓菁,俗称大头菜。韩愈《感春》诗之二:“黄黄芜菁花,桃李事已退。”

满 江 红

东武会流杯亭，上巳日作[1]。城南有陂，土色如丹。其下有堤，壅郑淇水入城[2]。

东武南城，新堤就、郑淇初溢。[3]微雨过、长林翠阜，卧红堆翠。枝上残花吹尽也，与君试向江头觅。问向前、犹有几多春，三之一[4]。　官里事，何时毕？风雨外，无多日。相将泛曲水[5]，满城争出。君不见、兰亭修禊事，[6]当时坐上皆豪逸。到如今，修竹满山阴，空陈迹！[7]

① 熙宁九年(1076)上巳(三月三日)作。东武：密州治所所在，今山东诸城。

② 郑(fú)淇水：朱彊邨《东坡乐府》注云："《水经注》：'郑淇之水，出西南常山，东北流注潍，潍自箕县北经东武县，西北流，合郑淇之水。'汉琅玡有扶县，盖郑与扶同音。《名胜志》：'诸城县有柳林河，出石门山，流经县西北，入于郑淇。密人为上巳祓除之所。'"

③ "东武"二句意谓：城南新堤，壅(挡)住初涨的郑淇水，使之入城。

与小序同意。

④ 三之一：自上巳开始，春天还剩下三分之一。

⑤ 相将：《诗词曲语辞汇释》卷三："犹云相与或相共也。孟浩然《春情》诗：'已厌交欢怜枕席，相将游戏绕池台。'"

⑥ "君不见"句：王羲之《兰亭集序》："永和九年(353)，岁在癸丑，暮春之初，会于山阴之兰亭，修禊事也。"兰亭，在今浙江绍兴市西南兰渚。修禊(xì)，祈福消灾。当时参加者有王羲之、谢安、孙绰、孙统、袁峤之等四十二人，皆东晋时高门士族，豪逸之士。

⑦ "到如今"三句：《兰亭集序》："此地有崇山峻岭，茂林修竹……俯仰之间，已为陈迹。"修竹，长竹。

画 堂 春

寄 子 由[①]

柳花飞处麦摇波，晚湖净鉴新磨[②]。小舟飞棹去如梭，齐唱采菱歌[③]。　　平野水云溶漾[④]，小楼风日晴和。济南何在暮云多[⑤]，归去[⑥]奈愁何！

① 此词熙宁九年(1076)暮春作于密州，此时其弟苏辙(子由)任齐州掌书记届满，将还京。朱彊邨《东坡乐府》注谓“前段则追述辛亥(熙宁四年)七八月同游陈州柳湖事”。

② 鉴新磨：像新磨的铜镜。此喻柳湖的平静明澈。

③ 采菱歌：乐府曲名。梁武帝《江南弄》七曲之五即《采菱曲》。此指陈州女子所唱。

④ 溶漾：波光浮动貌。

⑤ 济南：今山东济南市。暮云：杜甫《春日怀李白》诗：“渭北春天树，江东日暮云。”后因以“暮云春树”喻对友人的思念。此谓暮云遮住望眼，看不见济南。

⑥ 归去：指子由将任满召还。

水调歌头

丙辰中秋，欢饮达旦，大醉，作此篇，兼怀子由。[①]

明月几时有？把酒问青天。[②]不知天上宫阙，今夕是何年。[③]我欲乘风归去，惟恐琼楼玉宇[④]，高处不胜寒。起舞弄清影[⑤]，何似在人间。　　转朱阁，低绮户[⑥]，照无眠。不应有恨，何事长向别时圆？[⑦]人有悲欢离合，月有阴晴圆缺，此事古难全。但愿人长久，千里共婵娟[⑧]。

① 丙辰：熙宁九年(1076)。达旦：直到早晨。子由：苏辙之字，时在齐州(今山东济南市)李公择幕下任掌书记。宋胡仔《苕溪渔隐丛话》后集卷三十九评曰："中秋词，自东坡《水调歌头》一出，馀词尽废。"张炎《词源》："此词清空中有意趣。"王国维《人间词话》称此词"格调千古，不能以常调论也"。

② "明月"二句：化用李白《把酒问月》诗："青天有月来几时，我今停杯一问之。"

③ “不知”二句：唐韦瓘《周秦纪行》引诗：“香风引到大罗天，月地云阶拜洞仙。共道人间惆怅事，不知今夕是何年。”宫阙，宫殿。

④ 琼楼玉宇：据颜师古《大业拾遗记》，瞿乾祐于江岸赏月，曾见月中“琼楼玉宇灿然”。

⑤ 起舞弄清影：用李白《月下独酌》成句。

⑥ 绮户：绮窗，雕有美丽花纹的窗户。

⑦ “不应”二句：化用石曼卿“月如无恨月长圆”诗句。（见司马光《温公续诗话》）

⑧ “千里”句：南朝谢庄《月赋》：“隔千里兮共明月。”唐孟郊《婵娟篇》：“月婵娟，真可怜。”唐许浑《怀江南同志》诗：“唯应洞庭月，万里共婵娟。”婵娟，代指月。清黄苏《蓼园词选》：“人有离合，月有圆缺，皆是常事，惟望长久共婵娟耳，缠绵惋恻之思，愈转愈曲，愈曲愈深。”

江 城 子[①]

前瞻马耳九仙山[②]，碧连天，晚云闲。城上高台[③]，真个是超然！莫使匆匆云雨散，今夜里，月婵娟[④]。　　小溪鸥鹭静联拳[⑤]，去翩翩，点轻烟[⑥]。人事凄凉，回首便他年。莫忘使君[⑦]歌笑处，垂柳下，矮槐前。

① 熙宁九年(1076)十二月，作者移知徐州，离密州前作此词。

② 马耳、九仙山：二山名，在今山东诸城西南六十里。

③ 高台：指超然台，见《望江南·超然台作》注①。

④ 月婵娟：月色美好。

⑤ 联拳：像并排着的拳头，形容沙鸥、白鹭静立的样子。杜甫《漫成一绝》："沙头宿鹭联拳静。"

⑥ "去翩翩"二句：写鸥鹭被惊动后飞去，在轻雾中显出一点点白色。

⑦ 使君：州守，苏轼自指。

江　城　子

东武雪中送客[①]

相从不觉又初寒，对尊前[②]，惜流年。风紧离亭[③]，冰结泪珠圆。雪意留君君不住，从此去，少清欢。　　转头山[④]上转头看，路漫漫，玉花[⑤]翻。云海光宽，何处是超然[⑥]？知道故人相念否，携翠袖[⑦]，倚朱阑[⑧]。

① 此词熙宁九年(1076)十二月移知徐州前作。东武：密州。所送之客为章传道。本年作者有《游卢山次韵章传道》《次韵章传道》二诗。卢山，在密州。

② 尊前：筵前。尊，酒杯。

③ 离亭：古人常在长亭送别，故称离亭。

④ 转头山：在今山东诸城南四十里。

⑤ 玉花：雪花。苏轼《和田国博喜雪》诗："玉花飞半夜，翠浪舞明年。"

⑥ 超然：台名，见《望江南·超然台作》注①。

⑦ 翠袖：指代美人。杜甫《佳人》诗："天寒翠袖薄，日暮倚修竹。"

⑧ 倚朱阑：指远望离人。朱阑，红色栏杆。

阳　关　曲

答李公择[1]

济南春好雪初晴，才到龙山[2]马足轻。
使君莫忘霅溪女[3]，还作阳关[4]肠断声。

① 此词熙宁十年(1077)作于济南，时词人自密州移知徐州。李公择：名常，南康建昌(今属江西)人，皇祐进士，熙宁初知谏院，因反对王安石变法，出知鄂州、湖州，熙宁九年(1076)移知齐州，官至御史中丞。(《宋史》有传)

② 龙山：在今山东济南市东七十里。

③ 霅(zhà)溪：在今浙江湖州市南。熙宁七年(1074)李公择知湖州时，苏轼曾与他参加"六客之会"。使君：指李公择。宋施元之注："李公择先知湖州，自湖移济南，故东坡以霅溪女戏之。"(《苏文忠公诗编注集成》卷十五引)

④ 阳关：古送别曲，以王维《送元二使安西》诗为歌辞，声调悲凉。故李商隐《赠歌妓二首》之一云："红绽樱桃含白雪，断肠声里唱阳关。"此词平仄悉遵古曲格律。

蝶　恋　花

暮春别李公择[1]

簌簌[2]无风花自堕。寂寞园林，柳老樱桃过。落日有情还照坐。山青一点横云破。[3]　　路尽河回人转舵。系缆渔村，月暗孤灯火。凭仗飞魂招楚些[4]。我思君处君思我。[5]

① 熙宁十年(1077)春，苏轼在济南月余，于暮春别李公择，作此词。李公择：见《阳关曲》注①。

② 簌簌(sù)：象声词，形容落花。

③ “山青”句意谓：青山破云而出。

④ 楚些(suò)：《楚辞·招魂》多用“些”字作语尾助辞，因称《招魂》为“楚些”。此处表示对李公择的忆念。

⑤ “我思”句：《邵氏闻见录》后录卷十九：“东坡别公择长短句：‘凭仗飞魂招楚些，我思君处君思我。’退之(韩愈)《与孟东野书》‘以余心之思足下，知足下悬悬于余’之意也。”

洞　仙　歌[①]

江南腊尽[②]，早梅花开后。分付新春与垂柳。细腰肢、自有入格风流，仍更是、骨体清英雅秀。[③]　　永丰坊那畔，尽日无人，谁见金丝弄晴昼？[④]断肠是，飞絮时，绿叶成阴[⑤]，无个事、一成消瘦[⑥]。又莫是、东风逐君来，便吹散眉间，一点春皱[⑦]。

① 据傅藻《东坡纪年录》，熙宁十年（1077）三月一日，苏轼与王诜会于汴京之四照亭，"有倩奴者求曲，遂作《洞仙歌》《喜长春》与之"。按：王诜，字晋卿，能诗善画，娶英宗女，封驸马都尉。

② 腊尽：已过了旧年腊月（十二月）。

③ "细腰肢"二句：以柳枝喻歌女细腰。

④ "永丰坊"三句：化用白居易《柳枝词》："永丰坊里东南角，尽日无人属阿谁。"永丰坊，在长安。金丝，喻嫩黄的柳丝。

⑤ 绿叶成阴：杜牧《叹花》诗："如今风摆花狼藉，绿叶成阴子满枝。"

⑥ 无个事：没有一些儿事情。

⑦ "便吹散"二句意谓：东风吹散闲愁。春皱，指紧皱的眉头。

阳　关　曲

中　秋　月①

暮云收尽溢清寒②，银汉无声转玉盘③。
此生此夜不长好④，明月明年何处看⑤？

① 熙宁十年(1077)中秋，作者与其弟苏辙(子由)在徐州观月，作此词，十八年后贬徙岭南，“独歌此曲，以识一时之事，殊未觉有今夕之悲”(苏轼《书彭城观月诗》)。

② 溢清寒：晚间觉得天气清凉。溢，充满，散发。

③ 玉盘：喻明月。李白《古朗月行》：“小时不识月，呼作白玉盘。”

④ 不长好：郑文焯《手批东坡乐府》：“‘不’字，律；妙句天成。”谓此字全遵《阳关曲》格律。

⑤ “明月”句：王文诰《苏文忠公诗编注集成》卷十五案：“江藩曰：《阳关词》古人但论三叠，不论声调，以王维一首定此词平仄。此三诗与摩诘毫发不爽。”三诗，指《赠张继愿》《答李公择》《中秋月》。

阳　关　曲

赠张继愿[①]

受降城下紫髯郎[②]，戏马台[③]南旧战场。恨君不取契丹[④]首，金甲牙旗[⑤]归故乡。

① 张继愿：不详。词当作于徐州。

② 受降城：据《旧唐书·张仁愿传》：唐中宗神龙年间(705—707)，因突厥入侵，张仁愿于黄河北筑三受降城，“首尾相应，以绝其南寇之路”。此处从张继愿联想到张仁愿。紫髯郎：《三国志·吴书·吴主传》注引《献帝春秋》：“张辽问吴降人：‘向有紫髯将军，长上短下，便马善射，是谁？’降人答曰：‘是吴会稽。’”(时孙权为会稽太守)此处借指张继愿。

③ 戏马台：在徐州城南，高十仞，项羽所筑。原名凉马台，后误作掠马台。

④ 契丹：指北方的辽，当时与北宋对立。

⑤ 牙旗：将军的大旗，竿上饰以象牙。

临江仙

送李公恕[1]

自古相从休务日[2],何妨低唱微吟。天垂云重作春阴。座中人半醉,帘外雪将深。　　闻道分司狂御史,紫云无路追寻。[3]凄风寒雨更骎骎[4]。问囚长损气,[5]见鹤忽惊心[6]。

① 元丰元年(1078)正月作于徐州。作者另有《送李公恕赴阙》诗,宋施元之注:“李公恕时为京东转运判官,召赴阙。公恕一再持节山东,子由亦有诗送行曰:‘幸公四年持使节,按行千里长相见。’”

② 休务曰:停止办公的日子。《北齐书·赵郡王深传》:“遂为休务一日。”指休假日。

③ “闻道”二句:据孟棨《本事诗·情感》:唐代李愿罢镇闲居洛阳,某日宴会,声伎豪华,名士咸集。杜牧时为御史,分管洛阳,李愿怕他弹劾,不便邀请。杜牧却主动要求前来,饮罢三杯,问:“闻有紫云者,孰是?”李愿指一歌妓示之。杜牧说“果然名不虚传”,遂

即席吟诗云:“华堂今日绮筵开,谁唤分司御史来。忽发狂言惊四座,两行红粉一时回。”此以李公恕比李愿,而以杜牧自喻。

④ 骎骎(qīn):马儿快走貌。此指时光飞逝。梁萧纲《纳凉》诗:“斜日更骎骎。”

⑤ “问囚”句:苏轼作为地方官,须审问囚犯。但他常对囚犯表示同情,如《除夜直都厅,囚系皆满,日暮不得返舍,因题一诗于壁》云:“执笔对之泣,哀此系中囚。……谁能暂纵遣,闵默愧前修。”又《戏子由》云:“平生所惭今不耻,坐对疲氓更鞭箠。”损气,心情不舒畅。

⑥ “见鹤”句:字面用庾信《小园赋》“鹤讶今年之雪”,以照应上文“帘外雪将深”,兼用庾信《哀江南赋》“闻鹤唳而心惊”,实为上句意思的延伸。作者有《鹤叹》诗云:“鹤有难色侧睨余:岂欲臆对如鹏乎?……戛然长鸣乃下趋,难进易退我不如。”可证此处心境相同,乃写不能退隐之苦衷。

浣 溪 沙

徐门石潭谢雨，道上作五首。潭在城东二十里，常与泗水增减，清浊相应。[①]

照日深红暖见鱼，连村绿暗晚藏乌。黄童白叟聚睢盱[②]。　　麋鹿逢人虽未惯，猿猱闻鼓不须呼[③]。归来说与采桑姑。

① 元丰元年(1078)苏轼知徐州，三月春旱，作《起伏龙行》，序称“或云置虎头潭中，可以致雷雨”。既得雨，便至石潭谢雨，道上作《浣溪沙》五首。徐门：徐州。泗水：发源于今山东泗水县陪尾山，古代流经曲阜、鱼台、徐州，至今洪泽湖畔龙集入淮。

② 睢盱(suī xū)：喜悦貌。

③ 猿猱(náo)：泛指猿猴。猱，猕猴。

浣 溪 沙

旋抹红妆看使君[①],三三五五棘篱门。相挨踏破茜罗裙[②]。　　老幼扶携收麦社[③],乌鸢翔舞赛神村[④]。道逢醉叟卧黄昏。

① 旋抹红妆:快速地梳妆打扮。旋,飞快。使君:州守,作者自指。

② 相挨:相互挨挤。茜(qiàn)罗裙:红色罗裙。杜牧《村行》诗:"篱窥茜裙女。"以上二句由此化出。

③ 收麦社:收麦季节祭祀土地神。

④ 乌鸢(yuān):乌鸦和老鹰。它们在空中盘旋,伺机攫食祭品。赛神村:举行迎神赛会的村庄。

浣　溪　沙

簌簌衣巾落枣花[①]，村南村北响缫车[②]。牛衣[③]古柳卖黄瓜。　酒困路长惟欲睡，日高人渴谩思茶[④]。敲门试问野人家。

① 簌簌(sù)：象声词，形容枣花纷纷下落。衣巾：衣服和头巾(帽子)。

② 缫(sāo)车：缫丝车。《高斋诗话》以为此句与参寥子诗"隔林仿佛闻机杼，知有人家在翠微"、秦少游诗"菰蒲深处疑无地，忽有人家笑语声"，"皆大同小异，皆奇句也"。

③ 牛衣：程大昌《演繁露》卷二："编草使暖，以被牛体，盖蓑衣之类也。"此指粗制的衣服。清王士禛《花草蒙拾》评此句云："非坡仙无此胸次。"

④ 谩思茶：想胡乱地找杯茶喝。谩，随便、胡乱。

浣　溪　沙

麻叶层层苘[①]叶光，谁家煮茧一村香？隔篱娇语络丝娘[②]。　　垂白杖藜抬醉眼[③]，捋青捣䴵软饥肠[④]。问言[⑤]豆叶几时黄。

① 苘（qǐng）：叶大，似苎麻而薄，民间多称蔺麻，可制绳或麻袋。

② 络丝娘：指将蚕丝缠绕在框架上的妇女。

③ 垂白：须发将白。杖藜：拄着藜茎制成的拐杖。此指老翁。

④ 捋（luō）青捣䴵（chǎo）：捋下尚未黄熟的麦粒炒熟后碾成食品，今俗称"碾青""饪蒸"。软饥肠：民间青黄不接时用新麦碾制炒面以充饥，称为"软饥肠"。软，犹半饱。

⑤ 问言：问与答。本句写作者关心民瘼。

浣　溪　沙

软草平莎[①]过雨新，轻沙走马路无尘。何时收拾耦耕[②]身？　　日暖桑麻光似泼[③]，风来蒿艾气如薰[④]。使君原是此中人。[⑤]

① 莎(suō)：莎草，俗称香附子，根块可作药用。

② 耦耕：两人并耜而耕。《论语·微子》："长沮、桀溺耦而耕。"此写希望归耕田园的意愿。

③ 光似泼：光泽像水泼过一样鲜亮。

④ 薰：香草。

⑤ "使君"句：自谓出身于农家。《东坡题跋·题渊明诗》："陶靖节云：'平畴交远风，良苗亦怀新。'非古人偶(耦)耕植杖者不能道此语，非余之世农，亦不能识此语之妙也。"

浣　溪　沙[①]

缥缈红妆照浅溪[②]，薄云疏雨不成泥[③]。送君何处古台[④]西。　　废沼[⑤]夜来秋水满，茂林深处晚莺啼。行人肠断草凄迷[⑥]。

① 傅藻《东坡纪年录》："元丰元年（1078）戊午十二月，送颜梁，作《浣溪沙》。"

② 缥缈：隐约轻飘貌。红妆：指美人。

③ 泥：泥泞。

④ 古台：指徐州戏马台，见《阳关曲·赠张继愿》注③。

⑤ 废沼：废池。

⑥ 行人：皆指颜梁。上阕中的"君"亦指颜梁。

千 秋 岁

徐州重阳作[①]

浅霜侵绿，发少仍新沐。[②]冠直缝[③]，巾横幅[④]。美人怜我老，玉手簪金菊。秋露重，真珠满袖沾余馥[⑤]。　　坐上人如玉，[⑥]花映花奴[⑦]肉。蜂蝶乱，飞相逐。明年人纵健，此会应难复。[⑧]须细看，晚来明月和银烛。

① 作于元丰元年(1078)农历九月初九，时知徐州。

② “浅霜”二句：以秋霜侵蚀绿叶比喻白发渐生，故下句云头发即使减少仍须沐浴，以便重阳簪菊。

③ 冠直缝：《礼记・檀弓上》：“古者冠缩缝，今也衡缝。”疏曰：“缩，直也。殷尚质，吉凶冠皆直缝。直缝者，辟积襵少。”

④ 巾横幅：《三国志・魏志・武帝纪》注引《傅子》：“汉末王公多委王服，以横幅巾为雅。”以上二句谓着古人之服装，以示古雅。

⑤ 余馥：指菊花的余香。

⑥“坐上”句意谓：席上客人温润如玉。语本《诗·秦风·小戎》：“言念君子,温其如玉。”

⑦花奴：唐玄宗子李琎的小名(见《杨妃外传》)。此喻座上少年。

⑧“明年”二句：化用杜甫《九日蓝田崔氏庄》诗：“明年此会知谁健,醉把茱萸仔细看。”

永　遇　乐

彭城夜宿燕子楼，梦盼盼，作此词。[①]

明月如霜，好风如水，清景无限。曲港跳鱼，圆荷泻露，寂寞无人见。[②]𬘘如[③]三鼓，铿然一叶[④]，黯黯梦云惊断[⑤]。夜茫茫，重寻无处，觉来小园行遍。　天涯倦客[⑥]，山中归路，望断故园心眼。燕子楼空，佳人何在，空锁楼中燕。[⑦]古今如梦，何曾梦觉，但有旧欢新怨。[⑧]异时对、黄楼夜景，为余浩叹[⑨]。

① 据《苏诗总案》卷十七，元丰元年(1078)十月，苏轼"梦登燕子楼，翌日，往寻其地，作《永遇乐》词"。彭城：今江苏徐州市。盼盼：姓关。白居易《燕子楼三首·序》："徐州故张尚书有爱妾曰盼盼，善歌舞，雅多风态。予为校书郎时，游徐泗间。张尚书宴予，酒酣，出盼盼以佐欢，欢甚，予因赠诗云：'醉娇胜不得，风袅牡丹枝。'一欢而去，尔后绝不相闻，迨兹仅一纪矣。……绘之(张仲素)从事武宁军累年，颇知盼盼始末，云：'尚书既殁，归葬东洛，而

彭城有张氏旧第，第中有小楼，名燕子。'盼盼念旧爱而不嫁，居是楼十余年，幽独块然，于今尚在。"案：前人多以为张尚书为张建封，考建封卒于贞元十六年，而白居易于贞元二十年授校书郎，所谓"张尚书宴予"，当为建封之子张愔。张愔尝官徐州刺史，元和初召为工部尚书，故称。

② "明月"六句：写小园夜景。

③ 紞(dǎn)如：击鼓声。《晋书·邓攸传》引吴人歌："紞如打五鼓，鸡鸣天欲曙。"此句写三更鼓响。

④ 铿然一叶：写夜静时落叶声之清晰可闻。

⑤ 梦云惊断：梦被更鼓声、落叶声惊醒。梦云，暗用宋玉《高唐赋》楚王梦巫山神女自称"旦为行云"故事，写梦见关盼盼。

⑥ 天涯倦客：作者自指。

⑦ "燕子"三句：晁补之以之与秦观《水龙吟》"小楼连苑横空，下窥绣毂雕鞍骤"对比，谓坡词"只三句，便说尽张建封事"(见《花庵词选》卷二)。张炎则以为此三句"融化不涩""用事而不为事所使"(《词源》)。近人郑文焯又说："公以'燕子楼空'三句语淮海(秦观)，殆以示咏古之超宕，贵神情不贵迹象也。"(《手批东坡乐府》)

⑧ "古今"三句意谓：人生不会梦醒，皆因情缘未断。

⑨ 黄楼：在徐州东门，乃苏轼在任时拆霸王厅材料改建，垩以黄土，故名。以上三句设想后人将对着黄楼凭吊自己。

江 城 子

别 徐 州[①]

天涯流落思无穷。既相逢，却匆匆。携手佳人，和泪折残红[②]。为问东风余几许，春纵在，与谁同？　　隋堤[③]三月水溶溶。背归鸿[④]，去吴中[⑤]。回首彭城[⑥]，清泗与淮通[⑦]。欲寄相思千点泪，流不到，楚江东[⑧]。

① 元丰二年(1079)三月，作者移知湖州，作此词留别田叔通、寇元弼、石坦夫。

② 残红：将残之花。

③ 隋堤：隋炀帝大业元年开通济渠，旁筑御道，遍植杨柳，人称“隋堤”。

④ 背归鸿：春社后鸿雁飞往北方，而词人却南去湖州，故云背。

⑤ 吴中：原指苏州，此指湖州。

⑥ 彭城：徐州。

⑦ 清泗与淮通：宋时泗水南段因熙宁中黄河改道，经徐州、宿迁、泗

阳至淮阴附近入淮河。

⑧ “欲寄”三句：清黄苏《蓼园词选》：“言我从隋堤而下维扬，回望彭城，相去已远，纵泗水流与淮通，而泪亦寄不到为可伤也。”楚江东，指湖州。长江古属楚地，而湖州又在江南，故云。此四句似从白居易《长相思》“汴水流，泗水流，流到瓜州古渡头，吴山点点愁”化出。

减字木兰花

彭 门 留 别[①]

玉觞[②]无味,中有佳人千点泪。学道忘忧[③],一念还成[④]不自由。　　如今未见,归去东园花似霰[⑤]。一语相开,匹似[⑥]当初本不来。

① 彭门:徐州。词当作于元丰二年(1079)移知湖州之际。

② 玉觞:玉杯,借指美酒。

③ 学道:《论语·阳货》:“君子学道,则爱人。”又《述而》:“发愤忘食,乐以忘忧。”本句实指道家出世思想,谓一心向道,忘怀尘世烦恼。

④ 一念还成:谓一念之差。《二程遗书》:“一念之欲不能制,而祸流于滔天。”

⑤ 霰(xiàn):雪珠。形容落花纷纷。

⑥ 匹似:譬似,比如。

西　江　月

平　山　堂[①]

三过[②]平山堂下，半生弹指[③]声中。十年不见老仙翁[④]，壁上龙蛇[⑤]飞动。　　欲吊文章太守，仍歌杨柳春风。[⑥]休言万事转头空，未转头时是梦。[⑦]

① 此词作于元丰二年(1079)移知湖州途中。时秦观、参寥子相从。僧惠洪《石门题跋》引张嘉父曰："时红妆成轮，名士堵立，看其落笔置笔，目送万里，殆欲仙去尔。"平山堂：在今江苏扬州市北大明寺侧，宋庆历八年(1048)欧阳修所建。

② 三过：苏轼熙宁四年(1071)自京赴杭任通判，熙宁七年(1074)由杭移知密州，本次由徐移知湖州，共三过。

③ 弹指：极言时间之短。佛教谓二十念为一瞬，二十瞬为一弹指。

④ 老仙翁：指欧阳修。苏轼于熙宁四年见欧阳修于颍州，至此时为九年，这里举其成数。

⑤ 龙蛇：喻笔势飞舞。李白《草书歌行》："恍恍如闻神鬼惊，时时只

见龙蛇走。”此指欧阳修留题的诗句。

⑥“欲吊”二句：化用欧阳修《朝中措·送刘仲原甫出守维扬》词句：“手种堂前垂柳，别来几度春风。文章太守，挥毫万字，一饮千钟。”此处以“文章太守”称誉欧阳修。

⑦“休言”二句：用白居易诗：“百年随手过，万事转头空。”张宗橚《词林纪事》引楼敬思评：“结二语，唤醒聪明人不少。”陈廷焯《白雨斋词话》卷六又谓此句“追过一层，唤醒痴愚不少”。

南　歌　子

湖　州　作[1]

山雨萧萧[2]过，溪风浏浏[3]清。小园幽榭枕蘋汀[4]。门外月华如水、彩舟横。　　苕岸[5]霜花尽，江湖雪阵平。两山遥指海门[6]青。回首水云何处、觅孤城[7]？

① 《苏诗总案》卷十八："元丰二年己未(1079)五月十三日，钱氏园送刘㧑赴余姚，并作《南歌子》。"刘㧑，字行甫，长兴(今属浙江)人。余姚，在浙东。时苏轼到湖州任才半月。

② 萧萧：雨声。柳永《八声甘州》："对萧萧暮雨洒江天，一番洗清秋。"

③ 浏浏：风疾貌。晋潘岳《寡妇赋》："雪霏霏而骤落，风浏浏而夙兴。"

④ 幽榭枕蘋汀：幽静的水榭下临长满蘋花的滩地。榭，建在台上的敞屋。蘋，草名，似萍而大。梁柳恽《江南曲》："汀洲采白蘋。"即在湖州时作。

⑤ 苕(tiáo)岸：苕溪之岸。苕溪源出天目山，两岸多苕花(芦苇之

花),在湖州附近汇雪溪而汇入太湖。

⑥ 海门:钱塘江入海口,两岸有山对峙。此为刘㧑赴余姚时将经过之处。

⑦ 孤城:指湖州。二句写行者对居者的留恋。

双　荷　叶

湖州贾耘老小妓名双荷叶[①]

双溪[②]月，清光偏照双荷叶。双荷叶，红心未偶，绿衣偷结[③]。　　背风迎雨流珠滑[④]，轻舟短棹先秋折。先秋折，烟鬟未上，玉杯微缺[⑤]。

① 元丰二年(1079)知湖州时作。调名即《忆秦娥》，词为戏谑谐趣之作。贾耘老：名收，乌程(今浙江湖州市)人，有诗名，其居有浮晖阁，苏轼尝登之，又常念其家贫。后苏去，耘老作亭名"怀苏"，并题其诗集为《怀苏集》。耘老之妾因梳有"两髻并前如双荷叶"的发型，故苏轼取名为"双荷叶"。(见吴聿《观林诗话》)词中既写荷叶，兼喻小妓。

② 双溪：指湖州的苕溪和霅溪。

③ "红心"二句意谓：双荷叶并未成为贾耘老正式配偶，而仅为小妾。红心、荷花的红蕊。未偶，未结同心。绿衣，明指荷叶，实喻小妾。《诗・邶风・绿衣》："绿兮衣兮，绿衣黄里。"朱熹《集传》：

“言‘绿衣黄里’,以比贱妾尊显而正嫡幽微。”

④ “背风”句意谓：风雨中有水珠在荷叶上滚动。

⑤ “烟鬟”二句意谓：双荷叶未曾结发(成为夫妇),即以身相许。烟鬟,指女子头发。古礼成婚之夕,男左女右共髻束发。曹植《种葛篇》:“与君初婚时,结发恩义深。”后遂以结发喻正室。玉杯,喻玉体。

渔　家　傲

七　　夕[①]

皎皎牵牛河汉女，[②]盈盈临水无由语[③]。望断碧云空日暮，无寻处。[④]梦回芳草生春浦。　　鸟散余花纷似雨，[⑤]汀洲蘋老香风度[⑥]。明月多情来照户。但揽取清光长送人归去[⑦]。

① 据朱彊邨《东坡乐府》注，苏轼元丰二年(1079)在湖州过七夕作此词。词写七月初七牛郎织女故事。

② “皎皎”句：语本《古诗十九首》：“迢迢牵牛星，皎皎河汉女。”河汉，银河。

③ “盈盈”句：语本《古诗十九首》：“盈盈一水间，脉脉不得语。”

④ “望断”二句：语本梁江淹《拟汤惠休怨诗》：“日暮碧云合，佳人殊未来。”

⑤ “鸟散”句：南齐谢朓《游东田诗》：“鱼戏新荷动，鸟散余花落。”余花，残留的花。

⑥ “汀洲”句：梁柳恽知湖州时，作有《江南曲》，中云：“汀洲采白蘋，日暮江南春。”朱彊邨据此而谓此词“疑在湖州时作”。

⑦ 揽取清光：犹揽月。揽，采摘。

临 江 仙[①]

龙丘子[②]自洛之蜀，载二侍女，戎装骏马。至溪山佳处，辄留数日。见者以为异人。其后十年，筑室黄冈[③]之北，号曰静安居士。作此词赠之。

细马远驮双侍女[④]，青巾玉带红靴。溪山好处便为家。谁知巴峡路，却见洛城花。[⑤]　　面旋落英飞玉蕊，人间春日初斜。十年不见紫云车[⑥]。龙丘新洞府，铅鼎养丹砂。[⑦]

① 元丰二年(1079)七月，苏轼以作诗讥谤时政，罹乌台诗案，次年责授黄州团练副使，至元丰七年(1084)，始获量移汝州。此词作于谪居黄州时期。

② 龙丘子：陈慥，字季常，眉山青神人。其父公弼知凤翔府时，苏轼任签书判官。公弼后居洛阳，园宅壮丽与公侯相等，而陈慥并不贪恋，晚年乃遁迹于黄州之岐亭，苏轼作《方山子传》以记其事。

③ 黄冈：黄州治所所在，今属湖北。

④“细马”句：语本李白《对酒》诗：“吴姬十五细马驮。”

⑤“谁知”二句：写二侍女行于巴蜀峡谷中，人见为异。洛城花，指牡丹。欧阳修《洛阳牡丹记》：“牡丹……而出洛阳者，今为天下第一。”此喻二侍女。

⑥紫云车：杜牧《赠妓人张好好》诗：“聘之碧瑶佩，载以紫云车。”

⑦“龙丘”二句意谓：陈慥晚年筑室炼丹。古人用铅汞炼丹，以为服之可以延年。鼎，炼丹用的灶具。

卜　算　子

黄州定慧院寓居作[①]

缺月挂疏桐[②]，漏断[③]人初静。谁见幽人[④]独往来，缥缈孤鸿影[⑤]。　　惊起却回头，有恨无人省。拣尽寒枝不肯栖，[⑥]寂寞沙洲冷。

① 元丰三年(1080)二月，苏轼以乌台诗案谪至黄州(今湖北黄冈)，初寓定慧院，五月，迁居临皋。本篇当作于此一时期。定慧院在黄州东清淮门外。慧：一作“惠”。黄庭坚评此词曰：“语意高妙，似非吃烟火食人语，非胸中有万卷书，笔下无一点尘俗气，孰能至此！”(《跋东坡乐府》)

② 疏桐：枝叶稀疏的梧桐。

③ 漏断：指深夜亥时(今二十二点)。漏，古代计时器。

④ 幽人：幽隐之人，幽囚之人。此时苏轼谪居，不与外界来往，因以自称。

⑤ “缥缈”句：以孤雁喻幽人。缥缈，言其恍惚飘逸。

⑥“拣尽”句：宋胡仔认为“鸿雁未尝栖宿树枝”，“此亦语病”（《苕溪渔隐丛话》前集卷三十九）。后人多驳之，如陈鹄云：“盖取兴鸟择木之意，所以谓之高妙。”（《耆旧续闻》卷二）王楙则认为这是以隋李元操《鸣雁行》“夕宿寒枝上”为根据（《野客丛书》卷二十四）。所云极是。

水 龙 吟

次韵章质夫杨花词[①]

似花还似非花，[②]也无人惜从教[③]坠。抛家傍路，思量却是，无情有思[④]。萦损柔肠，困酣娇眼[⑤]，欲开还闭。梦随风万里，寻郎去处，又还被、莺呼起。[⑥] 不恨此花飞尽，恨西园、落红难缀[⑦]。晓来雨过，遗踪何在，一池萍碎[⑧]。春色三分[⑨]，二分尘土，一分流水。细看来，不是杨花，点点是、离人泪。

① 章质夫：名楶(jiē)，浦城(今属福建)人，宰相章惇之兄，历官吏部郎中、知越州，终资政殿学士。元丰中，提点湖北刑狱，以《水龙吟·杨花》词寄苏轼。苏轼得之甚喜，回信说："柳花词妙绝，使来者何以措词。本不敢继作，又思公正柳花飞时出巡按，坐想四子，闭门愁断，故写其意，次韵一首寄去。"(《与章质夫》)时家属未至，独居定慧院，故云："坐想四子。"因知作于元丰三年(1080)春间。宋张炎《词源》称此词"真是压倒今古"。清沈谦《填词杂说》谓此

篇:“幽怨缠绵,直是言情,非复赋物。”王国维《人间词话》则说:“东坡《水龙吟·咏杨花》,和韵而似原唱,章质夫词原唱而似和韵,才之不可强也如是。”

② “似花”句:梁萧绎《咏阳云楼檐柳》:“杨柳非花树,依楼自觉春。”况周颐《蕙风词话续编》卷一云:“此句可作全词评语,盖不离不即也。”

③ 从教(jiāo):听任、任从。

④ 无情有思:杜甫《白丝行》:“落絮游丝亦有情。”思,与柳丝之“丝”谐音双关。

⑤ 娇眼:以柳眼喻美人之眼。唐元稹《生春》诗之九:“何处生春早,春生柳眼中。”

⑥ “梦随风”三句:化用唐金昌绪《春怨》诗:“打起黄莺儿,莫教枝上啼。啼时惊妾梦,不得到辽西。”

⑦ 落红难缀:落花难以重缀枝头。

⑧ 一池萍碎:作者自注:“杨花落水为浮萍,验之信然。”其实只是巧合,并不科学。姚宽《西溪丛话》卷下云:“杨、柳二种,杨树叶短,柳树叶长。花即初发时黄蕊,子为飞絮。今絮中有小青子,着水泥沙滩上,即生小青芽,乃柳之苗也。东坡谓絮化为浮萍,误矣。”

⑨ 春色三分:李调元《雨村词话》卷一谓语本叶清臣《贺圣朝》词:“三分春色二分愁,更一分风雨。”

菩　萨　蛮

七夕，黄州朝天门上作二首[1]（选一首）

画檐初挂弯弯月。孤光[2]未满先忧缺。遥认玉帘钩[3]，天孙梳洗楼[4]。　　佳人言语好，不愿求新巧[5]。此恨固应知，愿人无别离。[6]

① 苏轼于元丰二年(1079)罹乌台诗案，七月被捕入狱，次年谪为黄州团练副使，二月至贬所。此词作于黄州谪居期间(元丰三年至七年)某年的七夕(七月初七)，时王夫人已由其弟苏辙伴送前来，故词中颇多寄寓。

② 孤光：指一轮明月。梁沈约《咏湖中雁》诗："群浮动轻浪，单泛逐孤光。"

③ 玉帘钩：挂住窗帘的玉钩，喻一弯新月。梁鲍照《玩月城西门廨中》诗："始见西南楼，纤纤如玉钩。"

④ 天孙：《史记・天官书》："河鼓大星……其北织女。织女，天女孙也。"唐柳宗元《乞巧文》："下土之臣，窃闻天孙专巧于天。"以上二

句谓远远望去,新月好像织女妆楼窗帘上的玉钩。

⑤ 求新巧:指乞巧。传说七月七日天上牛郎织女相会,“妇女结彩缕,穿七孔针。或以金银鍮石为针,陈瓜果于庭中以乞巧。有喜子(蜘蛛)网于瓜上,则以为得”(梁宗懔《荆楚岁时记》)。

⑥ “此恨”二句:承上意谓不求新巧,只求团圆,你织女已尝尽了离别的痛苦,应能理解人们的心情。

水调歌头①

欧阳文忠公②尝问余："琴诗何者最善？"答以"退之③《听颖师琴》诗"。公曰："此诗固奇丽，然非听琴，乃听琵琶也。"余深然之。建安章质夫家善琵琶者，乞为歌词。余久不作，特取退之词稍加檃括，使就声律，以遗之云。

昵昵⑤儿女语，灯火夜微明。恩怨尔汝来去⑥，弹指泪和声。忽变轩昂勇士，一鼓填然作气，⑦千里不留行。回首暮云远，飞絮搅青冥。⑧　　众禽里，真彩凤，独不鸣。⑨跻攀寸步千险，一落百寻轻。⑩烦子指间风雨，置我胸中冰炭，⑪起坐不能平⑫。推手从归去，无泪与君倾。⑬

① 苏轼在黄州所作《与朱康叔》简之二十："章质夫求琵琶歌词，不敢不寄呈。"可见此词作于元丰三年（1080）贬居黄州以后。章质夫，见《水龙吟·次韵章质夫杨花词》注①。

② 欧阳文忠公：欧阳修（1007—1072），庐陵吉水（今属江西）人，字

永叔,晚号醉翁、六一居士。天圣八年登进士甲科,官至枢密副使、参知政事。致仕后居颍州,卒谥文忠。(《宋史》有传)

③ 退之:唐韩愈(768—824),字退之,南阳邓州(今属河南)人,贞元八年进士。宪宗时,随裴度平淮西叛乱,升刑部侍郎。因谏迎佛骨,贬为潮州刺史。穆宗时,召为国子监祭酒,转兵部、吏部侍郎。(《唐书》有传)

④ 檃(yǐn)括:根据原作的内容、情节,加以剪裁改写,犹今语改编。本篇即依韩愈《听颖师琴》诗结合词的声律改写而成。

⑤ 昵昵:亲昵、温馨。此句用韩诗成句。

⑥ 恩怨:爱和恨。此为偏义复词,实指恩爱。语本韩诗"恩怨相尔汝"。

⑦ "忽变"二句:形容琵琶声激昂亢厉。语本韩诗"划然变轩昂,勇士赴敌场"。一鼓填然作气:《左传·庄公十年》:"一鼓作气,再而竭,三而衰。"填然,形容声音洪亮。

⑧ "回首"二句:形容琵琶声的悠远、回旋。语本韩诗"浮云柳絮无根蒂,天地阔远随飞扬"。青冥,天空。

⑨ "众禽"三句:以动衬静。语本韩诗"喧啾百鸟群,忽见孤凤凰"。

⑩ "跻攀"二句:形容乐声的起伏跌宕。语本韩诗"跻攀分寸不可上,失势一落千丈强"。寻,八尺。

⑪ "烦子"二句:写乐声的强烈感染力,引起内心情感的剧烈冲突。语本韩诗"颖师尔诚能,无以冰炭置我肠"。冰冷炭热,比喻互不

相容。

⑫ “起坐”句：形容心情的不平静。语本韩诗“自闻颖师弹，起坐在一旁”。

⑬ “推手”二句：语本韩诗“推手遽止之，湿衣泪滂滂”而反用其意，谓一时愣住，无泪可倾。

定　风　波

十月九日，孟亨之[①]置酒秋香亭。有双拒霜独向君猷而开[②]，坐客喜笑，以为非使君[③]莫可当此花，故作是篇。

两两轻红半晕腮，[④]依依独为使君回。若道使君无此意，何为，双花不向别人开？　　但看低昂烟雨里，不已，劝君休诉十分杯[⑤]。更问尊前狂副使[⑥]，来岁，花开时节为谁来？

① 据傅藻《东坡纪年录》，此词元丰三年(1080)作于黄州。孟亨之：名震，东平(今属山东)人，进士及第，此时任黄州通判。

② 拒霜：木芙蓉花的别称。君猷：徐大受之字，时知黄州。秦观《闲轩记》谓建安(今福建建瓯市)之北，"则东海徐君大正燕居之地也"。大正为大受之弟，元丰七年(1084)曾赴黄州探视其兄，可知大受亦建安人，前人谓为东海人，实指郡望而言。苏轼贬黄州，君猷待之厚。君猷任满后于元丰六年(1083)十一月卒于道，苏轼有

祭文挽词悼之。

③ 使君：指知府徐君猷。

④ “两两”句：形容芙蓉花的娇艳。

⑤ 休诉：此为唐宋词常用语，意为不要推辞饮酒。十分杯：指满杯。

⑥ 尊前：酒宴之前。狂副使：苏轼自指，时为黄州团练副使。

少　年　游

端午赠黄守徐君猷[①]

银塘朱槛麹尘波[②],圆绿卷新荷。兰条荐浴,菖花酿酒,[③]天气尚清和。　　好将沉醉酬佳节[④],十分酒,一分歌。狱草烟深,讼庭人悄,[⑤]无吝宴游过[⑥]。

① 元丰四年(1081)端午(五月初五)作于黄州。徐君猷:名大受,建安(今福建建瓯市)人,时知黄州,与苏轼甚相得。元丰六年(1083)六月去任,未几卒于途中,苏轼为文悼之。

② 麹尘波:指淡黄色的江水。酒母含有麹菌,色微黄,故以麹尘作淡黄的代称。

③ “兰条”二句:兰叶呈条状,故称兰条。菖花,即菖蒲花。旧俗端午节浴兰汤、饮菖蒲酒,可除病邪。(见《艺文类聚》四《岁时中·五月五日》及《荆楚岁时记》)

④ “好将”句:唐杜牧《九日齐山登高》诗:“但将酩酊酬佳节,不用登临恨落晖。”

⑤“狱草”二句：称美徐君猷知黄州，政简刑轻。

⑥无吝：不惜，何妨。过：作平声。此谓空闲时不妨相从宴游。

浣　溪　沙

十二月二日，雨后微雪。太守徐君猷携酒见过[①]，座上作《浣溪沙》三首。明日酒醒，雪大作，又作二首。

覆块青青麦未苏，[②]江南云叶暗随车[③]。临皋烟景世间无[④]。　　雨脚[⑤]半收檐断线，雪床初下瓦跳珠[⑥]。归来冰颗乱粘须[⑦]。

① 此词元丰四年(1081)作于黄州。徐君猷：黄州知府，详见《定风波·两两轻红半晕腮》注②。

② “覆块”句意谓：青青麦苗被泥块覆盖，尚未苏醒。

③ “江南”句意谓：天空像树叶一样的云彩随着徐君猷的车子而来。

④ 临皋：旧址在今湖北黄冈市城南长江边回车院中，苏轼曾在此寓居，其上有快哉亭，并筑有南堂。烟景：风景。李白《春夜宴从弟桃李园序》：“阳春召我以烟景。”

⑤ 雨脚：雨丝。杜甫《茅屋为秋风所破歌》：“雨脚如麻未断绝。”

⑥ 雪床：《汪穰卿笔记》：“京师俚语，霰为雪床。”(见龙榆生师《东坡

乐府笺》)霰,雪珠。

⑦ 粘须:粘着胡须。

浣　溪　沙[①]

醉梦昏昏晓未苏，门前𬨎辘使君车[②]。扶头一盏怎生无[③]？　　废圃寒蔬挑翠羽[④]，小槽春酒滴真珠[⑤]。清香细细嚼梅须[⑥]。

① 此为第二首，写与徐君猷饮酒。

② 𬨎辘(lì lù)：车轮转动声。苏轼《次韵舒教授寄李公择》诗："松下纵横余屐齿，门前𬨎辘想君车。"使君车：指太守徐君猷之车。

③ 扶头：易醉的烈性酒。白居易《早饮湖州酒寄崔使君》诗："一榼扶头酒，泓澄泻玉壶。"省作"扶头"，唐姚合《答友人招游》诗："赌棋招敌手，沽酒自扶头。"怎生：怎么。

④ 翠羽：形容碧绿的菜叶。

⑤ "小槽"句：李贺《将进酒》："琉璃钟，琥珀浓，小槽酒滴真珠红。"

⑥ 梅须：梅蕊中的须状花芯。

浣　溪　沙[①]

半夜银山上积苏[②]，朝来九陌带随车[③]。涛江烟渚[④]一时无。　　空腹有诗衣有结[⑤]，湿薪如桂米如珠[⑥]。冻吟谁伴撚髭须[⑦]？

① 此为第四首，写雪后景象。

② 银山：喻积雪。积苏：柴草垛。《列子·周穆王》："王俯而视之，其宫榭若累块积苏焉。"

③ "朝来"句意谓：车轮过后留下两条带子似的辙迹。语本韩愈《咏雪赠张籍》："随车翻缟带，逐马散银杯。"

④ 烟渚：烟雾蒙蒙的小洲。孟浩然《泊建德江》诗："移舟泊烟渚，日暮客愁新。"

⑤ 衣有结：形容衣衫褴褛。宋赵蕃《大雪》诗："鹑衣百结不蔽膝，恋恋谁怜范叔贫？"

⑥ "湿薪"句意谓：雪后柴米之价昂贵。《战国策·楚策》："楚国之食贵于玉，薪贵于桂。"

⑦ "冻吟"句：感叹雪后无人吟诗。卢延让《苦吟》诗："吟安一个字，捻断数茎髭。"

浣　溪　沙[1]

万顷风涛不记苏，[2]雪晴江上麦千车。但令人饱我愁无。　　翠袖倚风萦柳絮，[3]绛唇得酒烂樱珠[4]。尊前呵手镊霜须[5]。

① 此为第五首，抒写雪后情志。

② "万顷"句：傅幹注："公有薄田在苏（州），今年风潮荡尽。"此谓对此不萦于怀。

③ "翠袖"句：兼用杜甫《佳人》诗"天寒翠袖薄"，与《世说新语·言语》谢安与谢道韫语："白雪纷纷何所似……未若柳絮因风起。"

④ 烂樱珠：形容绛唇像樱桃一样鲜艳。以上二句写歌女的舞姿及陪酒。

⑤ 镊（niè）霜须：用镊子拔去白胡须。

满　江　红

寄鄂州朱使君寿昌[1]

江汉[2]西来，高楼下、葡萄深碧[3]。犹自带、岷峨雪浪[4]、锦江春色[5]。君是南山遗爱守[6]，我为剑外思归客[7]。对此间，风物岂无情，殷勤说。　　《江表传》[8]，君休读。狂处士[9]，真堪惜！空洲对鹦鹉，苇花萧瑟。独笑书生争底事，曹公黄祖俱飘忽。[10]愿使君，还赋谪仙诗，追黄鹤。[11]

① 此词元丰四年(1081)作于黄州。朱寿昌：字康叔，天长(今属安徽)人，历知岳州、广德。此时知鄂州，因称朱使君。

② 江汉：长江、汉水。

③ 葡萄深碧：形容江水像葡萄酒一般碧绿。

④ 岷峨雪浪：李白《经乱离后天恩流放夜郎忆旧游书怀赠江夏韦太守良宰》诗："江带岷峨雪，川横三峡流。"苏轼《临皋闲题》："临皋亭下八十数步，便是大江，其半是峨眉雪水。"岷山、峨眉山，皆在

四川境内。

⑤ 锦江春色：杜甫《登楼》："锦江春色来天地。"

⑥ 南山：指鄂州，因在黄州之南，故称。遗爱：《左传·昭公二十年》："及子产卒，仲尼（孔子）闻之，出涕曰：'古之遗爱也。'"注："子产见爱，有古人之遗风。"此处称朱寿昌有惠政于民。

⑦ 剑外：四川在剑门山南，相对于唐代首都长安而言，它是在剑门山外，故称四川为剑外。此时作者离开四川，故称"思归客"。

⑧《江表传》：晋虞溥撰，记述三国魏蜀吴事，而尤详于东吴。已佚。裴松之注《三国志》多有征引。有清王仁俊辑本。联系下文，知《江表传》中载有祢衡被杀事，故劝朱寿昌休读此书。

⑨ 狂处士：祢衡（173—198），字正平，少有才辩而气刚傲物，孔融荐于曹操，召为鼓吏以辱之。衡裸身击鼓为《渔阳掺挝》，大骂曹操。曹操想杀他而又顾忌他有声名，乃送于刘表，表又送于江夏太守黄祖。黄祖长子黄射大宴宾客，有人献鹦鹉，乃令祢衡作赋。后世因名江中之洲为鹦鹉洲。祢衡终被黄祖所杀。（见《后汉书》本传）

⑩ "独笑"二句：祢衡与曹操、黄祖有什么气好争，而今他们都已飘然而逝。

⑪ "愿使君"三句：表示希望朱寿昌能像李白追越崔颢《黄鹤楼》诗那样，多写好诗。李白早年到长安，贺知章一见，号为"谪仙人"。后来作《登金陵凤凰台》诗，便是有意追越崔颢的《黄鹤楼》诗。（见《唐诗纪事》）

水　龙　吟[①]

闾丘大夫孝终[②]公显，尝守黄州，作栖霞楼[③]，为郡中绝胜。元丰五年，余谪居黄。正月十七日，梦扁舟渡江，中流回望，楼中歌乐杂作。舟中人言："公显方会客也。"觉而异之，乃作此曲，盖《越调鼓笛慢》[④]。公显时已致仕[⑤]在苏州。

小舟横截春江，卧看翠壁红楼起。云间笑语，使君高会[⑥]，佳人半醉。危柱哀弦，艳歌余响，绕云萦水。[⑦]念故人[⑧]老大，风流未减，空回首，烟波里。
推枕惘然不见[⑨]，但空江、月明千里。五湖闻道，扁舟归去，仍携西子。[⑩]云梦南州[⑪]，武昌东岸[⑫]，昔游应记。料多情梦里，端来见我，也参差是。[⑬]

① 此词元丰五年（1082）正月作于黄州。近人郑文焯《手批东坡乐府》云："上阕全写梦境，空灵中杂以凄丽；过片始言情，有沧波浩渺之致。真高格也！"

② 闾丘大夫孝终：字公显，尝知黄州，致仕后居故里苏州，“东坡每过必留连，尝言：‘过姑苏不游虎丘，不谒闾丘，乃二欠事。’其重之如此”（见毛晋刻《六十名家词》）。

③ 栖霞楼：王象之《舆地纪胜》卷四十九《黄州》：“栖霞楼在仪门之外西南，轩豁爽垲，坐挹江山之胜，为一郡奇绝。”

④《越调鼓笛慢》：《水龙吟》。《钦定词谱》卷三十秦观《水龙吟》注：“此《添字水龙吟》也，又兼摊破句法。”案：秦观此调名《鼓笛慢》。

⑤ 致仕：把禄位还给朝廷，即今语退休。

⑥ 使君高会：太守举行盛会。

⑦“危柱”三句意谓：乐声高亢凄艳，在水云之间缭绕。危柱，乐器上的弦柱拧得很紧，使发音高亢。

⑧ 故人：老友，指闾丘孝终。

⑨ 推枕：指梦醒后起床。惘然：神情迷惘。

⑩“五湖”三句：《越绝书》：“吴亡后，西施复归范蠡，同泛五湖而去。”“五湖闻道”，乃“闻道五湖”之倒装语。五湖，指太湖，在苏州南。此喻闾丘孝终携眷归苏州。

⑪ 云梦南州：杜牧《忆齐安郡》诗：“平生睡足处，云梦泽南州。”黄州一名齐安，在古云梦泽之南，故云。

⑫ 武昌东岸：鄂州旧称武昌，即今湖北鄂州市鄂城区。因在长江南，故云“东岸”。

⑬“料多情”三句：意为料想闾丘对我感情深厚，所以特地来梦中相

见。参差是,大约是。白居易《长恨歌》:"中有一人字太真,雪肤花貌参差是。"郑文焯评云:"煞拍不说梦,偏说梦来见我,正是词笔高浑不犹人处。"(引同上)

江　城　子

陶渊明以正月五日游斜川[①]，临流班坐[②]，顾瞻南阜，爱曾城[③]之独秀，乃作《斜川诗》。至今使人想见其处。元丰壬戌之春，余躬耕于东坡[④]，筑雪堂[⑤]居之。南挹四望亭[⑥]之后丘，西控北山[⑦]之微泉，慨然而叹："此亦斜川之游也。"乃作长短句，以《江城子》歌之。

梦中了了[⑧]醉中醒，只渊明，是前生。走遍人间，依旧却躬耕。昨夜东坡春雨足，乌鹊喜[⑨]，报新晴。　　雪堂西畔暗泉鸣，北山倾，小溪横。南望亭丘，孤秀耸曾城。[⑩]都是斜川当日境，吾老矣，寄馀龄。[⑪]

① 此词元丰五年壬戌(1082)二月作于黄州。陶渊明：名潜，晋浔阳(今属江西)人，曾为彭泽令，因"不为五斗米折腰"，弃官归隐。晋安帝隆安五年(401)正月五日，与二三邻里同游斜川(在今江西星子)，有诗并序记其事。

② 班坐：布草而坐。陶渊明《游斜川》诗："班坐依远流。"《左传·襄

公二十六年》载：楚国伍举与蔡国声子相遇于郑郊，“班荆相与食”。杜预注：“班，布也，布荆坐地。”

③ 曾城：山名。陶渊明《游斜川·序》：“若夫曾城，傍无依接，独秀中皋，遥想灵山，有爱嘉名。”盖与《淮南子》“昆仑山有曾城九重”相比。

④ 躬耕于东坡：亲自在东坡耕种。东坡，在黄州城东南隅，此后作者以东坡为号。

⑤ 雪堂：苏轼所建。他作有《雪堂记》，云：“苏子得废圃于东坡之胁，筑而垣之，作堂焉。号其正曰雪堂。堂以大雪中成，因绘雪于四壁之间，无容隙也。起居偃仰，环顾睥睨，无非雪者。苏子居之，真得其所也！”

⑥ 四望亭：明弘治《黄州府志》卷四：“在雪堂之南高阜处，（唐）太和间，刺史刘胤之建，李绅作记。”

⑦ 北山：聚宝山，在府城之北。

⑧ 了了：清楚明晰。李白《秋浦歌》之十七：“桃波一步地，了了语声闻。”

⑨ 乌鹊喜：王仁裕《开元天宝遗事》：“时人之家，闻鹊声皆为喜兆，故谓灵鹊报喜。”

⑩ “南望”二句：向南望去，四望亭与高丘四无依傍，像曾城山一样耸立。孤秀，即独秀。

⑪ “都是”三句：绾合上文，谓在此境界中可以终老余年。

定　风　波[①]

三月七日，沙湖[②]道中遇雨，雨具先去，同行皆狼狈，余独不觉。已而遂晴，故作此词。

莫听穿林打叶声，何妨吟啸且徐行[③]。竹杖芒鞋轻胜马，谁怕。一蓑烟雨任平生。　　料峭[④]春风吹酒醒，微冷。山头斜照却相迎。回首向来萧瑟处，归去。也无风雨也无晴。[⑤]

① 此词作于元丰五年(1082)。郑文焯《手批东坡乐府》云："此足徵是翁(指东坡)坦荡之怀，任天而动。琢句亦瘦逸，能道眼前景。以曲笔直写胸臆，倚声能事尽之矣。"

② 沙湖：《黄州府志》卷二谓在"县东三十里，宋苏轼尝欲买田处。一名螺丝店"。

③ 吟啸：吟咏长啸。《晋书・阮籍传》："登山临水，啸咏自若。"本句即写此种神态。

④ 料峭：冷风刺激肌肤令人战栗的感觉。《五灯会元》十九《法泰禅

师》:“春风料峭,冻杀年少。”

⑤“回首”三句:用作者《独觉》诗成句,唯增“归去”一短语。

浣　溪　沙

游蕲水清泉寺[1]，寺临兰溪[2]，溪水西流。

山下兰芽短浸溪，松间沙路净无泥。萧萧暮雨子规[3]啼。　　谁道人生无再少，门前流水尚能西[4]。休将白发唱黄鸡。[5]

① 此词作于元丰五年(1082)。是时苏轼欲往黄州东南的沙湖买田，因为察看田亩而得病，闻麻桥庞安常善医，遂往求治。病愈同游清泉寺。“寺在蕲水(今湖北黄岗市浠水县)郭门外二里许，有王逸少(羲之)洗笔泉，水极甘，下临兰溪，溪水西流……是日剧饮而归”。(见《东坡志林》卷一)清先著《词洁》卷一评此词曰：“坡公韵高，故浅语亦觉不凡。”

② 兰溪：《黄州府志》卷三：“在县西南四十里，多出山兰。”杜牧《兰溪》诗：“兰溪春尽碧泱泱，映水兰花雨发香。”

③ 子规：杜鹃鸟。

④ 门前流水尚能西：中国河流多向东入海，而兰溪却西流入江，似

属异常现象，故东坡由此生发出感慨，其《八月十五日看潮五绝》之三亦云：“造物亦知人易老，故教江水向西流。”

⑤“休将”句：语本白居易《醉歌示妓商玲珑》：“谁道使君不解歌，听唱黄鸡与白日。黄鸡催晓丑时鸣，白日催年酉前没。腰间红绶系未稳，镜里朱颜看已失。玲珑玲珑奈老何，使君歌了汝更歌。”此处反其意而用之，劝人不必慨叹人生易老，表现了苏轼的旷达襟怀，故清陈廷焯评以上三句曰：“愈悲郁，愈豪放，愈忠厚，令我神往。”（《白雨斋词话》卷二）

洞　仙　歌[①]

余七岁时，见眉山老尼，姓朱，忘其名，年九十余。自言尝随其师入蜀主孟昶[②]宫中。一日大热，蜀主与花蕊夫人[③]，夜纳凉摩诃池[④]上，作一词。朱具能记之。今四十年，朱已死久矣。人无知此词者，但记其首两句[⑤]。暇日寻味，岂《洞仙歌令》乎？乃为足之[⑥]云。

冰肌玉骨，自清凉无汗。水殿风来暗香满。[⑦]绣帘开、一点明月窥人，人未寝，欹枕钗横鬓乱。　　起来携素手，庭户无声，时见疏星渡河汉。试问夜如何？夜已三更，金波淡、玉绳低转[⑧]。但屈指、西风几时来，又不道[⑨]、流年暗中偷换。

① 本篇当作于元丰五年(1082)。张炎《词源》评此词云：“清空中有意趣，无笔力者未易到。”

② 孟昶：五代时后蜀国主(934—965)，入宋后封秦国公，擅文词，工音乐。

③ 花蕊夫人：吴曾《能改斋漫录》卷十六：“伪蜀主孟昶，徐匡璋纳女于昶，拜贵妃，别号花蕊夫人。”一说姓费。

④ 摩诃池：顾祖禹《读史方舆纪要》卷六十七《成都市》：“摩诃池，在府城内。……（蜀）后主王衍建宣华苑于池上，又改为宣华池。”故址在今成都市郊。

⑤ 首两句：指“冰肌玉骨，自清凉无汗”。然与苏轼同时的杨元素《本事曲》却载有八句：“冰肌玉骨清无汗，水殿风来暗香暖。帘开明月独窥人，欹枕钗横云鬓乱。起来琼户启无声，时见疏星渡河汉。屈指西风几时来，只恐流年暗中换。”实为《玉楼春》词调。

⑥ 乃为足之：在原作前两句的基础上补充完毕。郑文焯《手批东坡乐府》云：“坡老改添此词（指七言八句的《玉楼春》一首）数字，诚觉气象万千，其声亦如空山鸣泉，琴筑竞奏。”

⑦ “冰肌”三句：清沈祥龙《论词随笔》：“词韶丽处不在涂脂抹粉也，诵东坡‘冰肌玉骨，自清凉无汗，水殿风来暗香满’，自觉口吻俱香。”

⑧ “金波”句：南齐谢朓《暂使下都夜发新林至京邑赠西府同僚》诗：“金波丽鳷鹊，玉绳低建章。”金波，指月光。玉绳，北斗七星中之二星。低转，下降，谓夜深。

⑨ 不道：《诗词曲语辞汇释》卷四：“不道，犹云不知也；不觉也；不期也。”

西　江　月

顷在黄州，春夜行蕲水[①]中，过酒家，饮酒醉，乘月至一溪桥上，解鞍曲肱[②]，醉卧少休。及觉，已晓，乱山攒拥[③]，流水锵然，疑非尘世也。书此语桥柱上。

照野弥弥[④]浅浪，横空隐隐层霄[⑤]。障泥未解玉骢骄，[⑥]我醉欲眠芳草。　可惜一溪明月，莫教踏碎琼瑶[⑦]。解鞍欹枕[⑧]绿杨桥，杜宇[⑨]一声春晓。

① 此词作于元丰五年(1082)。蕲水：今湖北黄岗市浠水县，有浠水河流经县境，至兰溪入长江。

② 曲肱(gōng)：弯着胳膊。《论语·述而》："曲肱而枕之，乐亦在其中矣。"

③ 攒拥：聚集环抱。形容四面峰峦。

④ 弥弥：水满貌。《诗·邶风·新台》："新台有泚，河水弥弥。"

⑤ 层霄：指高空云彩。隐隐：一作"暧暧"。以上二句明杨慎《词品》卷一评云："苏公词'照野弥弥浅浪，横空暧暧微霄'，乃用陶渊明

‘山涤余霭,宇暧微霄’之语也。填词虽于文为末,而非自选诗、乐府来,亦不能入妙。”

⑥“障泥”句:《晋书·王济传》谓王济“善解马性,尝乘一马着连乾障泥,前有水,终不肯渡。济曰此必是惜障泥,使人解去,便渡”。障泥,垫在马鞍下、垂于马腹两旁以蔽尘土的锦或布。连乾,即连钱,花纹。玉骢,骏马之一种,又称菊花青。

⑦“莫教”句意谓:不解下障泥原是为了不使玉骢渡河,以免踏破溪中月色。琼瑶,美玉,此喻倒映溪中的明月。卓人月《古今词统》卷六:“山谷词‘走马章台,踏碎满街月’,公偏不忍踏碎,都妙。”

⑧解鞍欹枕:解下马鞍作枕头。欹,斜靠。

⑨杜宇:杜鹃,相传为古蜀帝杜宇之魂所化,故称。

满　江　红

董毅夫[①]名钺，自梓漕得罪，罢官东川[②]，归鄱阳[③]，过东坡于齐安[④]。怪其丰暇自得[⑤]，余问之。曰："吾再娶柳氏，三日而去官。吾固不戚戚[⑥]，而忧柳氏不能忘怀于进退[⑦]也。已而欣然，同忧患若处富贵，吾是以益安焉。"命其侍儿歌其所作《满江红》。嗟叹之不足，乃次其韵。[⑧]

忧喜相寻[⑨]，风雨过、一江春绿。巫峡梦、至今空有，乱山屏簇。[⑩]何似伯鸾携德耀，箪瓢未足清欢足。[⑪]渐粲然、光彩照阶庭，生兰玉。[⑫]　　幽梦里，传心曲。肠断处，凭他续。文君婿知否，笑君卑辱。[⑬]君不见，《周南》歌《汉广》，天教夫子休乔木。[⑭]便相将、左手抱琴书，云间宿[⑮]。

① 据《苏诗总案》卷二十一，本篇作于元丰五年(1082)三月。董毅夫：一作董义夫，曾为梓州转运使，罢职后东下，因鄂州守朱寿昌的介绍而结识苏轼，未一年，病殁。

② 梓漕：梓州(治所在今四川绵阳市三台县)转运使。东川：今四川东部，宋时梓州所在地。

③ 鄱(pó)阳：今江西上绕市鄱阳县。

④ 齐安：黄州，南齐时设齐安郡。

⑤ 丰暇自得：心情舒畅。

⑥ 戚戚：忧愁。《论语·述而》："君子坦荡荡，小人长戚戚。"

⑦ 进退：指升官和罢官。

⑧ "嗟叹"二句：《毛诗序》："嗟叹之不足，故永歌之。"

⑨ 忧喜相寻：忧与喜相互转化。

⑩ "巫峡梦"二句：因梓州地近巫峡，用宋玉《高唐赋》楚怀王梦遇巫山神女典，谓在梓州做官，恍如梦幻，醒后空无所有，只见群山簇拥如屏风。

⑪ "何似"二句：《后汉书·梁鸿传》：梁鸿，字伯鸾，扶风平陵人，娶同县孟氏女，名光，字德耀。女求作布衣麻屦，编筐绩布，乃共入霸陵山中，以耕织为业，咏诗弹琴以自娱。箪(dān)瓢，简陋的食具。《论语·雍也》记孔子称其弟子颜回："一箪食，一瓢饮，在陋巷，人不堪其忧，回也不改其乐。贤哉回也！"以上称喻董钺与柳氏清贫自守。

⑫ "渐粲然"二句：祝愿董钺将生优秀的儿子。《世说新语·言语》："谢太傅(安)问诸子侄：'子弟亦何预人事，而正欲使其佳?'诸人莫有言者。车骑(谢玄)答曰：'譬如芝兰玉树，欲使其生于阶庭

耳。'"粲然,明亮貌。兰玉,芝兰玉树,喻佳子弟。

⑬"文君婿"二句:戏谓董钺东归故里,勿受妇家赠与的财物。文君婿,指西汉辞赋家司马相如(前179—前118),字长卿,成都人。卓文君新寡,相如作客,以琴心挑之,遂夜奔,因家贫,卖酒于临邛,文君当垆,相如涤器。文君父深以为耻,分与财产,使回成都。(见《史记·司马相如列传》)

⑭"君不见"三句:《诗·周南·汉广》:"南有乔木,不可休息。汉有游女,不可求思。"朱熹传:"文王之化,自近而远,先及于江汉之间……其出游之女,人望见之,而知其端庄静一,非复前日之可求矣。"此谓董钺在江汉之间求得一贤淑端庄女子。

⑮相将:相随,相与。柳永《尉迟杯》:"且相将、共乐平生,未肯轻分连理。"云间宿:谓脱离尘世而隐居。

哨　遍[1]

陶渊明赋《归去来》[2]，有其词而无其声。余既治东坡，筑雪堂于上，[3]人俱笑其陋，独鄱阳董毅夫过而悦之，有卜邻之意[4]。乃取《归去来词》稍加檃括，使就声律[5]，以遗毅夫，使家僮歌之，相从于东坡，释耒而和之[6]，扣牛角而为之节，不亦乐乎！

为米折腰[7]，因酒弃家，口体交相累。归去来，谁不遣君归？觉从前皆非今是。露未晞[8]，征夫指余归路，门前笑语喧童稚[9]。嗟旧菊都荒，新松暗老，吾年今已如此。但小窗、容膝闭柴扉[10]。策杖看、孤云暮鸿飞。云出无心，鸟倦知还，本非有意。　　噫！归去来兮[11]。我今忘我兼忘世。亲戚无浪语[12]。琴书中、有真味。[13]步翠麓崎岖，泛溪窈窕，涓涓暗谷随春水[14]。观草木欣荣，幽人自感，吾生行且休矣[15]。念寓形宇内复几时[16]。不自觉、皇皇[17]欲何之。委吾心[18]、去留谁计。神仙知在何处,富贵非吾志。但知临水登山啸咏,自引壶觞自醉。此生天命更何疑!且乘流、遇坎还止。⑲

① 此词元丰五年(1082)三月作于黄州。前人多有指责,如清贺裳《皱水轩词筌》以为"皆坠恶趣",清冯金伯《词苑粹编》说"破碎甚矣"。然东坡颇自喜,及至晚年流放海南,犹"常负大瓢,行歌田间"(见《坡仙集外纪》)。又人谓苏轼不懂音律,观此可以释然。

② 陶渊明于晋义熙元年(405)辞彭泽令,作《归去来辞》,写归隐田园的心情。

③ "余既治东坡"二句:见《江城子·梦中了了醉中醒》注⑤。

④ 董毅夫:见前一首注①。卜邻:想做邻居。

⑤ 檃括:改写。苏轼《与朱康叔书》云:"旧好诵陶潜《归去来》,常患其不入音律,近辄微加增损,作《般涉调·哨遍》,虽微改其词,而不改其意,请以《文选》及本传考之,方知字字皆非创入也。"

⑥ 释耒(lěi):放下农具。耒,耜的曲柄。耜以起土,后世改用铁,耒以木为之。

⑦ 为米折腰:陶渊明为彭泽令时,适逢郡中遣督邮至,要求束带接见。渊明叹曰:"吾岂能为五斗米,折腰向乡里小儿!"即日解印去职。(见萧统《陶渊明传》)

⑧ 晞(xī)：干。

⑨ “门前”句意谓：儿童在门前谈笑喧哗。

⑩ 容膝：形容居室狭小。语本陶渊明原作“审容膝之易安”。

⑪ 归去来兮：“来兮”，皆语助辞。

⑫ 浪语：随便乱说。《隋书·五行志上》引童谣：“莫浪语，谁道许。”此句从原作“悦亲戚之情话”翻来。

⑬ “琴书”句：语本陶辞“乐琴书以消忧”，及其《饮酒》诗之六：“此中有真意，欲辨已忘言。”

⑭ “步翠麓”三句意谓：在崎岖的、翠绿的山麓上闲步，在曲折幽深的小溪中泛舟。窈窕，深邃貌。语本原作“既窈窕以寻壑，亦崎岖而经丘。”

⑮ 幽人：幽居之人，指隐士。这两句说自己感到寿命不长。

⑯ 寓形宇内：寄身于天地之间。宇，宇宙。

⑰ 皇皇：《孟子·滕文公下》：“孔子三月无君，则皇皇如也。”赵岐注：“皇皇如，有所求而不得。”此谓心神不安。

⑱ 委吾心：任凭自己心之所想。

⑲ “且乘流”句：语本贾谊《鹏鸟赋》：“乘流则行，遇坎则止。”坎，低洼的地方。此谓顺应自然。

定　风　波

元丰五年七月六日，王文甫[①]家饮酿白酒，大醉。集古句作墨竹[②]词。

雨洗娟娟嫩叶光，风吹细细绿筠香。[③]秀色乱侵书帙晚，帘卷，清阴微过酒尊凉。[④]　　人画竹身肥拥肿，[⑤]何用？先生落笔胜萧郎[⑥]。记得小轩岑寂夜[⑦]，廊下，月和疏影上东窗[⑧]。

① 王文甫：名齐愈，蜀（今四川）人，当时寓居武昌（今湖北鄂州市鄂城区）之车湖，距黄州甚近。

② 集古句：集古人诗句以为词。墨竹：只用黑墨而不用其他颜色画的竹子。

③ “雨洗”二句：杜甫《严郑公宅同咏竹得香字》诗：“雨洗娟娟净，风吹细细香。”娟娟，明媚美好貌。绿筠（yún），绿竹。

④ “秀色”二句，同上杜诗：“色侵书帙晚，阴过酒尊凉。”帙（zhì），包装书籍的外套。

⑤ “人画”句：白居易《画竹歌》：“人画竹身肥拥肿。”拥肿，通“臃肿”。

⑥ “先生”句：白居易《画竹歌》：“萧郎下笔独逼真，丹青以来唯一人。”又《引》：“协律郎萧悦善画竹，举世无伦。”此谓王文甫墨竹，胜过萧悦。

⑦ 小轩：小廊，或小窗。

⑧ “月和”句：月光将稀疏的竹影投入东窗。

念　奴　娇

赤 壁 怀 古[①]

大江东去，浪淘尽、千古风流人物。故垒[②]西边，人道是、三国周郎赤壁[③]。乱石崩云，惊涛裂岸，卷起千堆雪。江山如画，一时多少豪杰！　　遥想公瑾当年，小乔[④]初嫁了，雄姿英发[⑤]。羽扇纶巾[⑥]，谈笑间、樯橹灰飞烟灭[⑦]。故国神游[⑧]，多情应笑我[⑨]，早生华发。人间如梦，一樽还酹江月[⑩]。

① 据傅藻《东坡纪年录》载：元丰五年(1082)，七月既望(十五日)，泛舟于赤壁之下，作《赤壁赋》；又怀古，作《念奴娇》。此处所咏赤壁，乃黄州赤鼻矶。三国赤壁，一般指蒲圻县(今属湖北赤壁市)西之赤壁，对岸为乌林，乃周瑜击败曹操处。词为苏轼代表作，宋胡仔评云："语意高妙，真古今绝唱！"(《苕溪渔隐丛话》前集卷五十九)俞文豹则说："学士词须关西大汉，执铁板，唱'大江东去'。"(《吹剑续录》)明沈谦又云："读之若身历其境，惝恍迷离，不能自

主。”(《填词杂说》)

② 故垒：旧时的营垒。指赤壁古战场。

③ “人道是”句：此处苏轼并未确定黄州赤壁为古战场，故云“人道是”。《东坡志林》卷四亦云：“黄州守居之数百步为赤壁，或言即周瑜破曹公处，不知果是否？”周郎，周瑜(175—210)，字公瑾，建安三年(198)为东吴建威中郎将，“瑜时年二十四，吴中皆呼为周郎”。赤壁之战时，年已三十四。

④ 小乔：据《三国志·周瑜传》，周瑜从孙策攻皖，“时得桥(乔)公两女，皆国色也。策自纳大桥，瑜纳小桥”。时在建安三年，而赤壁之战在建安十三年，说“初嫁”是为了突出他们的风流倜傥。

⑤ 英发：姿态英武，才华横溢。《三国志·蜀书·吕蒙传》称吕蒙“学问开益，筹略奇至，可以次于公瑾，但言议英发不及之耳”。

⑥ 羽扇纶(guān)巾：程大昌《演繁露》卷八引《语林》云：“诸葛武侯(亮)与晋宣帝(司马懿)战于渭滨，乘素车，着葛巾，挥白羽扇，指麾三军。”纶巾：系以丝带的头巾。此写周瑜指挥时不着戎装而穿便服，风度儒雅。

⑦ 樯(qiáng)橹：樯为桅杆，橹为摇船工具。此指周瑜用火攻，曹操水军全部覆灭。灰飞烟灭：此本《圆觉经》佛家语：“火出木烬，灰飞烟灭。”

⑧ 故国神游：在旧时的战场神游。

⑨ “多情”句：为“应笑我多情”的倒装句。

⑩“人间”二句：清黄苏《蓼园词选》：“总结以应起二句。总而言之，题是赤壁，心实为己而发。”酹(lèi)，洒酒予地上或江中，表示祭奠。故此调又名《酹江月》。

念　奴　娇

中　　秋[①]

凭高眺远，见长空万里，云留无迹。桂魄[②]飞来，光照处，冷浸一天秋碧。玉宇琼楼[③]，乘鸾[④]来去，人在清凉国[⑤]。江山如画，望中烟树历历[⑥]。　　我醉拍手狂歌，举杯邀月，对影成三客[⑦]。起舞徘徊风露下，今夕不知何夕[⑧]。便欲乘风，翻然归去，何用骑鹏翼！[⑨]水晶宫里[⑩]，一声吹断横笛[⑪]。

① 元丰五年(1082)中秋作于黄州，意境与《水调歌头·明月几时有》相似。

② 桂魄：月亮。王维《秋夜曲》："桂魄初生秋露微，轻罗已薄未更衣。"相传月中有丹桂，故称。

③ 玉宇琼楼：月中宫殿。颜师古《大业拾遗记》谓瞿乾祐于江岸玩月，"俄见月规半天，琼楼玉宇灿然"。

④ 乘鸾：宋王铚《龙城录》载唐明皇游月宫，"有素娥十余人，皆皓衣

乘白鸾往来,舞于大桂树下”。

⑤ 清凉国: 指月宫。

⑥ 历历: 清晰可数。此句本唐崔颢《黄鹤楼》诗:“晴川历历汉阳树。”

⑦ “举杯”二句: 语本李白《月下独酌》:“举杯邀明月,对影成三人。”

⑧ “今夕”句:《水调歌头·明月几时有》“不知天上宫阙,今夕是何年”之意。

⑨ “便欲”三句:《庄子·逍遥游》:“鹏之背,不知其几千里也,怒而飞,其翼若垂天之云……鹏之徙于南冥也,水击三千里,抟扶摇而上者九万里。”此云自己去月宫只须乘风,不用骑大鹏。

⑩ 水晶宫: 指月宫,言其晶莹明澈。

⑪ 吹断横笛: 形容声音之高亢。相传唐开元中李謩善吹笛,近世无比。后遇独孤生吹笛,声发入云,四座震栗。“及入破,笛遂破裂。”李謩拜服。(见《太平广记》卷二〇四)此用其意。

南　乡　子

重九涵辉楼呈徐君猷[1]

霜降水痕[2]收，浅碧鳞鳞[3]露远洲。酒力渐消风力软，飕飕。破帽多情却恋头。[4]　　佳节若为酬，但把清樽断送秋。[5]万事到头都是梦，休休。[6]明日黄花蝶也愁[7]。

① 据傅藻《东坡纪年录》，此词作于元丰五年（1082）九月重阳节。苏轼《与王定国》简云："重九登栖霞楼，望君凄然，歌《千秋岁》，满座识与不识，皆怀君（您）。遂作一词云：'霜降水痕收……'其卒章，则徐州逍遥堂中夜与君和诗也。"涵辉楼：在黄州西南，南宋张安国（张孝祥）取《赤壁赋》中语，改曰无尽藏楼，后有坐啸堂及无倦、味道二轩。（见《黄州府志》卷三）据《与王定国》简，涵辉楼当即栖霞楼之别称。参见《水龙吟·小舟横截春江》注③。徐君猷：名大受，福建建安人，时为黄州守。

② 水痕：落潮后岸边留下的痕迹。

③ 浅碧鳞鳞：浅浅的绿水呈现鱼鳞似的波纹。

④ “破帽”句：翻用晋代孟嘉重阳登龙山落帽故事。清张宗橚《词林纪事》卷五引《兰山老人语录》：“从来九日用落帽事，独东坡云‘破帽多情却恋头’，尤为奇特。不知东坡用杜子美诗：‘羞将短发还吹帽，笑遣傍人为整冠’。”又引楼敬思曰：“九日诗词，无不使落帽事者，总不若坡仙《南乡子》词，更为翻新。”

⑤ “佳节”二句：化用杜牧《九日齐安登高》诗：“但将酩酊酬佳节，不用登临叹落晖。”

⑥ “万事”二句：用潘阆“万事到头都是梦，休嗟百事不如人”。休休，犹言算了算了。明沈际飞《草堂诗馀正集》卷二评云：“东坡升沉去住，一生莫定，故开口说梦……屡读之，胸中鄙吝自然消去。”

⑦ “明日”句：苏轼元丰初在徐州逍遥堂作《九日次韵王巩》云：“相逢不用忙归去，明日黄花蝶也愁。”此用其成句。清黄苏《蓼园词选》评云：“‘明日黄花’句，自属达观，凡过去、未来者，几非在我，安可学蜂蝶之恋香乎？”

减字木兰花

赠徐君猷三侍人胜之[①]

双鬟绿坠[②]，娇眼横波眉黛翠[③]。妙舞翩跹，掌上身轻[④]意态妍。　　曲穷力困[⑤]，笑倚人旁香喘喷。老大逢欢，昏眼犹能仔细看。[⑥]

① 《苏诗总案》卷二十一载：元丰五年（1082）十二月，张商英过黄州，会徐大受（字君猷）座上，作《减字木兰花》词。徐大受有孙、姜、阎、齐四侍女，胜之名次第二，盖姓姜。

② 双鬟：侍女的发型如环盘于头之两侧。绿坠：发型好像要坠落。绿，形容少女头发之黑。

③ 横波：喻眼波流盼有光。汉傅毅《舞赋》："眉连娟以增绕兮，目流睇而横波。"眉黛：古代用黛（一种青黑色颜料）画眉，故称。

④ 掌上身轻：《赵飞燕外传》："飞燕体轻，能为掌上舞。"

⑤ 曲穷力困：一曲舞完，人也困乏。

⑥ "老大"二句：词人自谓，虽老眼昏花，犹能仔细欣赏。

减字木兰花

庆　　姬[1]

天真雅丽，容态温柔心性慧。响亮歌喉，遏住行云[2]翠不收。　　妙词佳曲，啭出[3]新声能断续。重客多情，满劝金卮[4]玉手擎。

① 庆姬：名次第三，盖姓阎，最为徐（君猷）所宠。

② 遏住行云：形容歌声之魅力。《列子 · 汤问》："薛谭学讴于秦青，未穷青之技，自谓尽之，遂辞归，秦青弗止，饯于郊衢，抚节悲歌，声振林木，响遏行云。"

③ 啭出：婉转地唱出。啭（zhuàn），转折发声。

④ 金卮：酒杯的美称。

醉　翁　操[①]

琅琊幽谷[②]，山川奇丽，泉鸣空涧，若中音会[③]。醉翁[④]喜之，把酒临听，辄欣然忘归。既去十余年，而好奇之士沈遵闻之往游，以琴写其声，曰《醉翁操》[⑤]。节奏疏宕，而音指华畅，知琴者以为绝伦[⑥]。然有其声而无其辞。翁虽为作歌，而与琴声不合。又依《楚词》作《醉翁引》，好事者亦倚其辞以制曲，虽粗合韵度，而琴声为词所绳约[⑦]，非天成也。后三十余年，翁既捐馆舍[⑧]，遵亦没久矣。有庐山玉涧道人崔闲，特妙于琴，恨此曲之无词，乃谱其声，而请东坡居士以补之云。

琅然，清圆[⑨]，谁弹，响空山，无言。惟翁醉中知其天。月明风露娟娟[⑩]。人未眠，荷蒉过山前[⑪]，曰“有心也哉此贤”。　　醉翁啸咏，声和流泉。[⑫]醉翁去后，空有朝吟夜怨。山有时而童巅[⑬]，水有时而回川[⑭]。思翁无岁年[⑮]。翁今为飞仙。此意在人间，试听徽外三两弦[⑯]。

① 此词元丰五年(1082)应庐山道人崔闲之请,作于黄州,是倚声填词的佳作。宋王辟之《渑水燕谈录》卷八云:“方其补词,(崔)闲为弦其声,(东坡)居士倚为词,顷刻而就,无所点窜。”并引苏轼《与本觉真禅师书》云:“沈君信手弹而与泉合,居士纵笔作词而与琴会。”可见当时创作的默契之深。近人郑文焯评曰:“读此词,髯苏之深于律可知。”(《手批东坡乐府》)

② 琅琊:山名,在今安徽滁州市西南。欧阳修《醉翁亭记》:“环滁皆山也,其西南诸峰,林壑尤美,望之蔚然而深秀者,琅邪也。”幽谷:幽深的山谷。

③ 若中音会:好像与音乐的节奏自然吻合。

④ 醉翁:欧阳修,号醉翁。见《水调歌头·昵昵儿女语》注①。

⑤ 沈遵:欧阳修《醉翁吟》:“余作醉翁亭于滁州,太常博士沈遵,好奇之士也,闻而往游焉,爱其山水,归而以琴写之,作《醉翁吟》三叠。”

⑥ 绝伦:无与伦比。

⑦ 绳约:束缚,限制。

⑧ 捐馆舍:死亡的婉称。《战国策·赵策》:“今奉阳君捐馆舍。”鲍彪注:“礼:妇人死曰捐馆舍,盖亦通称。”按:欧阳修卒于熙宁五年(1072)。

⑨ 琅然:象声词,响亮貌。清圆:清新圆润。

⑩ 娟娟:美好貌。杜甫《狂夫》:“风含翠篠娟娟静,雨浥红蕖冉冉香。”

⑪ “荷蒉(kuì)”句:《论语·宪问》:“子击磬于卫,有荷蒉而过孔氏之

门者,曰:‘有心哉,击磬乎!’”荷蒉,背着草筐,此喻懂得音乐的隐士。

⑫“醉翁”二句意谓:欧阳修吟咏之声跟山间泉水之声自然相应。

⑬童巅:山顶光秃。《释名·释长幼》:“山无草木曰童。”

⑭回川:漩涡。李白《蜀道难》:“下有冲波逆折之回川。”

⑮“思翁”句意谓:思念醉翁无时或释。无岁年,不论岁月。

⑯徽:琴徽,系弦的绳。《汉书·扬雄传》:“今夫弦者,高张急徽。”注:“徽,琴徽也,所以表发抚抑之处。”后世多指琴面十三个指示音节的标志为徽。此句谓试听弦外之音。

临　江　仙

夜归临皋[①]

夜饮东坡[②]醒复醉，归来仿佛三更。家童鼻息已雷鸣[③]。敲门都不应，倚杖听江声。　长恨此身非我有[④]，何时忘却营营[⑤]？夜阑风静縠纹[⑥]平。小舟从此逝，江海寄余生[⑦]。

① 《苏诗总案》卷二十一云："元丰五年(1082)九月，雪堂夜饮，醉归临皋，作《临江仙》词。"今人王水照《苏轼选集》云："苏轼自元丰三年(1080)五月自定惠院迁居临皋，五年春于东坡筑雪堂，但仍家居临皋。"叶梦得《避暑录话》卷上还讲了一个故事，谓苏轼"与数客饮江上，夜归。江面际天，风露浩然，有当其意，乃作歌辞，所谓'夜阑风静縠纹平，小舟从此逝，江海寄余生'者……翌日喧传子瞻夜作此辞，挂冠服江边，拏舟长啸去矣"。此事还惊动了州守徐君猷，连神宗"亦闻而疑之"。

② 东坡：《黄州府志》卷三："东坡在城东南隅，宋苏轼居此，号东坡居

士,慕唐白居易而名也。”

③ 鼻息已雷鸣:谓鼾声如雷,形容睡熟。

④ 此身非我有:《庄子·知北游》:“舜曰:‘吾身非吾有也。’(丞曰)‘孰有之哉?’曰:‘天地之委形也。’”此谓身为外物所拘,不能自主。

⑤ 营营:往来周旋貌。《诗·小雅·青蝇》:“营营青蝇,止于樊。”传:“营营,往来貌。”《汉书·扬雄传》:“羽骑营营。”注:“营营,周旋貌。”此谓为生活而奔忙。

⑥ 縠(hú)纹:绉纱。縠,绉纱。此喻微波。

⑦ 余生:余年。指后半生。

满 庭 芳

有王长官者，弃官黄州三十三年，黄人谓之王先生。因送陈慥来过余，因为赋此。①

三十三年，今谁存者，算只君与长江②。凛然苍桧，霜干苦难双。③闻道司州古县，云溪上、竹坞松窗④。江南岸，不因送子，宁肯过吾邦⑤。　　摐摐⑥，疏雨过，风林舞破，烟盖云幢⑦。愿持此邀君，一饮空缸。居士先生⑧老矣，真梦里、相对残釭⑨。歌声断，行人未起，船鼓已逢逢⑩。

①《苏诗总案》卷二十二载：元丰六年(1083)五月，陈慥报荆南庄田(指任郎中其孚欲卖城外荆南头湖庄子与苏轼)，同王长官来，作《满庭芳》。陈慥，字季常，见《临江仙·细马远驮双侍女》注②。近人郑文焯《手批东坡乐府》评此词曰："健句入词，更奇峰特出，此境非稼轩所能梦到。不事雕凿，字字苍寒，如空岩霜干，天风吹堕颇黎(玻璃)地上，铿然作碎玉声。"

② “算只”句：化用杜甫《戏为六绝句》：“尔曹身与名俱灭，不废江河万古流。”谓王长官与长江共存。

③ “凛然”二句：以经霜苍桧喻王长官之节操。苦难双，天下无双。

④ “闻道”二句：写王长官居处的清静优雅。司州古县，指当时的黄陂县，唐武德三年(620)，以黄陂县置南司州，后废。

⑤ “不因”二句：若不是送陈慥来，岂肯到我们黄州。

⑥ 摐摐(chuāng)：撞击声。司马相如《子虚赋》：“摐金鼓，吹鸣籁。”此指雨声。

⑦ “风林”二句：大风将笼罩在树林上的浓烟密云吹破。烟盖，烟雾如盖(伞)。云幢，浓云似帷幕。

⑧ 居士先生：东坡居士与王先生。

⑨ 残釭：残灯。

⑩ “行人”二句意谓：行人醉卧未起，船上已击鼓起锚。逄逄(páng)，鼓声。《诗·大雅·灵台》：“鼍鼓逄逄，矇瞍奏公。”

水调歌头

黄州快哉亭赠张偓佺[①]

落日绣帘卷，亭下水连空[②]。知君为我新作，窗户湿青红。[③]长记平山堂[④]上，攲枕江南烟雨，杳杳没孤鸿[⑤]。认得醉翁语，山色有无中。[⑥]　一千顷，都镜净，倒碧峰。[⑦]忽然浪起，掀舞一叶白头翁[⑧]。堪笑兰台公子，未解庄生天籁，刚道有雌雄。[⑨]一点浩然气，千里快哉风。[⑩]

① 此词作于元丰六年(1083)闰六月。张偓佺：张怀民，又字梦得，清河人。苏辙《黄州快哉亭记》："清河张君梦得，谪居齐安(即黄州)，即其庐之西南为亭，以览观江流之胜，而余兄子瞻名之曰'快哉'。"

② "亭下"句：快哉亭下临长江，水天相接。

③ "知君"二句意谓：张偓佺为了这篇新作，特地将窗户油漆一新。湿青红，指未干的油漆。

④ 平山堂：在扬州西北大明寺右侧，详《西江月·平山堂》注①。

⑤ “攲枕”二句意谓：卧看江南烟雨，唯见孤雁隐现。杳杳，深远幽暗貌。屈原《九章·怀沙》：“眴兮杳杳，孔静幽默。”

⑥ “认得”二句：清徐釚《词苑丛谈》卷十：“‘山色有无中’，欧公咏平山堂句也。或谓平山堂望江左诸山甚近，公短视故耳。东坡为公解嘲，乃赋快哉亭词云……盖山色有无，非烟雨不能也。然公起句是‘平山阑槛倚晴空’，晴空安得烟雨？恐东坡终不能为欧公解矣。”按：“山色有无中”，系欧阳修《朝中措》词中语，乃用王维《汉江临泛》诗成句，并非欧阳修首创，苏轼恐记错。

⑦ “一千顷”三句：《诗人玉屑》卷十六引《谈苑》谓出于徐骑省（徐铉）《徐孺子亭记》：“平湖千亩，凝碧乎其下；西山万叠，倒影乎其中。”此谓江中有青山倒影。

⑧ 一叶白头翁：指一叶小舟上的渔翁。

⑨ “堪笑”三句：讥讽宋玉不懂得风乃自然现象，硬说有“大王之雄风”“庶人之雌风”。兰台公子，宋玉仕楚为兰台令，故称。天籁，自然界发出的音响（见《庄子·齐物论》）“雄风”“雌风”（见宋玉《风赋》）。

⑩ “一点”二句：《孟子·公孙丑上》：“我善养吾浩然之气”，“其为气也，至大至刚，以直养而无害，则塞于天地之间。”宋玉《风赋》：“楚襄王游于兰台之宫，宋玉、景差侍，有风飒然而至，王乃披襟而当之曰：‘快哉此风！’”此二句谓只要怀有浩然正气，便能享受“快哉风”，实为对张偓佺人格的赞美。

鹧　鸪　天[①]

林断山明竹隐墙，乱蝉衰草小池塘。翻空白鸟时时见，照水红蕖[②]细细香。　村舍外，古城旁，杖藜徐步转斜阳[③]。殷勤昨夜三更雨[④]，又得浮生一日凉[⑤]。

① 据朱彊邨《东坡乐府》注，此词乃写六月景事，盖元丰六年(1083)作于黄州。唐圭璋《全宋词》题下注："东坡谪黄州作此词，真本藏林子敬家。"近人郑文焯《手批东坡乐府》以为此词从陶渊明《饮酒》诗"啸傲东轩下，聊复得此生"来，而"逾觉清异"。

② 红蕖：荷花。杜甫《狂夫》诗："雨裛红蕖冉冉香。"

③ 杖藜：拄着拐杖。藜茎可作拐杖。《庄子·让王》：原憲"杖藜而应门"。转斜阳：在斜阳下沿着城墙周围散步。

④ 殷勤：王锳《诗词曲语辞例释》释为"多承，表敬意或谢意的动词"，并举此词为例。

⑤ "又得"句：化用唐李涉《题鹤林寺僧舍》诗："因过竹院逢僧话，又得浮生半日闲。"郑文焯谓此词"较'浮生半日闲'，自是诗词异调。论者每谓坡公以诗笔入词，岂审音知言者？"(见《手批东坡乐府》)

西　江　月

重阳栖霞楼作[①]

点点楼头细雨，重重江外平湖。当年戏马会东徐[②]，今日凄凉南浦[③]。　　莫恨黄花未吐[④]，且教红粉[⑤]相扶。酒阑不必看茱萸[⑥]，俯仰人间今古[⑦]。

① 龙榆生师《东坡乐府笺》云："今据傅榦本题文（即'栖霞楼作'四字），与词中'戏马东徐'之语，断为先生谪居黄州三年间作。因此改编癸亥。"癸亥为元丰六年（1083）。栖霞楼：在黄州仪门外，详《水龙吟·小舟横截春江》注②。词为送别太守徐君猷而作。王水照《苏轼选集》引公《醉蓬莱词》自序云："余谪居黄州，三见重九，每岁与太守徐君猷会于栖霞楼。今年公将去，乞郡湖南，念此惘然，故作此词。"因而认为《醉蓬莱》"乃重阳聚会前所作，本篇则作于聚会之时"，当可信。

② "当年"句：回忆在徐州度重阳时的欢乐。戏马台，项羽所筑，后称掠马台，在今徐州东南二里。晋安帝义熙十二年（416），宋公刘

裕北征,重阳日会僚属于此,赋诗为乐,以后相沿成俗。(见《南齐书·礼志》)此处当指元丰元年在徐州与王巩的唱和,有《九日次韵王巩》诗记其事。

③“今日”句:《楚辞·九歌·河伯》:“子交手兮东行,送美人兮南浦。”梁江淹《别赋》:“送君南浦,伤如之何!”此指与郡守徐君猷分别。

④黄花未吐:菊花尚未吐蕊(开花)。

⑤红粉:指饯别时侍宴的歌女。

⑥酒阑:酒宴将散之时。茱萸:植物名,生于川谷,其味香烈。古人以为重阳节佩茱萸囊可以消灾。相约登高,谓之茱萸会。此处语本杜甫《九日蓝田崔氏庄》诗:“明年此会知谁健,醉把茱萸仔细看。”

⑦“俯仰”句:晋王羲之《兰亭集序》:“俯仰之间,已为陈迹。”此谓人事变迁极为迅速,明年不知又在何处度过重阳。

蝶　恋　花

送潘邠老赴省试[①]

别酒劝君君一醉。清润潘郎[②]，又是何郎[③]婿。记取钗头新利市[④]，莫将分付东邻子[⑤]。　回首长安佳丽地[⑥]，十五年前，我是风流帅[⑦]。为向青楼寻旧事，花枝缺处余名字。[⑧]

① 据吴曾《能改斋漫录》卷十六："右《蝶恋花》词，东坡在黄时，送潘邠老赴省试作也。"潘邠老，名大临，福建长乐人，定居黄州，少警敏不羁，与弟大观皆以诗名，从苏轼游。苏轼贬居黄州时间为元丰三年至七年，词云"十五年前，我是风流帅"，乃指熙宁三年(1070)前后在京任职时事。词当元丰七年(1084)作于黄州。次年举行省试(又称会试)，秦观与之同年，故苏轼送潘赴试。十五年，别本作三十年。

② 潘郎：西晋潘岳，貌美，外出时，妇人常掷果满车。此喻邠老姿容甚美。

③ 何郎：三国时魏人何晏，面如傅粉。此处借喻邠老岳父，亦颇有风度。

④ 钗头新利市：以金钗占卜，得吉兆。唐刘采春《啰唝曲》之三："金钗当卜钱。"

⑤ 东邻子：宋玉《登徒子好色赋》："臣里之美者，莫若东家之子，增之一分则太长，减之一分则太短；著粉则太白，施朱则太赤……然此女登墙窥臣三年，至今未许也。"此处讽喻邠老不要爱其他美女。

⑥ "回首"句：化用谢朓《入朝曲》："江南佳丽地。"长安，借指汴京。

⑦ 风流帅：夸耀年轻时浪漫生活，实际上自诩填词高手。

⑧ "为向"二句：嘱邠老代他向旧时冶游之地寻找所留的名字。白居易《长安道》诗："花枝缺处青楼开。"此为歇后语，"花枝缺处"便是"青楼"的代称。以上皆为戏语。

西　江　月

黄州中秋[①]

世事一场大梦，人生几度新凉[②]。夜来风叶已鸣廊，看取眉头鬓上[③]。　　酒贱常愁客少[④]，月明多被云妨。中秋谁与共孤光[⑤]？把盏凄然北望。

① 《苏诗总案》卷二十："元丰三年庚申八月十五日作《西江月》词。"时谪居黄州。宋杨湜《古今词话》云："坡以谗言谪居黄州，郁郁不得志，凡赋诗缀词，必写其所怀，然一日不负朝廷。其怀君之心，末句可见矣。"盖指结句"凄然北望"而言。

② "人生"句意谓：人命短促。

③ "看取"句意谓：眉头含恨，鬓上添霜。取，语助词，犹"着"。

④ "酒贱"句：暗寓谪居时友朋难得相聚之恨。

⑤ 共孤光：共同赏月。孤光，指一轮明月。

临　江　仙[①]

诗句端来磨我钝，钝锥不解生铓。[②]欢颜为我解冰霜[③]。酒阑清梦觉，春草满池塘。[④]　　应念雪堂[⑤]坡下老，昔年共采芸香[⑥]。功成名遂早还乡[⑦]。回车来过我[⑧]，乔木拥千章[⑨]。

① 元丰年间，作者在黄州，为忆其弟苏辙而作此词。

② “诗句”二句：语本《老子》九章：“揣而棁之。”王弼注：“既端末(梢)令尖，又锐之令利，势必摧衄。”端，通“揣”。此处意为寄来的诗句能磨掉我的钝根，然而即使磨钝成锥也不会生出锋芒了。苏轼《以玉带施元长老元以衲裙相报次韵》亦云：“钝根仍落箭锋机。”意近似，犹今人所说磨尽性格的棱角。钝根，佛家语，谓人之心性。

③ 冰霜：喻心境的冷漠。

④ “酒阑”二句：语本南朝宋谢灵运《登池上楼》诗：“池塘生春草，园柳变鸣禽。”相传谢灵运“尝于永嘉西堂思诗，竟日不就，忽梦见惠连(从弟)，即得‘池塘生春草’，大以为工”。(见《南史·谢惠连

传》)此处借喻对其弟苏辙的思念。

⑤ 雪堂：在黄州东坡，见《江城子·梦中了了醉中醒》注⑤。此为作者自指。

⑥ 共采芸香：指一同读书。芸香可杀书中蛀虫蠹鱼，因称书为芸编。

⑦ “功成”句意谓：与苏辙相约早退。苏辙《逍遥堂会宿并引》：“辙幼从子瞻读书，未尝一日相舍也。既壮，将宦游四方……乃相约早退，为闲居之乐。”故此处苏轼再次提及。

⑧ “回车”句：苏辙于元丰三年(1080)谪监筠州(今江西高安市)酒税，经黄州，此次望他重来，故称“回车”。

⑨ “乔木”句：《诗·小雅·伐木》：“伐木丁丁，鸟鸣嘤嘤，出自幽谷，迁于乔木，嘤其鸣矣，求其友声。”传：“此燕朋友故旧之乐歌……人能笃朋友之好，则神之听之，终和且平矣。”此处希望苏辙从筠州贬所归来相与唱和。乔木，高大的树木。千章，千株。

浣　溪　沙

玄真子《渔父词》极清丽，恨其曲度不传，故加数语，令以《浣溪沙》歌之。①

西塞山②边白鹭飞，散花洲③外片帆微。桃花流水鳜鱼④肥。　　自庇一身青箬笠，相随到处绿蓑衣。⑤斜风细雨不须归。

① 此词元丰中作于黄州。玄真子：张志和，唐肃宗时婺州金华(今属浙江)人，中年退隐，浮家泛宅于湖州苕霅之间，自称烟波钓徒。著有《玄真子》一书，因以为号。(《新唐书》有传)其《渔父》词，一题《渔歌子》，词云："西塞山前白鹭飞。桃花流水鳜鱼肥。青箬笠，绿蓑衣，斜风细雨不须归。"其中七言三句、三言两句，此处苏轼增补为七言六句。清刘熙载《艺概》卷四认为东坡以其成句"用于《浣溪沙》，然其所足成之句，犹未若原词之妙通达化也"。甚是。

② 西塞山：张志和所咏者在湖州磁湖镇道士矶，苏轼所咏者在黄州附近，即陆游《入蜀记》卷四所载大冶(今湖北黄石市)道士矶，"矶

一名西塞山”。

③ 散花洲：一名散花滩。欧阳修《集古录·跋裴虬〈怡亭铭〉》：“怡亭在武昌(今湖北鄂州市鄂城县)江水中小岛上,武昌人谓其地为吴王散花洲。”

④ 鳜(guì)鱼：俗称鯚花鱼,口大鳞细,肉质鲜美。

⑤ “自庇”二句：亦写自身生活。苏轼在黄州《与李端叔书》中自称“放浪山水间,与渔樵杂处”,《满庭芳·归去来兮》亦云：“仍传语,江南父老,时与晒渔蓑。”

满 庭 芳

元丰七年四月一日，余将去黄移汝[①]，留别雪堂[②]邻里二三君子，会李仲览[③]自江东来别，遂书以遗之。

归去来兮，吾归何处，万里家在岷峨[④]。百年强半，来日苦无多。[⑤]坐见黄州再闰[⑥]，儿童尽、楚语吴歌[⑦]。山中友，鸡豚社酒[⑧]，相劝老东坡[⑨]。　云何，当此去，人生底事，来往如梭[⑩]。待闲看秋风，洛水清波[⑪]。好在堂前细柳，应念我、莫剪柔柯[⑫]。仍传语，江南父老，时与晒渔蓑。[⑬]

① 去黄移汝：指量移汝州（今河南临汝市）。朝廷对远谪之臣移近安置，叫作量移，以示减轻处分。

② 雪堂：作者在黄州东坡所建的居室，详《江城子·梦中了了醉中醒》注⑤。

③ 李仲览：名翔。当时杨元素（绘）闻苏轼自黄移汝，特令富川弟子员李翔前来邀先生取道富川（今属广西）。（见王质《雪山集》卷七

《东坡先生祠堂记》)

④ 岷峨：岷山、峨眉山。苏轼家在今四川眉山市，故云。

⑤ “百年”二句：唐韩愈《除官赴阙至江州寄鄂岳大夫》诗：“年皆过半百，来日苦无多。”强半，将近一半，时苏轼四十九岁。

⑥ 再闰：苏轼于元丰三年(1080)二月到黄州，至元丰七年(1084)四月，中遇元丰三年闰九月、元丰六年闰六月。

⑦ “儿童”句意谓：孩子们在黄州住久了，已习当地方言。黄州古属楚，三国时属吴。

⑧ 社酒：农村春社、秋社时祭祀土地神，相聚饮酒，谓之社酒。

⑨ “相劝”句意谓：邻里们劝他在黄州东坡终老一生。

⑩ 底事：何事。以上二句谓人生何苦奔忙。

⑪ 洛水：洛河，源出陕西洛南，经河南卢氏、洛阳，至偃师纳伊水后称伊洛，后入黄河。临汝于洛水为近，故云。以上二句从贾岛《江上忆吴处士》“秋风吹渭水”化出。

⑫ “应念我”句：《诗·召南·甘棠》：“蔽芾(枝叶浓密貌)甘棠，勿剪勿伐，召伯所茇。”朱传：“召伯循行南国，以布文王之政，或舍甘棠之下，后人思其德，故爱其树而不忍伤也。”苏轼曾在东坡植柳，因以为喻，希望州人珍重他们的感情。

⑬ “仍传语”三句：托李仲览传语江南父老，常常帮他晾晒渔蓑，以便将来再用。言外对隐居生活不胜依恋。

菩 萨 蛮

回文，四时闺怨[1]

柳庭风静人眠昼，昼眠人静风庭柳。香汗薄衫凉，凉衫薄汗香。　手红[2]冰碗藕，藕碗冰红手。郎笑藕丝[3]长，长丝藕笑郎。

① 元丰中，苏轼在黄州，效刘十五（刘攽，字贡父）作回文《菩萨蛮》四首，分咏四时，此为第二首，咏夏季。回文，诗词之一体，其中字句倒读亦能成义。今传以南朝宋苏伯玉妻《盘中诗》为最古。

② 手红：手被冻红。

③ 藕丝："偶"与"思"的谐音双关语，隐喻男女爱情。《吴声歌曲・子夜歌》："理丝入残机，何悟不成匹。"偶亦匹之意。

南　乡　子[①]

晚景落琼杯[②]，照眼云山翠作堆。认得岷峨春雪浪[③]，初来。万顷葡萄涨绿醅[④]。　　春雨暗阳台[⑤]，乱洒歌楼湿粉腮。一阵东风来卷地，吹回。落照[⑥]江天一半开。

① 元丰三年(1080)作于黄州。

② 晚景：傍晚的日影。琼杯：酒杯的美称。

③ “认得”句：岷峨，二山名，在长江上游。李白《经乱离后天恩流放夜郎忆旧游赠江夏韦太守良宰》诗：“江带岷峨雪。”苏轼《东坡志林》卷四《临皋闲题》：“临皋亭下八十数步，便是大江，其半是峨眉雪水。”本年五月二十九日始迁于此，故词云“初来”。

④ 葡萄：形容江水的碧绿。李白《襄阳歌》：“遥看江水鸭头绿，恰似葡萄初酦醅。”为此句所本。醅(pēi)：未过滤的酒。

⑤ 阳台：宋玉《高唐赋》记巫山神女自称家在“巫山之阳”“阳台之下”。此处指代妆台。

⑥ 落照：落日的余晖。

渔　家　傲

金陵赏心亭送王胜之龙图。王守金陵，视事一日，移南都。[①]

千古龙蟠并虎踞[②]，从公一吊兴亡处[③]。渺渺斜风吹细雨。芳草渡，江南父老留公住。　　公驾飞车凌彩雾，红鸾骖乘青鸾驭。[④]却讶此洲名白鹭，非吾侣，翩然欲下还飞去。[⑤]

① 此词元丰七年(1084)八月作于金陵(今江苏南京)。赏心亭:《景定建康志》卷二十二:"在(城西)下水门之城上,下临秦淮,尽观览之胜。"王胜之,名益柔,枢密使王曙之子,河南人,以荫入官,历知制诰、迁龙图阁学士,除秘书监,出知蔡、扬、亳州、江宁、应天府。(见《东都事略》)时由江宁移知应天府(即南都)。

② 龙蟠并虎踞:三国时,诸葛亮见金陵形势,叹曰:"钟山龙蟠,石城虎踞,此帝王之室!"(见《太平御览》卷一五六引《吴录》)。

③ 一吊兴亡处:凭吊六朝盛衰的遗迹。

④“公驾”二句：相传西王母下降见汉武帝，“乘紫车，玉女夹驭，载七胜，青气如云，有二青鸟如鸾，夹侍王母旁”。(见《汉武故事》)此喻王胜之将骖凤乘鸾而去，言其将升任南京应天府知府。

⑤“却讶”三句：李白《登金陵凤凰台》诗：“三山半落青天外，二水中分白鹭洲。”此处戏称王胜之所乘的是红鸾青鸾，白鹭见色彩不同，非其伴侣，又翩然飞去。相传王安石当时见此句，笑曰：“白鹭者，得无意乎？”(见赵德麟《侯鲭录》卷八)白鹭洲，在今江苏南京市西南长江中。

虞　美　人①

波声拍枕长淮晓，隙月窥人小。无情汴水自东流，只载一船离恨向西州②。　　竹溪花浦曾同醉③，酒味多于泪④。谁教风鉴⑤在尘埃，酝造一场烦恼送人来。

① 元丰七年(1084)十一月，苏轼在量移汝州途中经过高邮，秦观把他送到淮河边，分别时写下此词。(见《苏诗总案》卷二十四)清黄苏《蓼园词选》评曰："只寻常赠别之作，已写得清新浓厚如此。"

② 汴水：汴河，古时由河南郑州、开封、归德北境，流经江苏的徐州，合泗水入淮河。故白居易《长相思》云："汴水流，泗水流，流到瓜洲古渡头。"西州：东晋时扬州(即建业，今江苏南京市)公廨的西门称西州门。(见《晋书·谢安传》)此处代指后来的扬州(广陵)。二句写别后秦观将乘船南下还扬州之高邮。明沈际飞《草堂诗馀正集》卷二谓此句"与'载取暮愁归去'同妙"。

③ "竹溪"句：唐开元末年，李白曾与孔巢父、韩准等六人在泰安府徂徕山下之竹溪纵酒酣歌，时号"竹溪六逸"。此喻元丰初在徐州、湖州及本年在镇江与秦观同游的乐趣。

④“酒味”句：明李攀龙《草堂诗馀隽》卷三评曰：“离情无限，故泪多于酒，与‘离愁渐远渐无穷，迢迢不断如春水’同意。”

⑤风鉴：风度识见。《晋书·陆机陆云传论》：“风鉴澄爽，神情俊迈。”此时秦观屡举不第，沉沦乡里，故《蓼园词选》云：“‘风鉴在尘埃’，是惜少游，此其所以烦恼也。”

浣 溪 沙

元丰七年十二月二十四日，从泗州刘倩叔游南山。[①]

细雨斜风作小寒，淡烟疏柳媚晴滩[②]。入淮清洛[③]渐漫漫。　　雪沫乳花[④]浮午盏，蓼茸蒿笋试春盘[⑤]。人间有味是清欢。

① 此词元丰七年(1084)作者量移汝州途中，冬十二月经泗州作。刘倩叔，名士彦，泗州太守。泗州：清康熙中沉入洪泽湖。南山：苏轼《泗州南山监仓萧渊二首》自注："南山名都梁山，山出都梁香故也。"《太平寰宇记》云：盱眙县在泗州南五里，都梁山在县南六十里。

② 晴滩：傅藻《东坡纪年录》谓此时同泗州太守游南山，过十里滩，即其地。

③ 入淮清洛：洛水实至河南巩县入黄河。此指洛涧，源出安徽定远县西，北至怀远县入淮。泗州在淮河北岸。

④ 雪沫乳花：煎茶时浮在面上的泡沫。

⑤“蓼茸”句：蓼菜的嫩芽称蓼茸。蒿笋，今称莴苣笋。旧俗立春时用蔬菜、水果、饼饵等装盘，馈赠亲友，称为“春盘”。杜甫《立春》：“春日春盘细生菜，忽忆两京梅发时。”

行　香　子

与泗守过南山，晚归作。[①]

北望平川，野水荒湾。共寻春、飞步孱颜[②]。和风弄袖，香雾萦鬟[③]。正酒酣时，人语笑，白云间。　飞鸿落照，相将归去[④]，淡娟娟，玉宇清闲。何人无事，宴坐[⑤]空山？望长桥上，灯火乱，使君还[⑥]。

① 本篇与前一首作于同时。泗守：泗州太守刘倩叔。王明清《挥麈后录》卷七云："太守刘士彦，本出法家，山东木强人也。闻之，亟谒东坡云：'知有新词，学士名满天下，京师便传。在法：泗州夜过长桥者，徒(刑)二年，况知州邪？切告收起(此词)，勿以示人。'东坡笑曰：'轼一生罪过，开口常是不在徒二年以下。'"

② 孱颜：高峻貌，同"巉岩"。唐李华《含元殿赋》："峥嵘孱颜，下视南山。"此指泗州南山。

③ "香雾"句：香雾在云鬟上萦绕。语本杜甫《月夜》诗："香雾云鬟湿。"此指同游的歌妓。

④“飞鸿”二句：化用唐王勃《滕王阁赋》：“落霞与孤鹜齐飞。”相将，相与，相随。

⑤宴坐：静坐。

⑥使君：指泗守刘倩叔。《词洁》评以上三句：“末语风致嫣然，便是画意。”

满 庭 芳

余年十七，始与刘仲达往来于眉山[①]。今年四十九，相逢于泗上[②]，淮水浅冻，久留郡中，晦日同游南山[③]，话旧感叹，因作《满庭芳》云。

三十三年，飘流江海，万里烟浪云帆[④]。故人惊怪，憔悴老青衫[⑤]。我自疏狂异趣，君何事、奔走尘凡。流年尽，穷途坐守，船尾冻相衔。　巉巉[⑥]，淮浦外，层楼翠壁，古寺空岩。步携手林间，笑挽纤纤[⑦]。莫上孤峰尽处，萦望眼、云海相搀[⑧]。家何在，因君问我，归梦绕松杉。[⑨]

① 此词作于元丰七年(1084)十二月底。仁宗皇祐四年(1052)，苏轼年十七。至本年已四十九，故首云“三十三年”。刘仲达，名臣，盖眉山同乡，故能相与往来。

② 泗上：指泗州，已于清康熙中沉入洪泽湖。

③ “淮水”三句：淮河冬日为枯水时节，故而既浅又结冰，不能行船，

致使苏轼在此滞留。据《苏诗总案》卷二十四，苏轼于十二月一日抵达泗州，此处下文又云“晦日”（三十日），可见在泗州滞留一月之久。南山，即都梁山，见《浣溪沙·细雨斜风作小寒》注①。

④ “万里”句意谓：漂泊于烟波之中。烟浪，雾气笼罩的水面。云帆，白云似的船帆。李白《行路难》：“乘风破浪会有时，直挂云帆济沧海。”

⑤ 青衫：唐宋时文官八品、九品服青衫。白居易《琵琶行》：“座中泣下谁最多，江州司马青衫湿。”欧阳修《圣俞会饮》诗：“嗟余身贱不敢荐，四十白发犹青衫。”此指官位不高。

⑥ 巉巉（chán）：高峭险峻貌。唐岑参《入剑门作寄杜杨二郎中》诗：“巉巉五丁迹。”此处形容下句的层楼翠壁和古寺空岩，可见当时泗州市容十分壮丽。

⑦ 纤纤：纤细貌，此指手。韩愈《酬司门卢四兄云夫院长望秋作》诗：“楼头完月不共宿，其奈就缺行纤纤。”以上二句谓与刘仲达手挽手在林中散步。

⑧ 云海相搀：云海相连。黄庭坚《诉衷情》：“山泼黛，水挼蓝，翠相搀。”

⑨ “家何在”三句意谓：在话旧时引起对家乡眉山的思念。苏轼《送贾讷倅眉》诗：“老翁山下玉渊回，手植青松三万栽。”其父苏洵及前妻王弗之墓在此，故“归梦”绕之。

南　乡　子

宿　州　上　元①

千骑试春游，小雨如酥落便收②。能使江东归老客③，迟留。白酒无声滑泻油。　　飞火乱星球④，浅黛横波翠欲流⑤。不似白云乡外冷，温柔。⑥此去淮南第一州⑦。

① 此词元丰八年(1085)正月十五日作于宿州(今安徽宿州市)。上元：元宵节。

② “小雨”句：唐韩愈《早春呈水部张十八员外》诗：“天街小雨润如酥，草色遥看近却无。”酥，俗称奶油。

③ 江东归老客：作者自指。据施宿《东坡年谱》：“先生正月离泗上至南京(今河南商丘市)，寻得请常州居住。……五月一日过扬州，游竹西寺。”可见将归老江南之常州。

④ “飞火”句：形容元宵节闹花灯盛况。此日挂灯结彩，市民燃放烟火。

⑤ “浅黛”句：形容观灯美女眉眼的美丽。黛，画眉的青黑色颜料。

横波：眼神流盼，宛如水波。汉傅毅《舞赋》："目流睇而横波。"

⑥ "不似"二句：旧题汉伶玄《飞燕外传》："是夜进合德（宫人名），帝（汉成帝）大悦，以辅属体，无所不靡，谓为温柔乡。谓嫕曰：'吾老是乡矣，不能效武皇帝求白云乡也。'"此处称喻元宵节令人喜爱，说它不像白云乡（仙乡）那样冷清，而像温柔乡那样温馨。

⑦ 淮南第一州：指扬州，时为淮南东路首府。秦观《次韵子由题平山堂》诗："游人若论登临美，须作淮东第一观。"意相近。此时苏轼得请常州居住，南去时须经扬州。

满　庭　芳[①]

余谪居黄州五年[②]，将赴临汝[③]，作《满庭芳》一篇别黄人。既至南都，蒙恩放归阳羡，复作一篇[④]。

归去来兮，清溪无底，上有千仞嵯峨[⑤]。画楼东畔，天远夕阳多[⑥]。老去君恩未报，空回首、弹铗悲歌[⑦]。船头转，长风万里[⑧]，归马驻平坡[⑨]。　无何[⑩]，何处有？银潢尽处，天女停梭。问何事人间，久戏风波？[⑪]顾谓同来稚子[⑫]，应烂汝、腰下长柯[⑬]。青衫破，群仙笑我，千缕挂烟蓑。[⑭]

① 此词元丰八年(1085)二月作于南京(今河南商丘市)。

② 谪居黄州五年：苏轼以乌台诗案于元丰三年(1080)初贬为黄州团练副使，至元丰七年(1084)四月量移汝州时始离去，前后共五年。

③ 临汝：汝州。

④ 阳羡：今江苏宜兴市。时属常州府，苏轼旧有田产在阳羡。此首

与前一首(归去来兮)同韵,故云"复作一篇"。

⑤ "清溪"二句:写宜兴山水之美。千仞,形容山势极高。一般八尺为仞。嵯峨,高峻貌。

⑥ 画楼:指在宜兴的住宅。天远:指距汴京甚远。

⑦ 弹铗:战国时齐国孟尝君的食客冯驩,因未受重视,歌曰:"长铗归来乎,食无鱼。"后又歌曰:"长铗归来乎,出无车。"(见《战国策·齐策》)此喻才华未展。清刘熙载《艺概》卷四以为"词以不犯本位为高",以上三句"语诚慷慨,然不若《水调歌头》'我欲乘风归去,又恐琼楼玉宇,高处不胜寒',尤觉空灵蕴藉"。

⑧ 船头转:掉转船头,南奔阳羡。长风万里:《宋书·宗悫传》:"愿乘长风破万里浪。"

⑨ "归马"句:形容速度之快。宋周必大《益公题跋·书东坡宜兴事》:"军中谓壮士驰骏马下峻坡为注坡。"并称此三句"盖喻归兴之快如此"。苏轼《百步洪》诗亦有"骏马下注千丈坡"之句,喻水流之速。

⑩ 无何:无何有之乡的简称。《庄子·列御寇》:"彼至人者,归精神乎无始,而甘冥乎无何有之乡。"此指脱离尘俗的理想境界。

⑪ "银潢"四句意谓:银河边的织女停梭问作者,为何在人间历尽宦海风波。

⑫ 稚子:当指作者之子苏过。

⑬ 长柯:相传古代王质至信安郡石室山伐木,见童子数人,下棋唱

歌。一会儿,斧柯(柄)烂尽,既归,同时代的人都已不在。(见任昉《述异记》)此喻世事变迁之快。

⑭ “青衫”三句:喻由官转为民。青衫,低级官服。烟蓑,渔蓑。

菩　萨　蛮[①]

买田阳羡[②]吾将老，从来只为溪山好。来往一虚舟[③]，聊从造物游[④]。　　有书仍懒著，且漫歌归去[⑤]。筋力不辞诗，要须风雨时。[⑥]

① 元丰八年(1085)五月二十二日，苏轼自南京(今河南商丘市)回常州，后归宜兴赋此词。

② 阳羡：今江苏宜兴市。

③ 虚舟：空船。《淮南子·诠言》："方船济乎江，有虚舟从一方来，触而覆之，虽有忮心，必无怨色。"此处义犹作者《前赤壁赋》所云："纵一苇(小舟)之所如，凌万顷之茫然。"

④ 造物：造物者，指大自然。《庄子·大宗师》："伟哉夫造物者，将以予为此区区也。""予方将与造物者为人……而游于无何有之乡。"此处乃指遨游于山水之间。苏轼在《前赤壁赋》中认为"江上之清风，山间之明月"，"是造物者之无尽藏也，而吾与子(客人)之所共适"，也是"从造物游"的意思。

⑤ "且漫歌"句：此句意谓聊且歌唱陶渊明《归去来辞》吧。漫，《诗词

曲语辞汇释》卷二:“漫,本为漫不经意之漫,为聊且义或胡乱义。”

⑥ “筋力”二句意谓:须风雨催诗。作者有《次韵江晦叔二首》诗云:“雨已倾盆落,诗仍翻水成。”《游张山人园》:“飒飒催诗白雨来。”皆本杜甫《丈八沟纳凉》诗:“片云头上黑,应是雨催诗。”

蝶　恋　花[①]

云水萦回溪上[②]路。叠叠青山，环绕溪东注[③]。月白沙汀翘宿鹭，更无一点尘来处。　　溪叟相看私自语：底事区区，苦要为官去[④]？樽酒不空田百亩，归来分取闲中趣。

① 元丰八年(1085)六月，苏轼在宜兴，初闻起知登州(今山东烟台市蓬莱区)，将行，有怀荆溪，作《蝶恋花》。(见《苏诗总案》卷二十五)

② 溪上：《苏诗总案》王文诰案："词云'溪上'，即荆溪也。"溪在宜兴市南。

③ 溪东注：荆溪向东流入太湖，故云。

④ "底事"二句：乃溪叟(老翁)语。底事，何事。区区，形容思念、追求。《古诗十九首》之十七："一心抱区区，惧君不识察。"

临　江　仙

夜到扬州席上作[①]

尊酒何人怀李白？草堂遥指江东[②]。珠帘十里卷香风。[③]花开又花谢，离恨几千重。[④]　　轻舸[⑤]渡江连夜到，一时惊笑衰容[⑥]。语音犹自带吴侬。夜阑对酒处，依旧梦魂中。[⑦]

① 据石声淮、唐玲玲《东坡乐府编年笺注》，元丰八年(1085)八月二十七日，苏轼起知登州途中，过扬州访杨景略，作此词。杨景略，字康功，坊州中部(今陕西延安市黄陵县)人。治平二年(1065)进士，杨偕之孙；元丰七年(1084)避亲嫌，知扬州，移苏州；元丰八年复知扬州。(见苏颂《杨康功墓志铭》)

② "尊酒"二句：化用杜甫《春日忆李白》："渭北春天树，江东日暮云。何时一尊酒，重与细论文。"草堂，杜甫在成都浣花溪上的住处，此处借指杨景略，而以李白自喻。

③ "珠帘"句：化用唐杜牧《赠别二首》之一："春风十里扬州路，卷上

珠帘总不如。”此写扬州的繁华。

④ “花开”二句意谓：他们分别经历数年，离恨重重。

⑤ 轻舸(gě)：轻舟。

⑥ 惊笑衰容：唐李益《喜见外弟又言别》：“问姓惊初见，称名忆旧容。”司空曙《云阳馆与韩绅宿别》：“乍见翻疑梦，相悲各问年。”词境似之。

⑦ “夜阑”二句：化用杜甫《羌村三首》之一：“夜阑更秉烛，相对如梦寐。”夜阑，夜深。

南　歌　子

楚守周豫出舞鬟[①]

琥珀[②]装腰佩，龙香[③]入领巾。只应飞燕[④]是前身。共看剥葱纤手、舞凝神。　　柳絮风前转，梅花雪里春。[⑤]鸳鸯翡翠两争新[⑥]。但得周郎一顾、胜珠珍[⑦]。

① 元丰八年(1085)秋苏轼赴登州任，九月一日抵楚州(今江苏淮安市)，太守周豫接待。舞鬟：舞女。

② 琥珀：松柏树脂的化石，色黄褐或红褐，可作装饰品。

③ 龙香：龙涎香。抹香鲸肠内的一种分泌物，和以其他香料，其香浓烈，历久不散。

④ 飞燕：赵飞燕，汉成帝皇后。初时学歌舞，以体轻号曰飞燕，先为婕妤，许后废，立为后，专宠十余年。(《汉书》有传)此喻楚州舞女舞时身体极为轻快。

⑤ “柳絮”二句：傅幹注：“‘柳絮’、‘梅花’，言舞态轻飞若此。”

⑥ 鸳鸯：水鸟名，此喻二舞女。翡翠：鸟名，一名翠雀。雄的羽毛赤

色，叫翡，雌的羽毛青色，叫翠。

⑦ 周郎一顾：相传三国周瑜少时精于音乐，三杯酒后，发现乐工所奏音乐有误，必回头一顾。故时人谣曰："曲有误，周郎顾。"（见《三国志》本传）此喻精通音乐者，即词人自己。

蝶 恋 花

过涟水军赠赵晦之[①]

自古涟漪佳绝地[②],绕郭荷花,欲把吴兴比[③]。倦客尘埃何处洗?真君堂下寒泉水。[④]　　左海门[⑤]前鱼酒市。夜半潮来,月下孤舟起。倾盖相逢[⑥]拚一醉,双凫[⑦]飞去人千里。

① 元丰八年(1085)十月,苏轼赴官登州,途经涟水(今属江苏),作此词。军:与州相似的行政区名。赵晦之,名昶。《苏诗总案》卷二十六王文诰案:"(苏)公前赴高密,过涟水,赵晦之方为东武令。迨迁黄(州),晦之官于广西。至是复见,则涟水也。公过涟水,止此二次。"

② 涟漪:微波。一作"涟猗"。《诗·卫风·伐檀》:"河水清且涟猗。"宋代涟水地区多水,故云。

③ "绕郭"二句:宋陈与义《虞美人》词小序:"余甲寅岁,自春官出守湖州,秋杪道中,荷花无复存者。乙卯岁,自琐闼以病得请奉祠,

卜居青墩，立秋后三日行，舟之前后，（荷花）如朝霞相映，望之不断也。”王文诰案：“词以吴兴比涟水，故有‘绕郭荷花’之句，非十月见荷花也。”（引同上）吴兴，今浙江湖州市。

④ “倦客”二句意谓：赵晦之为作者在真君堂设宴洗尘。时届十月，故称水曰寒泉。

⑤ 左海门：盖涟水城门名。

⑥ 倾盖相逢：盖，车盖（篷）。原谓途中相遇，停车而语，车盖相接。多喻一见如故，友谊深厚。《史记·鲁仲连邹阳列传》：“谚曰：‘有白头如新，倾盖如故。’何则？知与不知也。”此指赴登州途中复遇故人赵晦之，重叙友情。

⑦ 双凫：本指王子乔故事（见《太平广记》卷六引《仙传拾遗》），此用旧题李陵《录别诗》：“双凫俱北飞，一凫独南翔。子当留斯馆，我独归故乡。”喻作者与赵晦之分别。

定风波

王定国歌儿柔奴[①],姓宇文氏,眉目娟丽,善应对,家住京师。定国南迁归,余问柔:"广南[②]风土,应是不好?"柔对曰:"此心安处,便是吾乡。"因为缀词云。

常羡人间琢玉郎[③],天应乞与点酥娘。自作清歌传皓齿[④],风起,雪飞炎海[⑤]变清凉。　　万里归来颜愈少,微笑,笑时犹带岭梅香。试问岭南应不好?却道:此心安处是吾乡[⑥]。

① 宋杨湜《古今词话》:"东坡初谪黄州,独王定国以大臣之子不能谨交游,迁置岭表,后数年,召还京师。是时,东坡掌翰苑,一日,王定国置酒与东坡会饮,出宠人点酥侑尊,而点酥善谈笑。东坡问曰:'岭南风物,可噝(啥)不佳?'点酥应声曰:'此身安处是家乡。'"王定国,名巩,宰相王旦之孙,莘县人,历官宗正丞、扬州通判,知海州、密州、宿州。"迁置岭表",指其受苏轼牵连,贬监宾州(今广西南宁市宾阳县)盐酒税。考东坡任翰林学士在元祐元年

(1086)九月以后,至元祐四年(1089)三月知杭州,词当作于元祐初。点酥娘:王定国歌女宇文柔奴。

② 广南:广南西路之省称,此指宾阳。

③ 琢玉郎:雕琢美玉的年轻工匠,转喻工于诗文的作者。陈充《圣宋九僧诗序》:“姚合集群公之作为射雕手,今以九上人为琢玉工。”苏轼《次韵王巩独眠》诗:“谁能相思琢白玉?”王文诰注引卢仝《与马异结交诗》:“白玉璞里琢出相思心,黄金矿里铸出相思泪。”《宋史·王巩传》谓“巩有隽才,工于诗”,故苏轼屡称之。

④ 清歌传皓齿:皓齿中传出清歌。语本杜甫《听杨氏歌》:“佳人绝代歌,独立发皓齿。”

⑤ 炎海:指岭南炎热地区。《乐府诗集》卷六十五鲍照《苦热行》注引《乐府解题》,谓曹植《苦热行》“备言流金砾石、火山炎海之艰难也”。

⑥ “此心”句:宋吴曾《能改斋漫录》卷八《沿袭》:“余以此语本出于白乐天(居易),东坡偶忘之耳。白《吾土》诗云:‘身心安处为吾土,岂限长安与洛阳。’又《出城留别》诗云:‘我生本无乡,心安是归处。’又《重题》诗云:‘心泰身宁是归处,故乡可独在长安。’又《种桃杏》诗云:‘无论海角与天涯,大抵心安即是家。’”

满 庭 芳①

香叆雕盘②,寒生冰箸③,画堂别是风光。主人情重,开宴出红妆。④腻玉圆搓素颈⑤,藕丝⑥嫩、新织仙裳。双歌罢,虚檐转月⑦,余韵尚悠飏。　　人间,何处有? 司空见惯⑧,应谓寻常。坐中有狂客⑨,恼乱愁肠。报道金钗坠也,十指露、春笋纤长⑩。亲曾见,全胜宋玉,想像赋高唐。⑪

① 元祐二年(1087)五月,苏轼与黄庭坚、秦观、晁补之、张耒、刘泾等十六人,会于驸马都尉王诜(字晋卿)之西园。秦观《望海潮·梅英疏淡》下阕曾回忆说:“西园夜饮鸣笳,有华灯碍月,飞盖妨花。”李伯时绘有《西园雅集图》,米元章为之作记。苏轼赋此词咏王诜之侍女啭春莺。(参见朱彊邨《东坡乐府》注及拙著《淮海居士长短句校注》)

② “香叆(ài)”句意谓:精美的盘子上香气浓郁。

③ 冰箸:王仁裕《开元天宝遗事》谓冬至日雪霁,檐水下滴结为冰条,贵妃使侍儿取一枝看玩,明皇问所玩何物,贵妃笑答:“妾所玩

者，冰箸也。"此指似冰一般的筷子。

④ "主人"二句意谓：王诜令歌妓啭春莺开宴时歌唱助兴，《西园雅集图》绘有侍女二人。

⑤ "腻玉"句：柳永《昼夜乐》："层波细剪明眸，腻玉圆搓素颈。"形容歌女颈项的白嫩。

⑥ 藕丝：浅黄色。温庭筠《菩萨蛮》："藕丝秋色浅，人胜参差剪。"

⑦ 虚檐转月：月亮在空檐前转移，形容时间很长。

⑧ 司空见惯：唐李绅为司空，一日宴请刘禹锡，酒酣，命妓唱歌。刘即席赋诗云："鬟髻梳头宫样妆，春风一曲杜韦娘。司空见惯浑闲事，断尽江南刺史肠。"（见孟棨《本事诗·情感》）

⑨ 狂客：作者自指。

⑩ 春笋：形容女子手指之美。李煜《捣练子》："斜托杏腮春笋嫩，为谁和泪倚阑干？"

⑪ "亲曾见"三句意谓：亲眼所见的歌女，比宋玉在《高唐赋》中虚构的巫山神女还要美。

如　梦　令[①]

为向东坡传语[②]，人在玉堂[③]深处。别后[④]有谁来？雪压小桥无路。归去，归去，江上一犁春雨[⑤]。

① 此词作于元祐二年(1087)前后。傅幹注云："寄黄州杨使君二首，公时在翰苑。"苏轼于元祐元年(1086)九月除翰林学士，元祐四年(1089)春三月除龙图阁学士知杭州。词当作于此一时期。

② "为向"句意谓：托杨使君向东坡捎句话。东坡，指贬谪黄州时的旧居以及邻人。

③ 玉堂：指翰林苑。《汉书·李寻传》王先谦补注引何焯："汉时待诏于玉堂殿，唐时待诏于翰林苑。至宋以后，翰林遂蒙玉堂之号。"

④ 别后：苏轼于元丰七年(1084)四月离开黄州。

⑤ 一犁春雨：浸透一犁深泥土的春雨。谓雨量充足，恰宜春耕。俞成《萤雪丛说》卷上《诗随景物下语》："杜诗'丹霞一缕轻'、胡少汲诗'隋堤烟雨一帆轻'；至若骚人，于渔父则曰'一蓑烟雨'，于农夫则曰'一犁春雨'，于舟子则曰'一篙春水'：皆曲尽形容之妙也。"

如　梦　令[1]

手种堂前桃李，无限绿阴青子。[2]帘外百舌儿[3]，惊起五更春睡。居士，居士[4]，莫忘小桥流水[5]。

① 此词与前一首作于同时。

② "手种"二句：仿欧阳修《朝中措·送刘仲原甫出守维扬》词："手种堂前垂柳，别来几度春风。"后一句仿杜牧《有忆》"绿叶成阴子满枝"诗意。

③ 百舌儿：鸟名，又名反舌、鹖鴠，以其鸣声反复如百鸟之声，故名。立春后始鸣，夏至即止。杜甫《百舌》诗："百舌来何处，重重只报春。"

④ 居士：在家修道的人。苏轼，号东坡居士。

⑤ 小桥流水：陆游《入蜀记》卷四谓黄州东坡雪堂"正南有桥，榜曰'小桥'，以'莫忘小桥流水'之句得名。其下初无溪涧，遇雨则有涓流耳。"以上三句，拟百舌之声，示毋忘黄州也。

定　风　波[①]

余昔与张子野、刘孝叔、李公择、陈令举、杨元素会于吴兴。[②]时子野作《六客词》[③]，其卒章云："见说贤人聚吴分，试问：也应旁有老人星[④]。"凡十五年，再过吴兴，而五人皆已亡矣。时张仲谋[⑤]与曹子方[⑥]、刘景文[⑦]、苏伯固[⑧]、张秉道[⑨]为坐客。仲谋请作《后六客词》云。

月满苕溪[⑩]照夜堂，五星一老斗光芒[⑪]。十五年间真梦里，何事？长庚[⑫]配月独凄凉。　　绿发苍颜[⑬]同一醉，还是，六人吟笑水云乡。宾主谈锋谁得似？看取，曹刘今对两苏张[⑭]。

① 据施宿《东坡年谱》，作者于元祐四年（1089）春三月除龙图阁学士知杭州。六月过湖州，与张仲谋等作"后六客之会"，会上赋此词。

② "余昔与"句：指熙宁七年（1074）秋与张先（字子野）、刘述（字孝叔）、李常（字公择）、陈舜俞（字令举）、杨绘（字元素）在吴江垂虹亭作"六客之会"。

③《六客词》：张先所作《定风波》，全词云："西阁名臣奉诏行，南床吏部锦衣荣。中有瀛仙宾与主，相遇，平津选首更神清。 溪上玉楼同宴喜，欢醉，对堤杯叶惜秋英。尽道贤人聚吴分。试问：也应旁有老人星。"吴分，相传少微星为吴之分野。吴兴（今浙江湖州市）地处吴之分野，故称。

④ 老人星：南极星。时张先年八十五，故以自喻。二句意谓：在作为吴之分野的少微星旁也应该有他这位老人星。

⑤ 张仲谋：名询。黄庭坚《山谷诗集》卷三有《次韵张询斋中晚春》，任渊注："询，字仲谋。"元祐中为两浙提刑、知越州，迁福建转运副使，元符初知熙州。黄庭坚《书张仲谋诗集后》称其诗"用意刻苦，故语清壮；持身岂弟（恺悌），故声和平"，"以此自成一家"。

⑥ 曹子方：名辅，海陵（今江苏泰州市）人，元祐三年（1088）九月自太仆丞为福建转运判官，"东坡继出守钱塘（杭州），同过吴兴，作后六客词，子方其一也"。见苏轼《送曹辅赴闽漕》诗施元之注。

⑦ 刘景文：名季孙，开封祥符人，赠侍中刘平之子。初以右班殿值监饶州酒税，兼任饶学教授，后为两浙兵马都监。元祐四年苏轼知杭，一见待以国士，后荐知隰州，仕至文思副使。

⑧ 苏伯固：名坚。苏轼《次韵苏伯固主簿重九》诗施元之注："苏伯固名坚，博学能诗。东坡自翰林守杭，道吴兴。伯固以临濮县主簿监杭州在城商税，自杭来会，作后六客词。"

⑨ 张秉道：名弼，杭州人，东坡尝戏称髯张。

⑩ 苕溪：水名，在湖州市郊。此处指湖州。

⑪ 五星：亦名“五星聚”，指金、木、水、火、土五星同时出现在一方，古人以为祥瑞的象征。此处喻指苏轼、杨绘、陈舜俞、李常、刘述五人。一老：指老人星。古人以为老人星(即太极星)出现，主治安。此处喻指张先。

⑫ 长庚：金星，又称太白星。此时前六客中五人已死，故苏轼自谓只剩下金星与月亮相配。

⑬ 绿发苍颜：喻青年与老年。

⑭ 曹刘：历史上有两“曹刘”，一指曹操、刘备。《三国志·蜀书·先主传》载曹操谓刘备曰：“天下英雄，唯使君与操耳。”故辛弃疾《南乡子·登京口北固亭有怀》云：“天下英雄谁敌手？曹刘。”一指建安诗人曹植与刘桢。《文心雕龙·比兴》：“至于扬班之伦，曹刘以下。”杜甫《壮游》：“气劘屈贾垒，目短曹刘墙。”比喻曹子方、刘景文。两苏张：一指战国时苏秦、张仪。《三国志·蜀书·陈震传》载诸葛亮与蒋琬、董允书：“不图有苏张之事出于不意。”一指唐代苏颋与张说。唐元稹《曲江老人百韵》：“李杜诗篇敌，苏张笔力匀。”此处喻指苏轼、苏伯固、张仲谋与张秉道。

点　绛　唇

己巳重九和苏坚[①]

我辈情钟[②]，古来谁似龙山宴[③]？而今楚甸，戏马馀飞观。[④]　　顾谓佳人，不觉秋强半[⑤]。筝声远，鬓云撩乱，愁入参差雁[⑥]。

① 己巳重九：元祐四年(1089)重阳节。苏坚，字伯固，见《定风波·月满苕溪照夜堂》注⑧。

② "我辈"句：《世说新语·伤逝》载王戎语："圣人忘情，最下不及情。情之所钟，正在我辈。"

③ 龙山宴：晋代征西大将军桓温尝于九月九日设宴于龙山(今湖北荆州市江陵县西北)，宾僚咸集，皆着戎装。孟嘉时为参军，风吹帽落，初不自觉。桓温令孙盛作诗嘲之，嘉即时以答，四坐叹服。(见《世说新语·识鉴》"武昌孟嘉"注引《孟嘉别传》)

④ "而今"二句：回忆元丰元年(1078)在徐州度重阳节而兴起感慨。熙宁十年徐州大水，未庆重阳；元丰元年始庆重阳，故苏轼《九日

黄楼作》诗云："去年重阳不可说，南城夜半千沤发。""岂知还复有今年，把盏对花容一呷。"楚甸：徐州古为楚地，故称。戏马：台名，项羽所建，在徐州市南。晋安帝义熙十二年(416)，刘裕为宋公时，曾在北征途中于重阳日登戏马台，令谢灵运等赋诗，以志其盛。飞观：高耸的宫阙。汉王延寿《鲁灵光殿赋》："阳榭外望，高楼飞观。"曹植《东征赋》："登城隅之飞观兮，望六师之所营。"

⑤ 秋强半：重阳节在九月初九，勉强算是秋季的一半。

⑥ 参差雁：筝上弦柱斜列如雁行。晏几道《菩萨蛮·哀筝一弄江南曲》有"纤指十三弦""玉柱斜飞雁"之句。因其不齐，故曰参差。此句云佳人弹筝，将自己的愁情注入弦音之中。

临　江　仙

疾愈登望湖楼，赠项长官。[①]

多病休文[②]都瘦损，不堪金带垂腰[③]。望湖楼上暗香飘。和风春弄袖，明月夜闻箫。　　酒醒梦回清漏永[④]，隐床无限更潮[⑤]。佳人不见董娇娆[⑥]。徘徊花上月，空度可怜宵。[⑦]

① 据《苏诗总案》卷三十三，元祐五年(1090)二月，苏轼在杭州，“卧病弥月”，病愈登望湖楼。楼在西湖断桥西白堤之北，一名看经楼，南濒西湖，故苏轼有“望湖楼下水如天”之句。(见《六月二十七日望湖楼醉书五绝》之一)项长官：不详。

② 休文：南朝梁沈约之字。约病中与徐勉书云：“百日数旬，革带(皮腰带)常应移孔；以手握臂，率计月小半分。”此处苏轼自喻。

③ “不堪”句：腰围瘦损，承受不了腰带。

④ 梦回：梦醒。清漏永：指夜长。漏，古代计时器。夜间失眠，故闻漏声清晰，愈觉夜长。

⑤ 隐床：指拥衾而卧。更潮：更鼓声与潮水声。

⑥ 董娇娆：《玉台新咏》卷一宋子侯《董娇娆》诗案语："东汉《杂曲歌辞》。"《集韵》："娇娆，妍媚貌。"杜甫《春日戏题恼郝使君兄》："细马时鸣金騕褭，佳人屡出董娇娆。"此指无侍女相伴。

⑦ "徘徊"二句：用沈警《凤将雏》诗成句（见《太平广记》卷三二六引）。

南　歌　子

杭　州　端　午[①]

山与歌眉敛，波同醉眼流。[②]游人都上十三楼[③]。不羡竹西歌吹古扬州[④]。　　菰黍连昌歜[⑤]，琼彝倒玉舟[⑥]。谁家《水调》唱歌头[⑦]？声绕碧山飞去晚云留[⑧]。

① 此词元祐五年(1090)端午(五月初五)作于杭州。

② “山与”二句：形容歌女的双眉与山色一样紧皱，眼波同湖水一样横流。敛：收敛。张舜民《卖花声》：“十分斟酒敛芳颜。”亦此意。

③ 十三楼：周密《武林旧事》卷五《湖山胜概·葛岭路》：“十三间楼相严院，旧名十三间楼石佛院。东坡守杭日，每治事于此。有冠胜轩，雨亦奇轩。”

④ 竹西歌吹：竹西，古亭名，又名歌吹亭，在今江苏扬州市北。唐杜牧《题扬州禅智寺》：“谁知竹西路，歌吹是扬州。”唐赵嘏《山中寄卢简求》：“竹西池上有花开，日日幽吟看又回。”

⑤ 菰黍：粽子，以菰叶裹糯米而成。昌歜(zhù)：用菖蒲根切细制成

的咸菜。孟元老《东京梦华录》卷八《端午》:“端午节物:百索艾花、银样鼓儿花、花巧画扇、香糖果子、粽子、白团。紫苏、菖蒲、木瓜并皆茸切,以香药相和,用梅红匣子盛裹。”

⑥ 琼彝:玉制酒器。玉舟:酒杯。司马光《和王少卿……赏菊之会》诗:“红牙板急弦声咽,白玉舟横酒量宽。”

⑦《水调》唱歌头:词牌《水调歌头》。康熙《钦定词谱》卷二十三《水调歌头》:“按水调,乃唐人大曲。凡大曲有歌头。此必裁截其歌头,另倚新声也。”

⑧ 晚云留:响遏行云之意,谓《水调歌头》发声高亢,足以留住晚云。

减字木兰花①

钱塘西湖，有诗僧清顺，所居藏春坞，门前有二古松，各有凌霄花②络其上。顺常昼卧其下。时余为郡③，一日屏骑从④过之，松风骚然⑤。顺指落花求韵，余为赋此。

双龙对起，白甲苍髯烟雨里。⑥疏影微香，下有幽人⑦昼梦长。　　湖风清软，双鹊飞来争噪晚。翠贴红轻⑧，时上凌霄百尺英⑨。

① 元祐五年(1090)五月，苏轼过访藏春坞。释惠洪《冷斋夜话》卷六："西湖僧清顺，字怡然，清苦多佳句。"周紫芝《竹坡诗话》："东坡游西湖僧舍，壁间见小诗云：'竹暗不通日，泉声落如雨。春风自有期，桃李乱深坞。'问谁所作，或告以钱塘僧清顺者，即日求得之，一见甚喜。"词当作于此时。苏轼另有《僧清顺新作垂云亭》诗，亭在杭州葛岭附近之宝严院，藏春坞似在其中。

② 凌霄花：一名紫葳，夏秋开花，茎有气根，可攀援棚篱。

③ 为郡：指为杭州知府。

④ 屏骑从：屏退随从人员，独自过访。

⑤ 骚然：骚骚作响。

⑥ “双龙”二句：写门前二古松的形状与气势。白甲，松皮如鳞甲。苍髯，深绿的松针。

⑦ 幽人：幽栖之人，《易经·履·九二》：“幽人贞吉。”孔颖达疏：“幽隐之人。”此指清顺。

⑧ 翠贴红轻：形容双鹊跳动引起松叶和凌霄花的颤动。

⑨ “时上”句意谓：双鹊时而飞上高处的凌霄花。

点 绛 唇

庚午重九[1]

不用悲秋，今年身健还高宴。[2]江村海甸[3]，总作空花[4]观。　尚想横汾，兰菊纷相半。楼船远，白云飞乱，空有年年雁。[5]

① 据《苏诗总案》卷三十二，庚午重九，即元祐五年（1090）重阳节。时苏轼知杭州，再和去年所作《点绛唇·我辈情钟》韵。

② “不用”二句：张宗橚《词林纪事》引楼敬思云：“苏公《点绛唇·重九》词‘不用悲秋’二句，翻老杜诗‘老去悲秋强自宽，明年此会知谁健’也。”老杜诗题为《蓝田九日崔氏庄》。

③ 海甸：指沿海地区。《左传·襄公二十一年》注：“郭外曰郊，郊外曰甸。”

④ 空花：佛家语。《圆觉经》：“用此思维，辨于佛镜，犹如空华，复结空果。”华，通“花”。以上二句谓把江村海甸当作空无所有的境界来看待。

⑤“尚想”五句：楼敬思云：“换头使汉武帝‘横汾’事，兼用李峤诗，亦能变化。其妙在‘尚想’二字，‘空有’二字，便是化实为虚。”（引同上）按汉武帝《秋风辞》云：“秋风起兮白云飞，草木黄落兮雁南归。兰有秀兮菊有芳，怀佳人兮不能忘。泛楼船兮济汾河，横中流兮扬素波。箫鼓鸣兮发棹歌，欢乐极兮哀情多，少壮几时兮奈老何！”李峤《汾阴行》：“山川满目泪沾衣，富贵荣华能几时。不见只今汾水上，唯有年年秋雁飞。”横汾，横渡汾水。楼船，有层叠的大船，此指游船。此词下阕，多从《秋风辞》化来。

好 事 近

西湖夜归[1]

湖上雨晴时，秋水半篙初没[2]。朱槛俯窥寒鉴，照衰颜华发。[3]　醉中吹堕白纶巾[4]，溪风漾流月[5]。独棹小舟归去，任烟波摇兀[6]。

① 《苏诗总案》卷三十二云：元祐五年（1090）九月泛舟西湖，作《好事近》。

② 半篙初没：湖水淹没半篙。言雨后水涨。

③ “朱槛”二句意谓：凭栏俯瞰冰冷的湖水，照见自己衰老的容颜。朱槛，船上的红色栏杆。寒鉴，谓秋水平静如镜。华发，花白头发。

④ 白纶（guān）巾：配有丝带的白色头巾。《晋书·谢万传》：“万著白纶巾，鹤氅裘。”

⑤ 流月：倒映溪流中的月影。

⑥ 摇兀：摇晃。兀，摇貌。唐皮日休《孤园寺》诗：“艇子小且兀，缘湖荡白芷。”

点 绛 唇

杭　　州①

闲倚胡床，庾公楼外峰千朵。② 与谁同坐，明月清风我。　　别乘③一来，有唱应须和。还知么？自从添个，风月平分破。④

① 据石声淮、唐玲玲《东坡乐府编年笺注》，此词为元祐五年（1090）秋天与杭州通判袁毂唱和时所作。宋楼钥《跋袁光禄与东坡同官事迹》云："（袁毂）元祐五年倅杭州，东坡为郡守，相得甚欢。……东坡次韵二诗，一谢芎椒，一为除夜，如'别乘一来，风月平分破'之词，最为脍炙，正为公（袁毂）而作，则其宾主之间风流，可想而知也。"袁毂，字公济，四明（今浙江宁波市）人，后知处州。其曾孙袁文著《瓮牖闲评》，载有与苏轼同往山寺祈雨赋诗事。

② "闲倚"二句：《世说新语·容止》载："庾太尉（亮）在武昌，秋夜气佳景清，使吏殷浩、王胡之之徒登南楼理咏，音调始遒……俄而率左右十许人步来，诸贤欲起避之，（庾）公徐曰：'诸君少住，老子于

此兴复不浅。'因便据胡床与诸人咏谑，竟坐甚得任乐。"此处以庾亮自喻在杭州闲眺楼外群峰。胡床，一种可以折叠的轻便坐具，也叫交椅、交床。

③ 别乘：别驾，通判之别称。此指袁毂。

④ "自从"二句意谓：清风明月本由我独享，此番添上你，就变作两人分享了。添个，《诗词曲语辞汇释》卷三："个，指点辞，犹这也，那也。"

蝶恋花

同安君生日放鱼，取《金光明经》救鱼故事。[①]

泛泛东风初破五[②]。江柳微黄，万万千千缕。佳气郁葱来绣户，当年江上生奇女。[③]　　一盏寿觞[④]谁与举？三个明珠[⑤]，膝上王文度[⑥]。放尽穷鳞看圉圉[⑦]，天公为下曼陀雨[⑧]。

① 此词元祐中作于杭州。苏轼妻王闰之（1048—1093），字季章，前妻王弗的堂妹，庆历八年（1048）正月初五日生于眉州之青神（今属四川），熙宁元年（1068）嫁苏轼，封同安县君。《金光明经》卷四《流水长者子品》载：一日，长者子见池水枯竭，有十千鱼为日所曝，大发慈悲，遂至大王处请求“借二十大象，令得负水济彼鱼命，如我与诸人寿命”。大王即敕大臣迅速供给，鱼遂得救。按：宋真宗天禧三年（1019），王钦若知杭州，应慈云法师之请，以西湖为放生池。后渐成俗。同安君生日买鱼放生，便是根据这一习俗。

② 初破五：正月初五，即同安君生日。

③ “佳气”二句：《后汉书·光武帝纪》：“皇考南顿君初为济阳令，以建平元年十二月甲子夜生光武于县舍，有赤光照室中……后望气者苏伯阿为王莽使至南阳，遥望见舂陵郭，唶(叹)曰：‘气佳哉！郁郁葱葱然。’”比喻同安君出生时有祥瑞之气。

④ 一盏寿觞：一杯祝寿的酒。

⑤ 三个明珠：指儿子苏迈(前妻王弗生)、苏迨和苏过(同安君生)。《北齐书·陆印传》：“(邢)邵又与印父子彰交游，尝谓子彰曰：‘吾以卿老蚌，遂出明珠。’”苏轼《虎儿》诗：“旧闻老蚌生明珠，未省老兔生於菟。”

⑥ 王文度：东晋王坦之，字文度。《世说新语·方正》：“蓝田爱念文度，虽长大，犹抱著膝上。”蓝田，坦之父王述，此喻爱子之情。

⑦ 穷鳞：处于困境的鱼。圉圉(yǔ)：困而未舒的样子。《孟子·万章上》：“昔者有馈生鱼于郑子产，子产使校人畜之池。校人烹之，反命曰：‘始舍之(放生)，圉圉焉；少则洋洋焉，攸然而逝。’”赵岐注：“圉圉，鱼在水羸劣之貌。”

⑧ 曼陀雨：同上《金光明经》，谓长者子放完鱼，在楼屋上露卧，时“雨曼陀罗华、摩诃曼陀罗华，积至于膝”。华，通“花”。曼陀罗花，系梵语音译，意为悦意花。唐卢仝《观放鱼歌》：“天雨曼陀罗花深没膝，四十千珍珠璎珞堆高楼。”

浣　溪　沙

送叶淳老[①]

阳羡姑苏已买田[②]，相逢谁信是前缘。莫教便唱水如天。[③]　　我作洞霄君作守[④]，白头相对故依然。西湖知有几同年[⑤]？

① 叶淳老：名温叟，元祐六年（1091）正月，由两浙路转运副使调任主客郎中，苏轼赋此词送行。

② 阳羡：宜兴。姑苏：苏州。参见《浣溪沙·万顷风涛不记苏》及《菩萨蛮·买田阳羡吾将老》注释。

③ “莫教”句：唐赵嘏《江楼感旧》诗：“独上江楼思渺然，月光如水水如天。同来望月人何处，风景依稀似去年。”此处意谓不要让我一人留下，日后登楼怀念老友。

④ “我作”句意谓：让我退休，提举洞霄宫，而你留下作杭州太守。苏轼《与叶淳老侯敦夫张秉道同相视新河秉道有诗次韵二首》：“一庵闲卧洞霄宫。”查慎行注：“宋朝大臣提举宫观，自李若谷始。

熙宁初，增杭州洞霄宫及五岳庙等，并依崇福宫置提举官，以知州资序人充，不复限数，人皆得以自便。先生'一庵闲卧'云云，谓将乞宫观而去也。"实际上是以提举宫观名义拿些退休金养老。

⑤ 同年：苏轼于嘉祐二年(1057)春应礼部试，奏名居第二。叶淳老和他为同榜进士，故称同年。

西　江　月

座客见和，复次韵。[①]

小院朱阑几曲，重城画鼓三通[②]。更看微月转光风[③]，归去香云[④]入梦。　　翠袖争浮大白[⑤]，皂罗半插斜红[⑥]。灯花零落酒花浓，妙语一时飞动[⑦]。

① 元祐六年(1091)三月，苏轼有《和曹辅龙山真觉院瑞香花》诗，又有《西江月·宝云真觉院赏瑞香》词。此云"座客见和"，当指曹辅(字子方)等和作。可见此词亦作于杭州之宝云真觉院。据周密《武林旧事》卷五《湖山胜概·葛岭路》载：亦名宝云庵，旧名千光王寺，内有清轩、月窟、澄心阁、南隐堂、妙思堂、云巢、初阳台。

② 重城：多层的城墙，因城外有郭。此指杭州城。画鼓三通：指夜已三更。宋孙洙《菩萨蛮》："楼头尚有三冬鼓，何须抵死催人去。"

③ 转光风：《楚辞·招魂》："光风转蕙。"王逸注："光风，谓雨已日出而风，草木有光也。"

④ 香云：指宝云院中瑞香花浓郁的香气如云。意犹前一首之"领巾

飘下瑞香风”。

⑤ 翠袖：指代侍女。晏几道《鹧鸪天》：“彩袖殷勤捧玉钟，当年拚却醉颜红。”意相近。浮大白：汉刘向《说苑・善说》：“魏文侯与大夫饮酒，使公乘不仁为觞政，曰：‘饮不釂者，浮以大白。’”此指满饮杯酒。

⑥ 皂罗：当时妇女的一种发型，又称皂罗特髻，后作词调名。斜红：斜插红花。苏轼《李钤辖座上分题戴花》诗：“绿珠吹笛何时见，欲把斜红插皂罗。”

⑦ 妙语：意味微妙生动的语言。黄庭坚《次韵文潜同游王舍人园》诗：“扫花坐晚吹，妙语益难忘。”此指座客唱和的诗词。

木 兰 花 令

次马中玉韵[①]

知君仙骨无寒暑[②]，千载相逢犹旦暮[③]。故将别语恼佳人，欲看梨花枝上雨。[④]　　落花已逐回风去，花本无心莺自诉。明朝归路下塘西[⑤]，不见莺啼花落处。

① 《宋诗纪事补遗》卷二十八："马瑊，字中玉，茌平（今属山东）人，父仲甫（《宋史》有传）。元祐四年，右宣德郎提点淮东刑狱，六年两浙提刑，绍圣三年，通直郎知湖州，改颍州。元符元年，奉议郎知陕州……建中靖国元年，承议郎知荆州。"元祐六年（1091）三月，中玉为两浙提刑，苏轼被召赴阙，中玉席间赋《木兰花令》云："来时吴会犹残暑，去日武林春已暮。"此为苏轼次韵之作。

② 仙骨：道家指升仙的资质。旧题晋葛洪《神仙传》八《墨子》："子有仙骨，又聪明，得此便成，不复须师。"无寒暑：不计岁月，言其寿命之长。

③ "千载"句意谓：人间千载之长，在道家则短如旦暮。此用《庄

子·齐物论》:“万世之后而一遇大圣,知其解者,是旦暮遇之也。”

④“故将”二句:中玉原唱有“欲知遗爱感人深,洒泪多于江上雨”之句,故苏轼说他是有意用此伤感的语言打动佳人(歌妓),使她们泪流满面。梨花枝上雨,白居易《长恨歌》:“玉容寂寞泪阑干,梨花一枝春带雨。”

⑤“明朝”句:苏轼自谓将离开钱塘。塘西,钱塘(杭州)之西。

临　江　仙

送钱穆父[①]

一别都门三改火[②]，天涯踏尽红尘[③]。依然一笑作春温。无波真古井，有节是秋筠。[④]　　惆怅孤帆连夜发，送行淡月微云。尊前不用翠眉颦[⑤]。人生如逆旅[⑥]，我亦是行人[⑦]。

① 钱穆父：名勰，吴越王钱镠后裔，彦远之子。以荫知尉氏县，历提点京西、河北、京东刑狱。元祐初，迁给事中，以龙图阁待制知开封府。元祐三年(1088)，出知越州。元祐六年(1091)，徙瀛州，途经杭州，苏轼作此词送之。(《宋史》有传)

② 三改火：经历三个寒食节。周密《武林旧事》卷一："寒食第三日即清明节，每岁禁中命小内侍于阁门用榆木钻火，先进者赐金碗、绢三匹。宣赐臣僚巨烛，正所谓'钻燧改火'者，即此时也。"苏轼于元祐四年(1089)春三月，除龙图阁学士知杭州，至本年三月，共三年，故云。钱穆父亦然。因宋代秩官以三年为一任也。

③ 红尘：佛道称人世为红尘。陆游《鹧鸪天》："插脚红尘已是颠，更求平地上青天。"

④ "无波"二句：化用白居易《赠元稹》诗："无波古井水，有节秋竹竿。"此喻心境平静，不为外物所动。筠(yún)，竹子青皮，借指竹子。

⑤ "尊前"句：宴前不需歌女为我们忧愁。翠眉颦，形容美女皱眉。

⑥ 逆旅：旅馆。李白《春夜宴从弟桃李园序》："夫天地者，万物之逆旅也；光阴者，百代之过客也。"

⑦ "我亦"句：苏轼本人亦将离杭赴京，故云。

八声甘州

寄参寥子[①]

有情风、万里卷潮来，无情送潮归。问钱塘江上，西兴[②]浦口，几度斜晖。不用思量今古，俯仰昔人非[③]。谁似东坡老，白首忘机[④]。　　记取西湖西畔，正春山好处，空翠烟霏[⑤]。算诗人相得，如我与君稀。[⑥]约他年、东还海道，愿谢公、雅志莫相违[⑦]！西州路，不应回首，为我沾衣。[⑧]

① 宋胡仔《苕溪渔隐丛话后集》卷三十九谓此词有石刻，“石刻后东坡自题云：‘元祐六年（1091）三月六日。’”此时苏轼由杭州召为翰林学士承旨，行前作此词。参寥子，僧道潜之别号，於潜（今属杭州）浮溪村人，俗姓何。元丰元年（1078），访苏轼于徐州。元丰二年（1079），与苏轼、秦观同船至湖州。苏轼谪黄州，梦与赋诗，后参寥子往访，于元丰七年（1084）夏同游庐山。元祐四年（1089），苏轼知杭州，参寥子卜居智果寺，苏轼往访，作《应梦记》。绍圣初

受苏轼牵连,诏令还俗。徽宗立,曾肇为他辩诬,复为僧,卒封妙总禅师。(事迹散见于《东坡志林》及苏轼《次韵僧潜见赠》施元之注)近人郑文焯《手批东坡乐府》评此词云:“妙在无一字豪宕,无一语险怪,又出以闲逸感喟之情。所谓骨重神寒,不食人间烟火气者。词境至此,观止矣!”又云:“云锦成章,天衣无缝,是作从至情流出,不假熨贴之工。”

② 西兴:渡口名,在今杭州市钱塘江南岸,萧山区西十二里。

③ “俯仰”句:晋王羲之《兰亭集序》:“向之所欣,俯仰之间,已为陈迹。”昔人非,僧肇《物不迁论》:“吾犹昔人,非昔人也。”

④ 忘机:没有机心,宁静淡泊。李白《下终南山过斛斯山人宿置酒》诗:“我醉君复乐,陶然共忘机。”

⑤ 空翠:苍翠的山色,极其空明。王维《山中》诗:“山路元无雨,空翠湿人衣。”烟霏:指山中雾气。

⑥ “算诗人”二句意谓:自己与参寥子是少有的知己。

⑦ 谢公:东晋谢安。《晋书》本传:“安虽受朝寄,然东山之志始末不渝,每形于色。及镇新城,尽室而行,造泛海之装,欲须经略粗定,自江道还东。雅志未就,遂遇疾笃。”雅志:高雅之志,指隐居。

⑧ “西州路”三句:此嘱参寥子在他死后重经故地,不要过于悲伤。西州,晋代扬州(今江苏南京市)公廨之西门。据《晋书·谢安传》,谢安病危自广陵还京,过西州门时,深叹“本志不遂”。死后,

其外甥羊昙醉中过西州门，“悲感不已，以马策扣扇，诵曹子建诗曰：‘生存华屋处，零落归山丘。’恸哭而去”。清陈廷焯《白雨斋词话》卷八评以上几句云：“寄伊郁于豪宕，坡老所以为高。”

西　江　月

苏州交代林子中席上作[①]

昨夜扁舟京口[②],今朝马首长安[③]。旧官何物对新官[④],只有湖山公案[⑤]。　　此景百年几变,个中下语千难。使君[⑥]才气卷波澜,与把新诗判断。

① 苏州:为“杭州”之误。朱彊邨注:“《咸淳临安志》:元祐六年(1091)二月,召轼为翰林承旨。是月癸巳初四日,天章阁待制林希自润州移知杭州。案题云‘交代’,当作于是时;‘苏州’,疑‘杭州’之误。《东都事略》:林希,字子中,元祐初为秘书少监,改集贤修撰,知苏州。久之,以天章阁待制知杭州。”

② “昨夜”句意谓:林子中昨夜从京口(镇江)出发来杭赴任。

③ “今朝”句:自谓离杭赴京。长安,汉唐故都,宋人都借指汴京。

④ 旧官:作者自指。新官:指来接任的林子中。

⑤ 湖山公案:此谓新旧官交接时没有其他案件,只有湖山这个公案而已。下文“与把新诗判断”,是叫新官写首新诗来“判断”“湖山

公案”,皆为戏语,乃以俗为雅之笔。

⑥ 使君：指林子中。

木 兰 花 令

次欧公西湖韵[①]

霜余已失长淮阔，空听潺潺清颍咽。[②]佳人犹唱醉翁词[③]，四十三年如电抹[④]。　　草头秋露流珠滑，三五盈盈还二八[⑤]。与余同是识翁人，惟有西湖波底月[⑥]。

① 元祐六年(1091)八月，苏轼罢翰林学士承旨兼侍读，以龙图阁学士知颍州(今安徽阜阳市)，闰八月到任，词即作于其后不久。此乃颍州西湖。欧阳修于皇祐元年(1049)知颍州时作有《木兰花令》，词云："西湖南北烟波阔，风里丝簧声韵咽。舞余裙带绿双垂，酒入香腮红一抹。　　杯深不觉琉璃滑，贪看六幺花十八。明朝车马各西东，惆怅画桥风与月。"苏轼即次此韵，沈际飞《草堂诗馀续集》卷下评曰："一片性灵，绝去笔墨畦径。"

② "霜余"二句：写秋冬枯水季节淮河与颍水(皆在颍州附近)景象。此时淮河清浅，水面狭窄；颍河水流不畅，声似呜咽。

③ "佳人"句：《苏诗总案》卷三十四："元祐六年辛未八月，游西湖，闻

歌者唱《木兰花令》词，即欧阳修所遗也。”醉翁，欧阳修的别号。

④ 四十三年：自欧阳修皇祐元年(1049)在颍州作《木兰花令》至本年，正为四十三年。如电抹：像闪电一样快。

⑤ “三五”句：指十五、十六的月亮。盈盈，圆满貌。《魏书·律历志三》：“弦望有盈缺，明晦有修短。”

⑥ 西湖：指颍州西湖。秦观《献东坡》诗：“十里荷花菡萏初，我公所至有西湖。”《王直方诗话》：“杭有西湖，而颍亦有西湖，皆为游宴之胜，而东坡连守二州……少游因作一绝献之。”

减字木兰花

二月十五日夜,与赵德麟小酌聚星堂。[①]

春庭月午[②],摇荡香醪[③]光欲舞。步转回廊,半落梅花婉娩[④]香。　　轻烟薄雾,总是少年行乐处。不似秋光,只与离人照断肠。[⑤]

① 此词作于元祐七年(1092)。赵德麟,原名令畤,改名景贶,晚号聊复翁,燕王德昭玄孙。元丰三年(1080),坐与苏轼交通,罚金。元祐六年(1091),苏轼知颍州,聘为签书公事。绍圣元年(1094)坐党籍被谪。绍兴二年(1132),为右监门卫大将军、荣州防御史,封安定郡王。其《侯鲭录》卷四云:"元祐七年正月,东坡先生在汝阴(颍)州,堂前梅花大开,月色鲜霁。先生王夫人曰:'春月色胜于秋月色。秋月色令人凄惨,春月色令人和悦。何不召赵德麟辈饮此花下?'先生大喜曰:'吾不知子(你)亦能诗耶,此真诗家语耳!'遂召德麟饮。先生用是语作《减字木兰花》词。"词作于二月十五。聚星堂:欧阳修知颍州时所建,与王回、刘攽、常秩、焦千之等日

夕宴游其内。(见《名胜志》)

② 月午：指二月十五夜半。

③ 香醪(láo)：美酒。

④ 婉娩：柔顺温和。欧阳修《渔家傲》："三月清明天婉娩,晴川祓禊归来晚。"

⑤ "不是"二句：用王夫人(闰之)语,见注①。

满 江 红

怀 子 由 作[①]

清颍东流[②],愁目断、孤帆明灭[③]。宦游[④]处、青山白浪,万重千叠。孤负当年林下意,对床夜雨听萧瑟。[⑤]恨此生,长向别离中,添华发。 一尊酒,黄河侧。[⑥]无限事,从头说。相看恍如昨,许多年月。衣上旧痕余苦泪,眉间喜气添黄色[⑦]。便与君,池上觅残春[⑧],花如雪。

① 元祐七年(1092),苏辙(子由)为尚书右丞,二月癸酉,有《生日谢表》二首。苏轼此词作于其生日前后,词中表现了对苏辙深切的怀念。

② 清颍:颍水源出河南登封市西南,东南流经禹州市,至周口市,合贾汝河、沙河,在颍州附近入淮而东流。

③ 孤帆明灭:一叶船帆忽隐忽现。

④ 宦游:在外做官。

⑤“孤负”二句：写兄弟风雨之夜相聚谈心的乐趣。苏辙《遥逍堂会宿二首并引》:“辙幼从子瞻读书,未尝一日相舍。既壮,将游宦四方,读韦苏州(应物)诗,至‘那知风雨夜,复此对床眠’,恻然感之。乃相约早退,为闲居之乐。故子瞻始为凤翔幕府,留诗为别,曰:‘夜雨何时听萧瑟’。”凤翔至是时已二十余年,仍未实现“对床夜语”的愿望,故曰“孤(辜)负”。

⑥“一尊酒”二句：此时苏辙在黄河边的汴京(开封),故苏轼向黄河之侧遥举一杯酒,表示祝福。

⑦“眉间”句意谓：眉间出现黄色,有即将归去的征兆。韩愈《郾城晚饮赠马侍郎》诗:“眉间黄色见归期。”

⑧池上觅残春：化用南朝宋谢灵运作《登池上楼》诗故事。相传谢灵运极爱从弟惠连,尝于永嘉西堂思诗,竟日不就,忽梦见惠连,即得佳句“池塘生春草”,以为神助。(见《南史·谢方明传》附《谢惠连传》)

木兰花令[①]

高平四面开雄垒[②],三月风光初觉媚[③]。园中桃李使君[④]家,城上亭台游客醉。　　歌翻《杨柳》金尊沸[⑤],饮散凭阑无限意。云深不见玉关遥[⑥],草细山重残照里。

① 据石声淮、唐玲玲《东坡乐府编年笺注》考证,此词作于元祐七年(1092)三月。此时苏轼由颍州徙知扬州,途经临淮(今安徽宿州市灵璧县)。

② 高平:旧县名。《汉书·地理志》:"临淮郡……县二十九……四平、高平……。"雄垒:雄关,指临淮关。苏轼《过淮三首》其二"却望临淮市",查慎行注:"《元和郡县志》:泗州临淮郡,南临淮水,西枕汴河,水路东至楚州二百二十里。"故知苏轼自颍州移守扬州沿水路东下,必经临淮。

③ 三月:施宿《东坡先生年谱》:"(元祐七年)正月,移知郓州,寻改扬州,三月到任。"可证三月初经临淮,故云"初觉媚"。

④ 使君:指临淮郡守。

⑤ 歌翻《杨柳》：指《杨柳枝》，词牌名。金尊：酒杯的美称。

⑥ 玉关：原指玉门关，在今甘肃酒泉市敦煌县西北，古为通西域要道。唐王之涣《凉州词》："羌笛何须怨杨柳，春风不度玉门关。"过片"歌翻杨柳"，亦由此化出。此处借指临淮关。

浣　溪　沙[①]

芍药樱桃两斗新[②]，名园高会送芳辰[③]。洛阳初夏广陵春[④]。　　红玉半开菩萨面[⑤]，丹砂浓点柳枝唇[⑥]。尊前还有个中人[⑦]。

① 《苏诗总案》卷三十五载：元祐七年(1092)四月二十五日，“颍州西湖成，和赵令畤韵赏芍药樱桃，作《浣溪沙》词”。注云：“本集扬州。”可见系在扬州任上和颍州赵令畤韵。此词上阕咏花，下阕从花咏到美人(歌妓)，为《东坡乐府》中少见的艳词。

② 两斗新：争妍斗艳。

③ 高会：盛大宴会。送芳辰：送春之意。

④ “洛阳”句意谓：洛阳初夏时芍药盛开，而广陵(扬州)春日则繁花似锦。

⑤ 红玉：借喻美人。旧题刘歆《西京杂记》卷一谓汉成帝之赵后(飞燕)体轻腰弱，女弟昭仪弱骨丰肌，“二人并色如红玉”。菩萨面：和善的容颜。宋朱熹《题画卷鬼佛》诗：“冥濛罔象姿，相好菩萨面。”亦指芍药。《唐诗纪事》载王璘与李群玉相遇于岳麓寺，二人

联句,璘略不伫思,云:“芍药花开菩萨面,棕榈叶散野人头。”此处兼指芍药与歌女。

⑥ “丹砂”句:写樱桃兼写美人。化用白居易《鬻骆马放杨柳枝》诗:“樱桃樊素口,杨柳小蛮腰。”因平仄所限,改“樊素”为“柳枝”。

⑦ 尊前:筵前。个中人:《诗词曲语辞汇释》卷三:“刘过《江城子》词:‘万斛相思红豆子,凭寄与,个中人。’个中人,犹云此中人。”此指歌妓。

减字木兰花

五月二十四日，会于无咎之随斋。主人汲泉置大盆中，渍白芙蓉，坐客翛然，无复有病暑意。[①]

回风落景[②]，散乱东墙疏竹影。满座清微，入袖寒泉不湿衣。　　梦回酒醒，百尺飞澜鸣碧井[③]。雪洒冰麾，散落佳人白玉肌。[④]

① 元祐七年(1092)作，时知扬州。无咎：晁补之之字，济州(今山东菏泽市巨野县)人，熙宁六年(1073)随父端友在新城，以文章受知于苏轼，后为苏门四学士之一。此时为扬州通判，随斋乃其在扬州的寓所。著有《鸡肋集》及《琴趣外编》。(《宋史·文苑传》)白芙蓉：荷花之一种。翛然：无牵挂貌。《庄子·大宗师》："翛然而往。"成玄英注："翛然，无系貌也。"

② 回风：旋风。落景：指夕阳。

③ "百尺"句：形容从深井中汲水。

④ "雪洒"二句：形容泉水挥洒在白芙蓉上的景象。冰麾，挥洒冰雪。麾，犹挥。佳人，喻白芙蓉。

青　玉　案

和贺方回韵，送伯固还吴中。[①]

三年枕上吴中路[②]，遣黄耳[③]，随君去。若到松江[④]呼小渡，莫惊鸳鹭。四桥尽是，老子经行处。[⑤]　　辋川图上看春暮，常记高人右丞句。[⑥]作个归期天已许。春衫犹是，小蛮针线，曾湿西湖雨。[⑦]

① 作于元祐七年（1092）。贺方回：贺铸，卫州共城（今河南辉县市）人，祖籍越州，因号庆湖遗老。熙宁中，以孝惠皇后恩，授右班殿直，历监军器库门、临城酒税、徐州宝丰监等。元祐七年，改西头供奉官入文资。后迁泗州、太平州通判。晚年退居苏州。其词善于融化唐人诗句，而以《青玉案》词歇拍有“梅子黄时雨”一语获“贺梅子”雅号。（《宋史》有传）伯固：苏坚之字。见《点绛唇·我辈情钟》注①。

② “三年”句：朱彊邨《东坡乐府》注：“案伯固于己巳年（1089）从公杭州，至壬申（1092）三年未归，故首句云然。”枕上：指梦中。吴中：原指苏州，此指杭州，因伯固在此期间监杭州商税。

③ 遣黄耳:《晋书·陆机传》:“初机有骏犬,名曰黄耳……机乃为书(写信),以竹筒盛书而系其颈,犬寻路南走,遂至其家。”

④ 松江:吴淞江,今名苏州河,源出太湖,由吴江区东流,至上海与黄浦江合。

⑤ “四桥”二句:郑文焯《绝妙好词校录》:“宋词凡用四桥,大半皆谓吴江(今江苏苏州市吴江区)城外之甘泉桥。……《苏州志》:‘甘泉桥旧名第四桥。’白石词:‘第四桥边,拟共天随住。’”老子:苏轼自称。昔年往来湖州、杭州,必经四桥,故云。

⑥ “辋川”二句:右丞:唐代诗人王维(701—761),字摩诘,官至尚书右丞,晚年居蓝田(今属陕西)辋川别墅,亦官亦隐,写有许多优秀山水诗。苏轼《书摩诘蓝田烟雨图》云:“味摩诘之诗,诗中有画;观摩诘之画,画中有诗。诗曰:‘蓝谿白石出,玉川红叶稀。山路元无雨,空翠湿人衣。’此摩诘之诗。”高人,高雅之人。杜甫《解闷十二首》之八:“不见高人王右丞,蓝田丘壑漫寒藤。”

⑦ “作个”四句:小蛮,白居易的姬人。见《浣溪沙·芍药樱桃两斗新》注⑥。此处借指侍妾王朝云。王朝云,钱塘人,曾为苏轼缝衣,故有此语。近人况周颐《蕙风词话》卷二评云:“‘作个归期天已许。春衫犹是,小蛮针线,曾湿西湖雨。’上三句未甚艳。‘曾湿西湖雨’是清语,非艳语,与上三句相连续,遂成奇艳、绝艳,令人爱不忍释。坡公天仙化人,此等词犹为非其至者,后学已未易模仿其万一。”

归 朝 欢

和 苏 伯 固[①]

我梦扁舟浮震泽[②]，雪浪摇空千顷白。觉来满眼是庐山[③]，倚天无数开青壁[④]。此生长接淅[⑤]。与君同是江南客。梦中游，觉来清赏，同作飞梭掷[⑥]。　明日西风还挂席[⑦]，唱我新词泪沾臆[⑧]。灵均去后楚山空，澧阳兰芷无颜色。[⑨]君才如梦得，武陵更在西南极。[⑩]《竹枝词》，莫徭新唱，谁谓古今隔？[⑪]

① 绍圣元年(1094)，苏轼坐元祐党籍，落职授建昌司马，惠州(今广东惠州市)安置。七月，达九江，与苏伯固别，作此词。宋曾季貍《艇斋诗话》云：此词“为送伯固往澧阳，故用灵均、梦得等事。今词中但云‘和伯固’，而不言往澧阳也”。伯固，指苏坚，见《点绛唇·我辈情钟》注①。澧(lǐ)阳：今湖南常德市澧县。

② 震泽：太湖。南濒湖州，北临苏州、无锡。

③ 庐山：在今江西九江市。

④ 青壁：形容庐山的高峻陡峭。

⑤ 接淅：接取已淘过的米。《孟子·万章下》："孔子之去齐，接淅而行。"疏："言孔子之去齐急速，但渍米，不及炊而即行。"此指行色匆匆。

⑥ 飞梭掷：形容时光像梭子一样飞快。

⑦ 挂席：张帆。此谓将乘船而去。

⑧ 泪沾臆：泪洒胸前。杜甫《哀江头》："人生有情泪沾臆，江水江花岂终极。"

⑨ "灵均"二句：此指伯固所去之处。灵均，屈原（约前340—前273）之字，战国楚怀王时任左徒、三闾大夫。遭谗见忌，被谪于沅湘之间。所作《离骚》，影响深远。其《九歌·湘夫人》云："沅有芷兮澧有兰，思公子兮未敢言。"为此句所本。

⑩ "君才"二句：唐代刘禹锡，字梦得，洛阳人，因参加王叔文集团主张革新弊政，被贬为朗州（今湖南常德市）司马。武陵即在其境内。

⑪ "《竹枝词》"三句：刘禹锡于唐穆宗长庆二年（822）任夔州刺史时，学习当地民歌，作《竹枝词》多首，有序曰："余来建平，里中儿歌《竹枝》……而含思宛转，有淇澳之艳。……昔屈原居沅湘间，其民迎神，词多鄙陋，乃作为《九歌》……故余亦作《竹枝词》九篇，俾善歌者飏之。"莫徭，隋唐时西南地区少数民族。自云先祖有功，常免徭役，故以为名。刘禹锡有《连州腊日观莫徭猎西山》诗

及《莫徭歌》。此嘱苏伯固仿效屈原、刘禹锡向民歌汲取素材，创作新诗，并认为古今之人感情相通，没有隔阂。

木兰花令

宿造口闻夜雨，寄子由、才叔。[1]

梧桐叶上三更雨[2]，惊破梦魂无觅处。夜凉枕簟[3]已知秋，更听寒蛩[4]促机杼。　　梦中历历来时路，犹在江亭醉歌舞。樽前[5]必有问君人，为道别来心与绪。

① 绍圣元年(1094)，苏轼贬往广东惠州，八月，抵赣州郁孤台，作此词。造口：又名皂口，在今江西吉安市万安县西南六十里，濒赣江，邻郁孤台。子由：苏轼弟苏辙之字。才叔：不详。

② “梧桐”句：唐温庭筠《更漏子》：“梧桐树，三更雨，不道离情正苦。”

③ 枕簟(diàn)：枕席。周邦彦《满庭芳》：“歌筵畔，先安簟枕，容我醉时眠。”

④ 寒蛩(qióng)：蟋蟀，亦名促织、纺织娘。

⑤ 樽前：酒筵前。

浣 溪 沙

绍圣元年十月二十三日，与程乡令侯晋叔、归善簿谭伋，同游大云寺[1]，野饮松下，设松黄汤，作此阕。余近酿酒，名之曰“万家春”[2]，盖岭南万户酒也。

罗袜空飞洛浦尘[3]，锦袍不见谪仙人[4]。携壶藉草亦天真[5]。　　玉粉轻黄千岁药[6]，雪花浮动[7]万家春。醉归江路野梅新。

① 绍圣元年(1094)，苏轼谪广东惠州，十月二日到达贬所。十三日游大云寺，作此词。《苏诗总案》卷三十八《诰案》：“公后《与程正辅书》：‘晋叔，实佳士，颇有文采气节，恐兄归阙，此人不当遗也。’其晋叔之可表见者如此。浑〔谭〕伋不再见……则斯归善簿者，亦既幸矣。又据《归善县志》：‘大云寺在邑治西十八里。’”案：程乡，旧县名，今广东梅州市梅县，时侯晋叔为知县。归善：旧县名，今广东惠州市惠阳区，时谭伋为主簿。

② 万家春：苏轼《与程正辅书》：“某近酿酒，甚酽而白。”盖指此酒。

③ “罗袜”句：曹植《洛神赋》：“凌波微步，罗袜生尘。”此谓没有歌女(美人)侍宴。

④ “锦袍”句：《唐才子传》卷二《李白》：“天宝初，自蜀至长安，道未振，以所业投贺知章，读至《蜀道难》，叹曰：‘子谪仙人也！’”又王琦《李太白年谱》宝应元年引《摭言》曰：“李白着宫锦袍，游采石江中，傲然自得，旁若无人，因醉入水中捉月而死。”此处实以李白自况。宋王辟之《渑水燕谈录》卷四《才识》：“子瞻文章议论，独出当世，风格高迈，真谪仙人也！”

⑤ 携壶：自带酒壶。唐杜牧《九日齐山登高》诗：“江涵秋影雁初飞，与客携壶上翠微。”藉草：以草铺地而坐。《世说新语·言语》：“过江诸人，每至美日，辄相邀新亭，藉卉饮宴。”天真：指不拘礼俗的自然本性。《庄子·渔父》：“礼者，世俗之所为也；真者，所以受于天也，自然不可易也。故圣人法天贵真，不拘于俗。”

⑥ 千岁药：指松黄汤，用松花煎制的药水，古人以为饮之可以延年。

⑦ 雪花浮动：指酒杯中浮起的白色泡沫。

临　江　仙

惠州改前韵[①]

九十日春都过了,贪忙何处追游?三分春色一分愁[②]。雨翻榆荚[③]阵,风转柳花球[④]。　　我与使君皆白首[⑤],休夸年少风流。佳人斜倚合江楼[⑥]。水光都眼净,山色总眉愁[⑦]。

① 朱彊邨《东坡乐府》注:"案公以绍圣元年(1094)十月至惠州,此词当是次年乙亥春作。"

② "三分"句:化用叶清臣《贺圣朝·留别》词:"三分春色二分愁,更一番风雨。"

③ 榆荚:榆树未生叶前先生荚,形似钱而小,联缀成串,也叫榆钱。《艺文类聚》卷八十八引《氾胜之书》:"三月榆荚雨时,高地强土可种木。"

④ 柳花球:成团的柳絮。

⑤ 使君:指惠州太守詹范。苏轼《与程正辅书》:"本州詹守,极有恤

民之意。”又《答徐得之书》：“詹使君，仁厚君子也，极蒙照管，仍不辍携具来相就。”《惠州府志》卷十一：“詹范，字器之，崇安人，绍圣间知惠州。苏轼谪居，范载酒从游，相与唱和。”是时詹范五十九岁，苏轼六十，故云“皆白首”。

⑥ 合江楼：在惠州。苏轼绍圣元年十月二日至惠州，寓居于此，至十八日，迁于嘉祐寺；绍圣二年(1095)三月十九日复迁于合江楼。(见《迁居并引》)王文诰案：“合江楼在惠州府东江口，今则建于城上。”因东江西江在此汇合而得名。

⑦ “水光”二句：宋王观《卜算子》词：“水是眼波横，山是眉峰聚。”又宋毛滂《惜分飞》：“泪湿阑干花着露，愁到眉峰碧聚。”意皆相似。

殢人娇

赠朝云[①]

白发苍颜，正是维摩境界[②]。空方丈、散花何碍。[③]朱唇箸点[④]，更髻鬟生彩。这些个，千生万生[⑤]只在。　好事心肠，著人[⑥]情态。闲窗下、敛云凝黛[⑦]。明朝端午，待学纫兰为佩。[⑧]寻一首好诗，要书裙带[⑨]。

① 绍圣二年（1095）五月四日作于惠州。朝云：苏轼侍妾，姓王，杭州钱塘人，尝生一子名干儿，未周岁而夭折。苏轼《朝云诗并引》云："予家有数妾，四五年相继辞去，独朝云者，随予南迁。"

② 维摩境界：《大唐西域记》七《吠舍离国》："伽蓝东北三四里有窣堵波，是毗摩罗诘，唐言无垢称，旧曰净名。然净则无垢，名则是称，义虽取同，名乃有异，旧曰'维摩诘'，讹略也。"此处苏轼自谓有佛家清净无欲的境界。

③ "空方丈"句：《维摩诘经·问疾品》："维摩诘以一丈之室……室中

有一天女,每闻说法,天女以天花散诸菩萨,即皆堕落,至大弟子便著不堕。天女曰:‘结习未尽,故花著身;结习尽者,花不著身。’”此以散花天女喻朝云。

④ 朱唇箸点:用筷子蘸上胭脂(口红)点唇。

⑤ 千生万生:千世万世。此谓朝云永葆青春的美丽。

⑥ 著人:迷人。《诗词曲语辞汇释》卷三《着》八:“贺铸《浣溪沙》词:‘连夜断无行雨梦,隔年犹有著人香。’此所云著人,犹云惹人或迷人也。”

⑦ 敛云凝黛:收拢云鬓,凝聚黛眉,极写神态的凝重。

⑧ “明朝”二句:端午,五月五日。《艺文类聚》四引《续齐谐记》谓“屈原五月五日投汨罗而死,楚人哀之,每至此日,竹筒贮米,投水祭之。”纫(rèn)兰为佩:屈原《离骚》:“纫秋兰以为佩。”纫,编结。此二句系由端午而想到兰佩和写诗。

⑨ 书裙带:在裙带上写诗,当时作为文人雅事。《诗话总龟》卷二十一引《王直方诗话》:“东坡在徐州日,尝为少游置酒。少游饮罢,拥一官妓,从参寥子书其裙带云:‘寄语巫山窈窕娘,好将闲梦恼襄王。’”

浣　溪　沙

端　　午①

轻汗微微透碧纨②，明朝端午浴芳兰③。流香涨腻满晴川。④　　彩线轻缠红玉臂⑤，小符斜挂绿云鬟⑥。佳人相见一千年。

① 此词为侍妾王朝云而作。盖与前之《殢人娇》同时。

② 碧纨：绿色细绢。

③ 浴芳兰：以兰草为浴汤。《大戴礼记·夏小正》："五月……煮梅为豆实也，蓄兰为沐浴也。"屈原《九歌·东皇太一》："浴兰汤兮沐芳，华采衣兮若英。"宋吴自牧《梦粱录》卷三："五日重五节，又曰浴兰令节。"

④ "流香"句：唐杜牧《阿房宫赋》："渭流涨腻，弃脂水也。"此谓众多的兰汤倒入河中，使晴川涨腻。

⑤ "彩线"句：《艺文类聚》卷四引《风俗通》："五月五日，以五彩丝系臂者，辟兵及鬼，令人不病温(瘟)。亦因屈原。"红玉，喻女性肤色

之红润。见《浣溪沙·芍药樱桃两斗新》注⑤。

⑥“小符”句:《艺文类聚》卷四引《抱朴子》:“或问辟五兵之道,答曰:以五月五日作赤灵符,着心前。”此谓挂小符于绿鬟,以避兵灾。《武林旧事》卷三《端午》则谓之“钗符”。

蝶　恋　花[1]

花褪残红青杏小。燕子飞时，绿水人家绕。枝上柳绵[2]吹又少，天涯何处无芳草[3]。　　墙里秋千墙外道。墙外行人，墙里佳人笑。笑渐不闻声渐悄。多情却被无情恼[4]。

① 此词盖作于绍圣年间(1094—1098)。明张岱《琅环记》卷中《青泥莲花记》卷十："子瞻在惠州，与朝云(侍妾)闲坐，时青女(霜)初至，落木萧萧，凄然有悲秋之意。命朝云把大白(斟酒)，唱'花褪残红'。朝云歌喉将啭，泪满衣襟。子瞻诘其故，答曰：'奴所不能歌，是"枝上柳绵吹又少，天涯何处无芳草"也。'子瞻翻然大笑曰：'是吾政(正)悲秋，而汝又伤春矣。'遂罢。朝云不久抱疾而亡，子瞻终身不复听此词。"(又见《词林纪事》卷五引《林下词谈》)因知此词作于贬居岭南以后。

② 枝上柳绵：柳绵，即柳絮。清王士禛《花草蒙拾》："'枝上柳绵'，恐屯田(柳永)缘情绮靡，未必能过。孰谓坡但解作'大江东去'耶？髯直是轶伦绝群。"

③“天涯”句：屈原《离骚》：“何所独无芳草兮，尔何怀乎故宅？”

④“多情”句：宋魏庆之《诗人玉屑》卷二十一引《词话》：“盖行人多情，佳人无情耳，此二字极有理趣。”

南 乡 子

双 荔 支①

天与化工②知,赐得衣裳总是绯③。每向华堂深处见,怜伊。两个心肠一片儿。　　自小便相随,绮席④歌筵不暂离。苦恨人人分拆破⑤,东西,怎得成双似旧时?

① 此词当作于绍圣元年(1094)以后贬居岭南期间。绍圣二年(1095),苏轼在惠州,作《四月十一日初食荔支》诗,绍圣三年(1096),又作《食荔支二首》,可以参看。

② 化工:造化之工,即大自然的创造力。汉贾谊《鹏鸟赋》:“且夫天地为炉,造化为工。”

③ 衣裳:荔枝之壳。绯:大红色。

④ 绮席:华丽的筵席。

⑤ 人人:欧阳修《蝶恋花》:“翠被双盘金缕凤,忆得前春,有个人人共。”原指两个相恋之人,后喻桃核,黄庭坚《少年心》:“似合欢桃核,真堪人恨,心儿里、有两个人人。”此则喻双荔枝。

西　江　月

梅[1]

玉骨那愁瘴雾，冰姿自有仙风。[2]海仙时遣探芳丛，倒挂绿毛么凤[3]。　　素面常嫌粉涴[4]，洗妆不褪唇红[5]。高情已逐晓云空，不与梨花同梦。[6]

①《苏诗总案》卷四十：绍圣三年（1096）"十月，梅开，作《西江月》"。宋陈鹄《耆旧续闻》卷二谓陆子逸尝于晁以道家，见东坡真迹，以道云："东坡有妾名朝云、榴花。朝云死于岭外，东坡尝作《西江月》一阕，寓意于梅，所谓'高情已逐晓云空'是也。"

②"玉骨"二句意谓：梅花具有玉骨冰姿，不怕南方的瘴气。

③"倒挂"句：苏轼《再用前韵》"绿衣倒挂扶桑暾"，自注："岭南珍禽有倒挂子，绿毛红喙，如鹦鹉而小，自东海来，非尘埃中物。"

④"素面"句：乐史《太真外传》卷上："三姨为虢国夫人"，"虢国不施妆粉，自炫美艳，常素面朝天。时杜甫有诗云：'虢国夫人承主恩，平明上马入宫门。却嫌脂粉涴颜色，淡扫蛾眉朝至尊。'"涴

(wò):污。

⑤ 唇红:喻梅花花瓣边沿之红色。宋庄绰《鸡肋编》卷下:“东坡在惠州,作梅词云……而梅花叶四周皆红,故有‘洗妆’之句。”释惠洪《冷斋夜话》卷十:“岭外梅花,与中国异。其花几类桃花之色,而唇红香著。”并举东坡此句为例。

⑥ “高情”二句:苏轼自注:“诗人王昌龄,梦中作梅花诗。”一说化用唐王建《梦看梨花云歌》:“薄薄落落雾不分,梦中唤作梨花云。”然查《全唐诗》,二王皆无此诗(见宋张邦基《墨庄漫录》卷六引)。因词中有“晓云”二字,故宋王楙《野客丛书》卷六《东坡梅词》云,此二句“盖悼朝云而作”。

减字木兰花

己卯儋耳春词[1]

春牛春杖[2]，无限春风来海上。便丐春工，染得桃红似肉红。　　春幡春胜[3]，一阵春风吹酒醒。不似天涯，卷起杨花[4]似雪花。

① 此词元符二年(1099)立春日作于儋(dān)耳。儋耳，宋代为儋州，治所在今海南儋州市西北。苏轼于绍圣四年(1097)六月渡海至昌化，次年居儋耳，遂买地城南，为屋五间，土人畚土运甓(砖)以助之。(见施宿《东坡年谱》)

② 春牛春杖：孟元老《东京梦华录》卷六："立春前一日，开封府进春牛入禁中鞭春。开封、祥符两县，置春牛于府前。至日绝早，府僚打春，如方州仪。府前左右，百姓卖小春牛，往往花装栏坐，上列百戏人物。"春牛为土牛，春杖指犁杖。

③ 春幡：迎春用的小彩旗。春胜：用彩纸或金箔银箔剪成的花胜或人胜。宋代风俗，"春日，宰执亲王百官，皆赐金银幡胜"，百姓亦

“春幡雪柳，各相献遗”(引同上)。

④ 杨花：儋州天暖，立春时已见杨花似雪花纷飞。

鹧　鸪　天

陈公密出侍儿素娘，歌《紫玉箫》曲，劝老人酒。[1]老人饮尽，为赋此词。

笑捻红梅亸翠翘[2]，扬州十里最妖娆[3]。夜来绮席亲曾见[4]，撮得精神滴滴娇。　　娇后眼，舞时腰，刘郎[5]几度欲魂销。明朝酒醒知何处，肠断云间《紫玉箫》[6]。

① 元符三年(1100)正月，徽宗即位，二月下赦令，苏轼以登极恩移廉州(今广西北海市合浦县)安置；十一月，诏复朝奉郎提举成都玉局观；十二月抵韶州(今广东韶关)，陈公密设宴接待，席上出素娘佐酒，苏轼赋此词。老人：苏轼自称，时年六十五。

② 亸(tuǒ)翠翘：头上的翠翘下垂。翠翘：美人头饰，似翠鸟尾之长毛。白居易《长恨歌》："花钿委地无人收，翠翘金雀玉搔头。"

③ "扬州"句：化用唐杜牧《赠别》诗："春风十里扬州路，卷上珠帘总不如。"

④ 夜来：金王若虚《滹南诗话》卷二："（东坡）《赠陈公密侍儿》云：'夜来绮席亲曾见'，此本即席所赋，而下'夜来'字，却是隔一日。"按《诗词曲语辞汇释》卷六："夜来，犹云昨日也。"

⑤ 刘郎：唐代诗人刘禹锡。详见《满庭芳·香叆雕盘》注⑧。

⑥《紫玉箫》：《乐书·玉箫》："唐咸宁中，张毅冢中得紫玉箫，古有《紫玉箫》曲是也。"后为词牌名，双调，九十九字，平韵，今存晁补之一首（见《晁氏琴趣外编》）。

千　秋　岁

和少游韵[①]

岛[②]边天外，未老身先退。珠泪溅，丹衷[③]碎。声摇苍玉佩[④]，色重黄金带[⑤]。一万里，斜阳正与长安对[⑥]。　　道远谁云会？罪大天能盖。君命重，臣节在。新恩犹可觊[⑦]，旧学终难改。吾已矣，乘桴且恁浮于海[⑧]。

① 此词《东坡乐府》不载，见吴曾《能改斋漫录》卷十七，云："秦少游所作《千秋岁》词，予尝见诸公唱和亲笔……其后东坡在儋耳，侄孙苏元老，因赵秀才还自京师，以少游、毅甫（孔平仲）所赠酬者寄之。东坡乃次韵录示元老，且云：'便见其超然自得，不改其度之意。'"案：苏轼于元符元年（1098）至三年贬徙儋州（今海南儋州市），据《苏诗总案》卷四十二：元年十二月，"陈浩赴京师，托致侄孙元老书"；二年八月，复"作元老书"。此词当作于此一时期。

② 岛：指海南岛。

③ 丹衷：犹言丹心，赤心。唐戴叔伦《曾游》诗："绝粒感楚囚，丹衷犹照耀。"

④ 苍玉佩：《唐书·礼乐志》："皇帝元正、冬至，受群臣朝贺，服青纱袍，佩苍玉。"此谓梦想有一日朝见皇帝。

⑤ 黄金带：宋时地方官入朝时所赐。《宋史·舆服志五》："使相、节度使自镇来朝，赐衣五事，金带、鞍马；朝辞日，赐窄衣六事，金束带，鞍勒马一，散马二。"

⑥ 一万里：极言距京城之远。长安：今陕西西安市。因系汉唐故都，宋人多借指汴京。

⑦ 可觊(jì)：可盼。觊，希冀，希图。

⑧ "乘桴(fú)"句：《论语·公冶长》："子曰：'道不行，乘桴浮于海，从我者其由(仲由)与？'"桴，木筏。恁，这样。

不编年部分

贺　新　郎[①]

乳燕飞华屋。悄无人，桐阴转午，晚凉新浴。手弄生绡白团扇，扇手一时似玉[②]。渐困倚、孤眠清熟。帘外谁来推绣户？枉教人、梦断瑶台曲。又却是，风敲竹。[③]　　石榴半吐红巾蹙。[④]待浮花、浪蕊都尽，伴君幽独。[⑤]浓艳一枝细看取，芳心千重似束[⑥]。又恐被、秋风惊绿[⑦]。若待得君来向此，花前对酒不忍触[⑧]。共粉泪，两簌簌[⑨]。

① 此词有二说：杨湜《古今词话》云："苏子瞻守钱塘，有官妓秀兰，天性黠慧，善于应对。湖中有宴会，群妓毕至，惟秀兰不来，遣人

督之，须臾方至。子瞻问其故，具以'发结沐浴，不觉困睡……'子瞻之作，皆纪目前事，盖取其沐浴新凉，曲名《贺新凉》也。"胡仔《苕溪渔隐丛话》后集卷三十九已论其非。陈鹄《耆旧续闻》卷二记陆子逸语，"以《贺新郎》词用榴花事，乃妾名也"。"东坡有妾名朝云、榴花。朝云死于岭外……惟榴花独存，故其词多及之"。此事今人亦表示怀疑。其实此词上阕乃写所居之幽僻，下阕又借榴花以比心情之蕴结，"其词寄托遥深，与咏雁《卜算子》同比兴"（丁绍仪《听秋声馆词话》）。

② "扇手"句：《世说新语・容止》："王夷甫容貌整丽，妙于谈玄，恒捉白玉柄麈尾，与手都无分别。"

③ "帘外"四句：化用唐李益《竹窗闻风寄苗发司空曙》诗："开门复动竹，疑是故人来。"瑶台曲：指仙乐。瑶台，神话中仙境。相传昆仑山第九层山形渐小，下有芝田蕙圃，旁有瑶台十二，各广千步，皆以五色玉为台基。（见王嘉《拾遗记》卷十）屈原《离骚》："望瑶台之偃蹇兮，见有娀之佚女。"李商隐《无题》诗："如何雪月交光夜，更在瑶台十二层。"

④ "石榴"句：白居易《题孤山寺山石榴花示诸僧众》诗："山榴花似结红巾，容艳新妍占断春。"此谓榴花半开，似皱拢的红巾。

⑤ "待浮花"二句：唐韩愈《杏花》诗："浮花浪蕊镇长有，才开还落瘴雾中。"幽独，默然独居。汉张衡《思玄赋》："播余香而莫闻，幽独守此仄陋兮。"此谓繁花谢尽，唯有榴花伴着您（指美人）。

⑥ “芳心”句：以重瓣石榴花喻美人层层包蕴的芳心。《苕溪渔隐丛话》后集卷三十九评以上数句云：“盖初夏之时，千花事退，榴花独芳，因以中(申)写幽闺之情。”

⑦ 秋风惊绿：秋风惊动榴叶的绿色而使之黄落。

⑧ “花前”句：《钦定词谱》卷三十六谓此句比叶梦得《贺新郎》“减一字异”，而与韩淲词相同。

⑨ 两簌簌：美人的粉泪与石榴的花瓣纷纷飘落。簌簌，象声词。《钦定词谱》卷三十六：“结句上簌字，以入作平。”

哨　　遍[①]

睡起画堂，银蒜押帘[②]，珠幕[③]云垂地。初雨歇，洗出碧罗天，正溶溶养花天[④]气。一霎暖风回芳草[⑤]，荣光[⑥]浮动，卷皱银塘水[⑦]。方杏靥匀酥，花须吐绣，园林排比红翠。[⑧]见乳燕、捎蝶过繁枝[⑨]。忽一线、炉香逐游丝[⑩]。昼永人闲[⑪]，独立斜阳，晚来情味。　　便乘兴、携将佳丽，深入芳菲里。拨胡琴语，轻拢慢撚总伶俐。[⑫]看紧约罗裙[⑬]，急趣檀板[⑭]，《霓裳》入破惊鸿起[⑮]。颦月临眉[⑯]，醉霞横脸，歌声悠扬云际。　　任满头、红雨[⑰]落花飞。渐鳷鹊楼西玉蟾低[⑱]。尚徘徊、未尽欢意。君看今古悠悠，浮幻人间世。这些百岁，光阴几日，三万六千而已。[⑲]醉乡路稳不妨行[⑳]，但人生、要适情耳。

① 此为长调，词中极铺叙展衍之能事。词之上片写春景，中片写游赏，下片抒写人生感慨。

② 银蒜：金属，蒜形，用以压帘，使之不因风飘动。庾信《梦入堂内》

诗:“幔绳金麦穗,帘钩银蒜条。”宋元亲王纳妃,公主下降,皆有银蒜押帘。

③ 珠幕:用珍珠装饰的帷幕。

④ 养花天:释仲林《花品》:“每至牡丹开月,多有轻雨微云,谓之养花天。”

⑤ 暖风回芳草:暖风使芳草返青。

⑥ 荣光:彩色的云气,古代以为祥瑞。《初学记》六《尚书中候》:“荣光出河,休气四塞。”

⑦ “卷皱”句:南唐冯延巳《谒金门》词:“风乍起,吹皱一池春水。”

⑧ “方杏靥”三句:写园林内百花争艳,红绿相挨。杏靥匀酥,杏花像涂过润肤油的笑脸。

⑨ 捎蝶:追捕蝴蝶。捎,拂掠。杜甫《重过何氏》诗:“花妥莺捎蝶。”

⑩ 游丝:飘游在空中的蛛丝。宋晏殊《蝶恋花》:“满眼游丝兼落絮,红杏开时,一霎清明雨。”

⑪ 昼永:白天很长。

⑫ “拨胡琴”二句:胡琴,古代泛指域外传入的弦乐器。唐段安节《乐府杂录·琵琶》:“文宗朝,有内人郑中丞善胡琴,内库有二琵琶,号大小忽雷,郑尝弹小忽雷。”下句用白居易《琵琶行》“轻拢慢捻抹复挑”,因知此指琵琶。

⑬ 紧约罗裙:紧收腰间罗裙。约,收束。

⑭ 急趣檀板:紧跟拍板的节奏。

⑮《霓裳》入破:《霓裳羽衣曲》本传自西凉,名《婆罗门》,唐玄宗开元年间河西节度使杨敬述献此曲,经玄宗润色,于天宝十三载改为今名,杨贵妃善为霓裳羽衣舞。小说家附会为唐明皇游月宫,闻仙乐,归而记之,是为《霓裳羽衣曲》。(参见宋王灼《碧鸡漫志》卷三)入破,唐宋大曲专用语。大曲每套都有十余遍,分别归入散序、中序、破三大段。入破即为破这一段的第一遍。宋李上交《近事会元》四:"其曲之遍击声处,名入破。"白居易《卧听法曲霓裳》诗:"朦胧闲梦初成后,宛转柔声入破时。"惊鸿,指舞姿。曹植《洛神赋》:"翩若惊鸿,婉若游龙。"

⑯"鬉月"句意谓:眉弯似月牙。

⑰红雨:指落花。刘禹锡《百舌吟》:"花树满空迷处所,摇动繁英坠红雨。"

⑱鳷(zhī)鹊楼:鳷鹊观,汉武帝建元中建,在长安甘泉宫外。南齐谢朓《暂使下都夜发新林至京邑》诗:"金波丽鳷鹊,玉绳低建章。"李白《永王东巡歌》之四:"春风试暖昭阳殿,明月还过鳷鹊楼。"此处化用谢、李诗句,借指富家高楼。玉蟾:指月亮。

⑲"这些"三句:化用李白《襄阳歌》:"百年三万六千日,一日须倾三百杯。"

⑳醉乡:指醉中境界。杜牧《华清宫三十韵》:"雨露偏金穴,乾坤入醉乡。"《新唐书·王绩传》:"著《醉乡记》以次刘伶《酒德颂》。"记称醉乡"去中国不知其几千里也"。

定　风　波

感　　旧[1]

莫怪鸳鸯绣带长[2]，腰轻不胜[3]舞衣裳。薄倖只贪游冶去[4]，何处？垂杨系马恣轻狂。　　花谢絮飞春又尽，堪恨。断弦尘管伴啼妆[5]。不信归来但自看，怕见。为郎憔悴却羞郎。[6]

① 此词借闺怨以写人情冷暖世态炎凉，故题作“感旧”。

② “莫怪”句意谓：闺人因相思而日益消瘦。鸳鸯绣带，绣有鸳鸯的腰带。唐徐彦伯《拟古三首》之三：“赠君鸳鸯带，因以鹔鹴裘。”带长，谓腰瘦。宋柳永《凤栖梧》词：“衣带渐宽终不悔，为伊消得人憔悴。”

③ 不胜：承担不起。苏鹗《杜阳杂俎》卷上载：元载有宠姬薛瑶英，衣龙绡之衣，一件无一二两，抟之不盈一握。据谓系元载“以瑶英不胜重衣”，特地从外国买来的。此谓体弱。

④ 薄倖：薄情郎。游冶：此指狎妓。

⑤ 断弦尘管：断了弦的弦乐器和积有灰尘的管乐器。啼妆：《后汉书·五行志》："桓帝元嘉中，京都妇女作愁眉、啼妆……啼妆者，薄拭目下若啼处。"即在目下化装啼痕。此处系指流泪。

⑥"为郎"句：唐元稹《莺莺传》莺莺与张生诗："不为旁人羞不起，为郎憔悴却羞郎。"

南　歌　子

和　前　韵[①]

日出西山雨，无晴又有晴。[②]乱山深处过清明，不见彩绳花板细腰轻[③]。　　尽日行桑野，无人与目成[④]。且将新句琢琼英[⑤]，我是世间闲客此闲行[⑥]。

① 此词虽云"和前韵"（指"山雨萧萧过"一首），然非作于一时。考苏轼于元丰二年（1079）四月底到湖州，与同载之秦观、参寥子同赋《端午》诗，至七月乌台诗案发，被捕入狱，词云"乱山深处过清明"，其不在湖州作，明矣。

② "日出"二句：化用刘禹锡《竹枝词》："东边日出西边雨，道是无晴却有晴。"晴为"情"字谐音双关语。

③ 彩绳花板：指秋千。细腰：指少女纤细的腰身。传说"楚灵王好细腰，而国中多饿人"（见《韩非子·二柄》）。

④ 目成：用眼光交流两心相悦之情。语本《楚辞·九歌·少司命》："满堂兮美人，忽独与余兮目成。"

⑤ 琢琼英：雕琢美玉，此处形容吟诗琢句。苏辙《高邮别秦观三首》之二：“袖里清诗句琢冰。”

⑥ “我是”句：语本杜牧《八月二十日得替后移居霅溪馆因题长句四韵》：“愿为闲客此闲行。”

南　歌　子

雨暗初疑夜，风回便报晴。淡云斜照著山明[1]，细草软沙溪路马蹄轻。　　卯酒[2]醒还困，仙村梦不成[3]。蓝桥何处觅云英[4]？只有多情流水伴人行。

① 著山明：使山变得明亮。

② 卯酒：清晨饮的酒。白居易《卯时酒》："未如卯时酒，神速功力倍。"

③ 仙村：《参同契》："得长生，居仙村。"苏轼《介亭饯杨杰次公》诗："篮舆西出登山门，嘉与我友寻仙村。"

④ "蓝桥"句：据《太平广记》卷五十载：唐人裴航下第后游于鄂渚，与樊夫人同舟，夫人赠诗云："一饮琼浆百感生，玄霜捣尽见云英。蓝桥便是神仙窟，何必崎岖上玉清。"后至蓝桥，果遇云英，结为夫妇。以上二句写对恋人的思念。

南 歌 子

舞 妓[①]

云鬟裁新绿[②]，霞衣曳晓红[③]。待歌[④]凝立翠筵中，一朵彩云何事下巫峰[⑤]？　趁拍[⑥]鸾飞镜，回身燕漾空[⑦]。莫翻红袖过帘栊[⑧]，怕被杨花勾引嫁东风[⑨]。

① 词写舞女，上阕写其容貌神情，下阕写其舞姿的轻盈飘逸。

② “云鬟”句意谓：舞女鬟绿如云，发式新颖。裁，指修剪。

③ “霞衣”句：衣裳如朝霞一般鲜艳。曳，拖着。晓红，早晨的红霞。

④ 待歌：起舞前等待他人唱歌相配合。

⑤ 巫峰：此用宋玉《高唐赋》楚怀王梦遇巫山神女，云：“妾在巫山之阳，高丘之阻。朝为行云，暮为行雨。朝朝暮暮，阳台之下。”

⑥ 趁拍：配合音乐与歌曲的节奏。鸾飞镜：相传罽(jì)宾国王获一鸾，不能鸣。夫人曰：“尝闻鸟见其类而后鸣，可悬镜以映之。”王从之。鸾见镜中形象，悲鸣不已，一奋而绝。(见刘敬叔《异苑》)

⑦ 燕漾空：像燕子在空中回荡。

⑧ 帘栊(lóng)：窗帘。栊，窗上棂木，此指窗户。

⑨ 嫁东风：随春风而去。张先《一丛花令》："沉恨细思，不如桃杏，犹解嫁东风。"以上二句形容舞女身轻，如其红袖飘过窗户，则有可能与杨花一起被东风吹去。

南　歌　子[①]

师唱谁家曲，宗风嗣阿谁。[②]借君拍板与门槌[③]。我亦逢场作戏[④]莫相疑。　　溪女方偷眼，山僧莫皱眉。却愁弥勒下生迟[⑤]。不见老婆[⑥]三五少年时。

① 龙榆生师《豫章黄先生词》本《南歌子》之三调下注："东坡过楚州(今江苏淮安市)，见净慈法师，作《南歌子》。"释惠洪《冷斋夜话》则云："东坡镇钱塘，无日不在西湖，尝携妓过大通禅师。大通愠形于色。东坡作长短句，令妓歌之。"二说未知孰是。

② "师唱"二句：龙榆生师《东坡乐府笺》："《传灯录》：关南道吾和尚，因见巫师打鼓作舞，云：'还识神也。'师于此大悟。后往德山，申其悟旨。德山乃印可师，往后每至升坐时，著绯衣，执本简作礼。僧问：'师唱谁家曲，宗风嗣阿谁？'师云：'打动关南鼓，唱起德山歌。'"宗风，犹流派。阿谁，何人。

③ 拍板与门槌：讲经说法时所用。傅幹注："梁武帝请志公和尚讲经……召大士入内，问曰：'用何高座？'大士曰：'不用高座，只用拍板一具。'大士得板，遂乃唱经。"门槌，指"棒喝"时所用之棒。

佛教禅宗祖师重触机,其接待初学,常当头一棒,或大喝一声,以考验其悟性。

④ 逢场作戏:禅宗语,多指悟道在心,不拘时间地点。《景德传灯录》卷六《道一禅师》:"邓隐峰辞师,师云:'什么处去?'对云:'石头去。'师云:'石头路滑。'对云:'竿木随身,逢场作戏。'"此指携妓出游。

⑤ 弥勒:佛名。弥勒,梵语,汉语义译为慈氏,姓阿逸多,生于南天竺婆罗门家。《菩萨处胎经》:"弥勒当知,汝复受记,五十六亿七千万岁,于此树下,成无上等正觉。"有《弥勒下生成佛经》。

⑥ 老婆:老妇人。王定保《唐摭言》卷三:"薛监(薛逢)晚年厄于宦途,尝策羸(瘦马)赴朝,值新进士榜下,缀行而出。时进士团所由辈数十人,见逢行李萧条,前导曰:'回避新郎君!'逢辗然(笑貌),即遣一介(仆人)语之曰:"报道莫贫相,阿婆三五少年时,也曾东涂西抹(打扮)来。"

减字木兰花

得　书[①]

晓来风细，不会鹊声来报喜[②]。却羡寒梅，先觉春风一夜来。[③]　香笺一纸，写尽回文机上意。[④]欲卷重开，读遍千回与万回。

① 此词写收到妻子来信后的喜悦。

② 鹊声来报喜：唐宋之问《发端州初入西江》诗："破颜看鹊喜，拭泪听猿啼。"相传鹊能知风，风细则不鸣，所以说不会来"报喜"。

③ "却羡"二句意谓：梅花先开，能预知春天到来。唐孟浩然《洛阳访袁拾遗不遇》诗："闻说梅花早，何如北地春。"宋杨万里《和周仲觉》诗："春在梅边动，寒从月外来。"

④ "香笺"二句：指妻子来信。相传前秦时秦州刺史窦滔被徙流沙，其妻苏氏思之，在机上织锦为回文璇图诗以寄滔，可以婉转循环阅读，共三百四十字，辞甚凄婉。（见《晋书·窦滔妻苏氏传》）

虞 美 人

持杯遥劝天边月，愿月圆无缺。[1]持杯更复劝花枝，且愿花枝长在莫离披[2]。　　持杯月下花前醉，休问荣枯事[3]。此欢能有几人知，对酒逢花不饮待何时[4]。

① “持杯”二句：清沈雄《古今词话》中《词话》上评此词云：“《柳塘词话》曰：欧阳公云：‘把酒祝东风，且共从容。’与东坡《虞美人》云：‘持酒遥劝天上月，愿月圆无缺。’同一意致。”

② 离披：分散貌。宋玉《九辩》：“白露既下百草兮，奄离披此梧楸。”此处形容花枝衰残。

③ 荣枯事：谓政治上的得意和失意。曹植《赠丁翼》诗：“积善有余庆，荣枯立可须。”

④ 对酒句：曹操《短歌行》：“对酒当歌，人生几何。譬如朝露，去日苦多。”

阮 郎 归

初 夏[1]

绿槐高柳咽[2]新蝉,薰风初入弦[3]。碧纱窗下水沉烟[4],棋声惊昼眠。　微雨过,小荷翻。榴花开欲燃[5]。玉盆纤手弄清泉,琼珠碎却圆[6]。

① 明李攀龙《草堂诗馀隽》卷三评此词云:“棋声惊午梦,素手弄清泉。……情在笔先,景描楮上,色色如画。”

② 咽:哽咽、凄咽,形容初夏的蝉声尚嫩。

③ 薰风:南风。《家语》:“舜作五弦之琴,歌《南风》之诗曰:‘南风之薰兮,可以解吾民之愠兮。’”初入弦:初入弦歌。

④ 水沉烟:沉香燃烧时升起的香烟。水沉,即沉香,名贵香木,相传来自日南,入水不沉,故名。

⑤ 开欲燃:形容榴花开时艳红似火。

⑥ 琼珠:喻盆中泛起的水泡。

浣　溪　沙

咏　　橘

菊暗荷枯一夜霜，新苞①绿叶照林光。竹篱茅舍出青黄②。　　香雾噀人③惊半破，清泉④流齿怯初尝。吴姬三日手犹香⑤。

① 新苞：初生的丛丛橘树。苞，丛生、茂盛。

② 青黄：形容橘子由青变黄时两种不同的颜色。《楚辞·橘颂》："青黄杂糅，文章烂兮。"洪兴祖注："橘实初青，既熟则黄。"

③ 噀（xùn）人：喷人。此句形容橘子香气浓郁。

④ 清泉：指橘汁。

⑤ 吴姬：吴地（今苏南地区）少女。

浣　溪　沙[①]

道字娇讹[②]语未成,未应[③]春阁梦多情。朝来何事绿鬟倾[④]?　　彩索身轻长趁燕[⑤],红窗睡重[⑥]不闻莺。困人天气近清明。

① 此词《全宋词》题作"春情"。近人吴梅评曰:"余谓公词豪放缜密,两擅其长。世人第就其豪放处论,遂有铁板铜琶之诮,不知公婉约处何让温、韦,如《浣溪沙》'彩索身轻长趁燕,红窗睡重不闻莺'云云。"(《词学通论》第七章第一节)清人贺裳也说:"如此风调,岂在(柳永)'晓风残月'之下?"(《皱水轩词筌》)

② 道字娇讹:少女娇憨,说话时发音不准。语本李白《对酒》诗"道字不正娇唱歌"。秦观《拟韦应物》诗亦云:"痴儿踏吴歌,娅姹足讹音。"

③ 未应:犹言未必。揣测之辞。

④ 绿鬟倾:低头沉思。

⑤ "彩索"句:形容荡秋千时矫健的身影。趁燕,追赶燕子。

⑥ 睡重:熟睡。此句化用唐金昌绪《春怨》:"打起黄莺儿,莫教枝上啼,啼时惊妾梦,不得到辽西。"

浣　溪　沙[①]

桃李溪边驻画轮[②]，鹧鸪声里倒清樽[③]。夕阳虽好近黄昏。[④]　　香在衣裳妆在臂[⑤]，水连芳草月连云。几时归去不销魂[⑥]？

① 此词写冶游情思，亦为婉约之作。

② 驻画轮：指停车。画轮，车之美称。

③ 倒清樽：指斟酒。

④ “夕阳”句：化用唐李商隐《乐游原》诗：“夕阳无限好，只是近黄昏。”

⑤ “香在”句：唐元稹《莺莺传》写张生与莺莺幽会后，“自疑于心，曰：‘岂其梦耶？所可明者，妆在臂，香在衣’”。

⑥ 销魂：梁江淹《别赋》：“黯然消魂者，唯别而已。”《诗词曲语词汇释》卷五：“销魂与凝魂，同为出神之义。”此处形容伤感。

浣　溪　沙

送梅庭老赴上党学官①

门外东风雪洒裾②，山头回首望三吴③。不应弹铗为无鱼④。　　上党从来天下脊⑤，先生元是古之儒。时平不用鲁连⑥书。

① 梅庭老：生平不详。上党：一作"潞州"。汉上党郡，北宋时为潞州，州治在今山西长治市。学官：指州学教授。

② 裾：衣的前襟。

③ 三吴：多指今苏州、吴兴、杭州一带。

④ 弹铗(jiá)：战国齐人冯谖为孟尝君食客，嫌待遇菲薄，常弹铗而歌："长铗归来乎，食无鱼。"铗，剑。

⑤ "上党"句：上党地势高峻，故唐人杜牧《贺中书门下平章泽潞启》称"战国时张仪以为天下之脊"。脊，脊梁。

⑥ 鲁连：鲁仲连，战国齐人，时燕将守聊城，齐人田单攻之，岁余不能下，鲁仲连写信，射入城中，分析利害，指出或退兵回燕，或隐居

齐国。燕将见信哭泣三日,犹豫不决而自杀。(见《史记》本传)此句劝梅庭老安心做学官,不必期待在战时施展韬略。言外称其富有才华。

浣　溪　沙[①]

风卷珠帘自上钩，萧萧乱叶报新秋。独携纤手[②]上高楼。　　缺月向人舒窈窕，三星当户笑绸缪。[③]香生雾縠见纤柔[④]。

① 此词写艳情，然艳而不俗，风致嫣然。

② 纤手：美人柔嫩之手。《古诗十九首》："娥娥红粉妆，纤纤出素手。"

③ "缺月"二句：窈窕，妖冶貌。《后汉书・曹世叔妻传・女诫》："入则乱发坏形，出则窈窕作态。"三星，《诗・唐风・绸缪》："绸缪束楚，三星在户。"朱传："绸缪，犹缠绵也。三星，心也。"又云："此为夫语妇之辞也。"以上二句方勺《泊宅篇》上误为秦观逸句。

④ 雾縠(hú)：似透非透的绉纱。纤柔：指苗条的身段。

浣 溪 沙[①]

风压轻云贴水飞，乍晴池馆燕争泥。沈郎多病不胜衣[②]。　　沙上不闻鸿雁信，竹间时有鹧鸪啼。此情惟有落花知。[③]

① 清黄苏《蓼园词选》评云："此作其在被谪时乎？首尾自喻，'燕争泥'，喻别人得意，'沈郎'自比，'未闻鸿雁'，无佳信息也；'鹧鸪啼'声，凄切也。通首惋恻。"明沈际飞则云"化腐为新"（《草堂诗馀》正集卷一）。

② 沈郎：《南史·沈约传》载与徐勉书："百日数旬，革带常应移孔，以手握臂，率计月小半分。"不胜衣：体弱连衣服也承受不起。

③ "此情"句：沈际飞评曰："味远。"（引同上）

南 乡 子

梅花词和杨元素[①]

寒雀满疏篱，争抱寒柯看玉蕤[②]。忽见客来花下坐，惊飞。踏散芳英落酒卮[③]。　　痛饮又能诗。坐客无毡醉不知。[④]花谢酒阑春到也，离离[⑤]。一点微酸已著枝[⑥]。

① 杨元素：杨绘之字。见《南乡子·东武望余杭》注①。

② 玉蕤(ruí)：指白梅。蕤，草木下垂貌，引申为茂盛。嵇康《琴赋》："飞英蕤于昊苍。"

③ 芳英：指梅花。酒卮(zhī)：酒杯。

④ "坐客"句：杜甫《戏郑广文虔兼呈苏司业》诗："才名四十年，坐客寒无毡。"

⑤ 离离：果实繁密貌。张衡《西京赋》："神木灵草，朱实离离。"此为想象梅花结子时情景。

⑥ 一点微酸：指新结的梅子。著枝：《诗词曲语辞汇释》"着"十三："著，犹发也，生也。……著枝，犹云生于枝上也。"

满 庭 芳[1]

蜗角虚名[2]，蝇头微利，算来著甚干忙[3]。事皆前定[4]，谁弱又谁强。且趁闲身未老，须放我、些子疏狂。百年里，浑教是醉，三万六千场。[5]　　思量，能几许，忧愁风雨，一半相妨。[6]又何须抵死、说短论长[7]。幸对清风皓月，苔茵展、云幕高张。[8]江南好，千钟美酒，一曲《满庭芳》。

① 此词表现苏轼旷达胸怀与疏狂性格。据《苏诗纪事》卷上云："东坡《满庭芳》词，碑刻传海内，使竞进之徒读之可以解体，恬淡之徒读之可以娱生……达人之言，读之可以心怀畅然。"

② 蜗角虚名：《庄子·则阳》："有国于蜗之左，曰触氏；有国于蜗之右，曰蛮氏。时相争地而战，伏尸百万，逐北旬有五日而后反。"蜗牛有两只角，此喻虚名之微小。

③ 著甚：《诗词曲语辞汇释》"著"十四谓苏轼此词之"著甚，犹云作甚也"。干忙：空忙。

④ 前定：前世安排。

⑤ “百年”三句：语本李白《襄阳歌》：“百年三万六千日，一日须倾三百杯。”浑教，全然。

⑥ “能几许”三句意谓：人生几何，却有一半被忧愁所占。

⑦ 抵死：老是。《诗词曲语辞汇释》卷一：“抵死……亦犹云终究或老是也。”

⑧ “苔茵”二句：以青苔作茵褥，以云彩作帷幕，陶醉在自然界中。

《苏轼诗词选注》校记

黄思维

主要校本：

徐培均先生《苏轼诗词选注》，山东大学出版社 1999 年版，简称初版；上海远东出版 2011 年版，简称修订版。

《苏轼诗集》(以《苏文忠公诗编注集成》为底本)，孔凡礼点校，中华书局 1982 年版。

《傅幹注坡词》，宋傅幹注，刘尚荣校证，巴蜀书社 1993 版。

《东坡乐府笺》，龙榆生校笺，上海古籍出版社 2009 年版。

《全唐诗》，中华书局版。

《全宋词》，中华书局版。

页	行	原　文	校　记
导言			
3	5	指摘	按：指，初版、修订版作“摭”，是。
7	14	娴静	按：娴，初版、修订版作“闲”，是。《遁斋闲览》正作“闲”。
8	11	非东坡不能	按：“非”前脱“真”字，据《苏轼诗集》补。
12	倒 1	缠绵芳菲	按：菲，冯煦《东坡乐府序》作“悱”，是。徐培均先生《岁寒居论丛》收入此书导言，此字正作“悱”。
13	14	隐括	按：隐，《全宋词》作“檃”，是。
16	7	傅干	按：幹，人名用原字，不用简体。以下不出校记。
诗			
1	8	云生是吐含	按：是，《苏轼诗集》作“似”，是。
2	7	岩居穷似庵	按：穷，《苏轼诗集》作“窄”，是。
3	15	黔江	按：江，《苏轼诗集》作“波”，是。此字初版、修订版均误，新版正文改后，注释漏改。
17	3	水清石出鱼可数	按：石出，查慎行《苏轼补注》、冯应榴《苏文公诗合注》均作“出石”（一作“石出”），之后王文诰《苏文忠公诗编注集成》则改为“石出”（一作“出石”）。王水照先生《苏轼选集》作“出石”，又王水照编《宋刊孤本三苏温公山谷集六种》之一《东坡集》正作“出石”。出石，与下句“林深无人鸟相呼”之“无人”对，亦可征。
28	10	殚民	按：《苏轼诗集》“民”下无“力”字，《李香岩手批纪评苏诗》（四川大学出版社 2007 版）有“力”字，是。据文意当有“力”字，据补入。

（续表）

页	行	原　文	校　记
29	6	价贱乞与如糠秕	按：秕，《苏轼诗集》作“粞”，是。
36	倒2	卿等有些意乎	按：有些意，《苏轼诗集》作“有意于此”，是。
47	8	事之不可成	按：“不”前脱“必”字，据《苏轼诗集》补。
48	8	含思婉转	按：婉，《苏轼诗集》作“宛”，是。
48	8	路人争看翠𫐐来	按：𫐐，《苏轼诗集》作“軿”，是。
53	倒1	不得休闲	按：休，《苏轼诗集》作“暂”，是。
61	2	欲将诗句绊斜晖	按：斜，《苏轼诗集》作“馀”，是。
62	11	公以《春秋》	按：公，《苏轼诗集》作“君”，是。
70	3	复出千古	按：复，《苏轼诗集》作“夐”，是。
75	5	三百年	按：“年”前脱“馀”字，据《苏轼诗集》补。
79	3	炯如流水涵青苹	按：苹，《苏轼诗集》作“蘋”，是。
79	14	流水青苹	按：同上。
84	9	评略各尽其致	按：评，汪师韩《苏诗选评笺释》作“详”，是。
84	倒2	空处烘托	按：处，《苏轼诗集》作“际”，是。
91	倒4	乐游原歌	按：原，查慎行《初白庵诗评》作“园”，是。
105	4	东坡吟梅	按：吟，《诗人玉屑》作“咏”是，

（续表）

页	行	原　文	校　记
109	6	碧溪诗话	按：碧，乃“〔巩＋石〕”字形讹。
112	11	茂林他日求遗稿	按：稿，《苏轼诗集》作“草”，是。
122	2	龙蛇捧闭宫	按：闭，《全唐诗》作“閟”，是。
131	倒2	《石淙诗》其六	按：六，《全唐诗》作“五”，是。
134	10	春云蒙蒙	按：蒙蒙，《苏轼诗集》作“濛濛”，是。
139	3	蛮风疍雨	按：疍，《苏轼诗集》作“蜑”，是。
140	2	蛮风疍雨	按：同上。
139	倒3	两绝	按：“绝”后脱“句”字，据《苏轼诗集》补。
146	11	钧天乐未终	按：乐，《苏轼诗集》作“宴”，是。
152	6	出以洒脱	按：洒脱，《苏轼诗集》作“脱洒”，是，与下文“如此脱洒为难”引文一致。
词			
161	倒3	矫若游龙	按：矫，曹植《洛神赋》作“婉”，是。
164	2	瘴气晓氛里	按：里，《全唐诗》作“氲”，是。
165	3	钱塘人好唱《陌上花》《缓缓曲》	按：《陌上花》《缓缓曲》，初版、修订版作《陌上花缓缓曲》。关于此句标点，《全宋词》不用书名号，《苏轼年谱》《東坡乐府笺》《苏轼词编年校注》作“《陌上花缓缓曲》”，《东坡词编年笺证》《苏轼文集编年笺注》作“《陌上花》缓缓曲”，以上标点两通。《钦定词谱考证》作“《陌上花》《缓缓曲》”，未妥。 又按：据苏轼《陌上花》自序，钱塘人唱的是同一首歌，倘若作《陌上花》《缓缓曲》，则为两首歌了。

（续表）

页	行	原　文	校　记
175	3	蕲州笛村	按：村，《傅幹注坡词》作“材”，是。
175	8	其美好之名	按：“其”前脱“取”字，据《傅幹注坡词》补。
192	8	浮槎来去	按：来去，《博物志》作“去来”，是。
210	4	五盘盂	按：五，《苏轼诗集》作“玉”，是。
226	3	相逢不觉又初寒	按：逢，初版、修改版作“从”，《东坡乐府笺》正作“从”。苏轼知密州期间，章传道与苏轼有交往，彼此唱和，颇为相得，故词中有“从此去，少清欢”云云。据此，“相从”较“相逢”为胜。
228	倒1	余心思足下	按：“思”前脱“之”字，据《韩昌黎文集校注》卷二补。
233	6	因系皆满	按：因，《苏轼诗集》作“囚”，是。
233	7	谁能暂遣纵	按：遣纵，《苏轼诗集》作“纵遣”，是。
239	倒1	上阙	按：阙，乃“阕”之形讹。
243	2	于今还在	按：还，《全唐诗》作“尚”，是。
247	7	张家父	按：家，《石门题跋》作“嘉”，是。
263	2	琴诗何者为善	按：为，《全宋词》作“最”，是。
263	5	檃抬	按：抬，乃“括”之形讹。
281	9	作雪堂焉	按：“雪”字衍，据《雪堂记》删。
281	10	绘雪于壁	按：“壁”前脱“四”字，据《雪堂记》补。
287	13	词韶华处	按：华，沈祥龙《论词随笔》作“丽”，是。
293	2	有其辞	按：辞，《全宋词》作“词”，是。

（续表）

页	行	原　文	校　记
293	4	归去来辞	按：同上。
304	11	一生奠定	按：奠，初版作“莫”，是。此字修订版误，新版承其误。
304	倒2	几非在我	按：“几”前脱“皆”字，据《蓼园词选》补。
305	4	笑倚人傍香喘喷	按：傍，《全宋词》作“旁”，是。
307	倒5	人未寐	按：寐，《全宋词》作“眠”，是。
307	倒4	有心哉	按：“哉”前脱“也”字，据《全宋词》补。
313	7	拟金鼓	按：拟，司马相如《子虚赋》作“摐”，是。
316	10	枝藜而应门	按：枝，《庄子·让王》作“杖”，是。
319	5	三十年前	按：三十年，据作者考证，应为十五年，初版、修订版均作“十五年”。 或此注最后补：十五年，一作“三十年”。
329	3	暮雨暗阳台	按：暮，初版、修订版作“春”。《东坡乐府笺》作“春”（校：毛本“春”作“暮”），《全宋词》亦作“春”。按：暮，与首句“晚”字及末句“落照江天一半开”之“落照”重复，故作“春”为胜。
353	1	立秋	按：“后”字脱，据《陈与义集》补。
361	3	溪上玉堂同宴喜	按：堂，《全宋词》作“楼”，是。
382	11	去时武林春已暮	按：时，《全宋词》作“日”，是。
383	1	是旦暮之遇	按：之遇，《庄子·齐物论》作“遇之”，（成玄英疏“是旦暮逢之”），是，据乙正。

（续表）

页	行	原 文	校 记
386	6	暮山好处	按：暮，《全宋词》作“春”，是。
399	倒1	王线	按：线，《唐诗纪事校笺》卷六六作“璘”，是。
431	1	慢绳金麦穗	按：慢，庾信《梦入堂内诗》作“幔”，是。
441	倒2	也会东涂西抹来	按：会，《唐摭言》卷三作“曾”，是。
443	3	且愿花枝长在莫披离	按：披离，乃“离披”之误倒，据《全宋词》改。原引宋玉《风赋》，改引宋玉《九辩》：“白露既下百草兮，奄离披此梧楸。”
444	10	解吾之愠	按：“民”字脱，据《孔子家语·辩乐解》补。
446	2	道字娇讹若未成	按：若，初版、修订版作“语”，是，《全宋词》正作“语”。语，一作“苦”，“若”乃“苦”之形讹。